科幻小說不是亂掰的

白日夢世界中的真實科學

大衛・西格・伯恩斯坦——著
張小蘋——譯

DAVID SIEGEL BERNSTEIN

BLOCKBUSTER SCIENCE

the real science in science fiction

《科幻小說不是亂掰的：白日夢世界中的真實科學》目錄

簡介

每個事物的起點是某人的白日夢。

——拉瑞・尼文（Larry Niven），一位懷抱著偉大夢想的科幻小說作者

納迪亞（Nadia）認為科學存在於許多事物，

包括可以用來攻擊其他科學家的武器。

——金・史坦利・羅賓遜（Kim Stanley Robinson），於《紅色火星》一書

你有夢想過在一艘有著完整配備，比光速還快的彎曲傳動裝置太空船裡，漫遊於不同的世界嗎？你有幻想過在其他空間與外星人對戰，或是到一個平行宇宙擊敗你另一個邪惡雙胞胎，並救出公主或王子呢？如果是身處在一個從生理上無法區別王子與公主的世界，因為在這裡性別是靈活變通的？

我猜想如果你正在讀此書，那你一定有過這些想法。好消息是雖然有些夢想是不可能成真，但它們經由現在的科技來推斷，科學上來看都是有可能實現的。故事的力量激發了我們，讓所有人類的歷史成真。今日，科幻小說具備激發改變我們世界的突破性。許多公司在有些名詞於小說中普遍被使用後，才開始使用像「機器人」及「安卓」（Android）這類的字。我們的STEM 專家經常說他們一開始是受到他們年輕時所讀到的故事所啟發。

本書的出現是要幫助你理解在科學領域裡一些較受歡迎的話題與它們是如何應用，或有時是誤用於科幻小說裡。這本書不是只針對想要知道更多書中情節所運用的科學的科幻小說書迷；而是基於好奇想要了解更多自己所處的自然世界及宇宙的任何人。本書是給存在於每個人都有的一種科學怪咖特質。

你將會在書裡的每個章節發現若干疑問。許多近期的發現導致科學家看到以前從來沒有想過要提出的疑問。對於我們所處的世界的好奇心讓小說家及電影工作者想要探索一切的可能性與範圍。此外，科學本身不就是提出疑問嗎？另外，一件要注意的事情就是這本書會「爆雷」，但我只會在必要、或於小說裡所提及的某種事物的科學論點做出完整解釋時，才有可能爆雷。

科幻小說是關於變化；一個或多個未出現的世界。科幻小說可以探索一個能夠解決問題、充滿希望的世界，或是一個會製造問題的危險（反烏托邦的）世界，或是一個已存在著像是劇烈氣候變化，或小行星的破壞等威脅的世界（第十一與二十一章所觸及的最後這兩個主題，可能會讓你感到些許焦慮）。

為了要解釋安迪．威爾（Andy Weir）的小說《火星任務》（*The Martian*）裡的勇敢工程農藝專家馬克．沃特尼（Mark Watney）這個人物：儘管有著壓倒性的勝算，人類還是因科學而有了許多可怕的麻煩；在這本書裡就有許多例子。

如果改變是不可能的，或甚至是無法想像的，雖然這不太可能發生嗎？以現今的標準來看，很難去想像有一種時間是有一個不同形式的未來（社會的、科技的、政治的）是外星人這個概念。然而這不是一種幻想，而是人類歷史。

曾有一段時間是當我們的祖先只觀察，卻沒有做太多的改變，這截然不同的未來並不存在於受限科學的年代。許多小說會隱晦的提及，包括神祕的幻想，但對因科技的改變而產生迴然不同的明日世界卻未多加著墨。在過去的年代，人們最多只到鄰近的城鎮或村莊；大部分的人過著和他們的父母及祖父母一樣的日常生活，並且延續著相同的方式過日子。

進入工業革命後，這個時期所出現的科技與社會常態和之前幾個世紀所呈現的是截然不同。經過這段時間之後，在一個世代內所出現的極端生活型態轉變就覺得稀鬆平常。在這個新時代中，在凡夫俗子間的平凡智慧裡是知道未來將會有所不同，但究竟會有什麼不同呢？

歡迎你，科幻小說。科幻小說這整個類型之所以會存在的部分原因在於一八一五年印尼坦博拉火山（Mount Tambora）爆發。此事件造成一八一六年的火山冬季，也被視為「沒有夏日的一年。」經過這一整年，它啟發了人們找尋一種方式來呈現表達一個根本的未來。

瑪麗・沃斯通克拉夫特・戈德溫（Mary Wollstonecraft Godwin）的男朋友珀西・比希・雪萊（Percy Bysshe Shelley）和拜倫勛爵（Lord Byron）、醫師約翰・威廉・波里道利（John William Polidori）與克萊爾・克萊爾蒙特（Claire Clairmont）等人在瑞士的莊園別墅裡一同消磨那一段涼颼颼的夏日時光。因為真的冷到無法出門，這群好友就互下戰帖，要寫出一則精彩的鬼故事（是一種奇想類型的故事）。

瑪麗一直沒有靈感，但有一天晚上他們圍坐在一起談論有關生命與自然的話題，她突然有了一個很棒的想法。就在那個晚上，科學怪人這個怪獸誕生了。瑪麗和珀西・雪萊在那年之後結婚，婚後的瑪麗・雪萊（Mary Shelley）於一八一八年完成了她的小說《科學怪人》（*Frankenstein*），或稱為《現代普羅米修斯》（*The Modern Prometheus*）。這本書可能是有史以來第一本科幻小說。

順帶一提，「科幻小說」一詞首次公開出現於威廉・威爾森（William Wilson）在一八五一年的著作裡的一篇文章〈關於厲害舊東西的一本認真的小書〉（A Little Earnest Book upon a Great Old Subject），他寫道：我希望在其他科幻小說作品——像是理查德・亨利・霍爾納（Richard Henry Horne）的著作《可憐的藝術家》（*The Poor Artist*），出現前不用等太久。我們覺得這類的書可能可以有好結果，並創造出一種趣味性；不幸地，只有科學的話這本書就失敗了。[1]

我很喜歡威爾森的想法，就因為如此喜歡，我才寫了你現在正捧在手上的這本書。

總而言之，在十九世紀末之前，瑪麗・雪萊的科幻小說從剛開始火花式的回響成長為燎原大火般的廣受歡迎。[2]朱爾・凡爾納（Jules Verne）將他的推斷法用在科技上來逗弄、取笑人們，他要的就是可信度。你們聽著：他相信有一天人們會用電子潛艇快速地穿過大海。很瘋狂的想法，對吧？這出現在一八七〇年的書《海底兩萬里》（*Twenty Thousand Leagues under the Sea*）。那麼你覺得在他一八六五年的作品《飛向月球》（*From the Earth to the Moon*）中使用太陽能帆船（於第十七章詳述）做時空旅行這個想法如何呢？

之後赫伯特・喬治・威爾斯（H.G. Wells）將科幻小說帶入另一種有社會學傾向的情境。他就像凡爾納，會書寫關於科技的改變，但他對於科學的可信度的興趣遠低於關注這些改變有可能影響人們。這兩種形式從此以後就一直是科幻小說的基石。

如果跟著凡爾納的艱深（可信的）科學書寫風格來看，在二十世紀初期出現了「三大」作者。羅伯特·海萊因（Robert Heinlen）運用現有的科技，如：電話，他會將它塑造成和現代相似的設備，像是手機（Space Cadet，一九四八）。以撒·艾西莫夫（Issac Asimov）於一九三九年開始瘋狂地沉迷於機器人（你將會在第十四章讀到關於機器人的崛起）。

第三位作者，亞瑟·查理斯·克拉克（Arthur C. Clarke），在真正的人造衛星出現之前的二十年書寫了關於人造衛星在固定不變的軌道行進。他也有關於太空電梯這類的想法（你可以在第十七章知道更多關於它的事情）。他們三位彼此是朋友，但艾西莫夫和克拉克覺得他們之間必須訂定公園大道協定（Clarke-Asimov）。

在這個協定下，艾西莫夫被要求需堅決主張克拉克是世界上最棒的科幻小說作家（他為自己留了第二的位子）。同樣地，克拉克也被要求認為艾西莫夫是世界上最棒的科學作者（他則是第二）[3]，這個協定讓克拉克於一九七二年的小說《關於三號星球與其它推測的報告》（*Report on Planet Three and Other Speculations*）裡的致謝辭寫道：

> 根據公園大道協定，一位第二名的科學作者將這本書獻給一位第二名的科幻小說作家。

所以我不是第一位作者書寫關於科學與科幻小說並喜愛幽默詼諧。如同我之前所提，威爾斯呈現了如何能夠不讓所有科幻小說中的科學需要有可信度（它只要不神秘就好）。在小說裡的科學概念可以是探索主題的工具，這是在其他類型的早期小說中經常被忽略的。

雖然克拉克的故事裡的艱澀科學是一般廣為熟知，但他在針砭社會議題時是沒在客氣的。

在於一九七五年發行的《地球帝國》（*Imperial Earth*）一書中，主人翁是一名有著非洲血統，並且無法清楚判斷他的性向。現在回想當時的背景，賦予故事主角有著種族背景，及流動性傾向的代表，是一個多麼激進的行為。

娥蘇拉．勒瑰恩（Ursula K. Le Guin）是人道科幻小說之后，她的作品探討了異文化的社會及文化結構。在她的作品裡融合了羅伯特．海萊因的書寫片段及一名人類學者的中心思想。她賦予異文化一股持續性的動力，雖然和大多數的讀者以前所閱讀過的作品截然不同，她非常有技巧地讓讀者對外星人的遭遇感到同情。

也有一種科幻小說是以哲學做分野。菲利普．狄克（Philip K. Dick）將小說當成工具對本體與構成現實的事物……有時是他自己，提出質疑。你可能在讀過第二十章後會對關於何謂真實抱持著懷疑，並對存在提出質疑。別擔心！你是真實的，也許是。

好吧！我需要做個深呼吸，我可以繼續滔滔不絕地介紹這些偉大作者，但我得將這篇簡介控制在一千頁以下。我認為你也大概知道科幻小說已經大量出現在書、電影及電視的情節場景中，它們都是以實際科學做為基礎。而這些都是從瑪麗．雪萊與友人間的打賭及打發一個涼颼颼的夏天開始的。

我想你們之中有許多人可能對幻想感到興趣，這很酷！幻想是科幻小說的存在原型，並且會優雅地停駐在本書後面的幾個章節來個偶爾的拜訪。要記住的一點是科幻小說不同於幻想，它與合理性息息相關。這本書將忠於探討運用科學的方法可以證明什麼，及科學概念與理論曾經或能夠如何在小說裡做出推斷。

然而，一點點神奇的想像（鬼魂、獨角獸……等）混雜在合理可信的科學裡是有趣的。這令人想到蒸氣龐克小說（steampunk fiction，是一種流行於二十世紀八〇年代至九〇年代初的科幻題材，顯著特徵為故事都設定於一個蒸氣科技達到巔峰的虛擬世界。蒸汽龐克多以維多利亞為背景，將蒸汽的力量無限擴大化，虛擬出一個蒸汽力量至上的時代。這種文化應該是起源於蒸汽革命之後，人們對於科技力量──「蒸汽」的神話，它的假設是工業革命發展到極致的人類文明時期。），將現代科技付諸實踐於英國維多利亞時代或是美國大西部時期。我深信只要幻想遵循著已經設定好的想像世界裡的內部規則，其與科學的相似之處是突出顯著的。畢竟，科學是一個對自然世界做持續不斷且不停重現複製的解釋。

在幻想裡，作者創造出一個有屬於自己的法律規範的世界，如果這些法律一直持續地被應用，那麼一個角色的遭遇在相同情況下也會發生在其他人身上。也就是你會有一個等同於科學的幻想世界。我們來看一個範例：有一個世界叫麥里頓（Meryton），裡面有一名年輕女魔法師（就像這個世界上的所有魔法師）只會無法再生的法術。她因為自己無用的父親而逐漸失去法力，並且必須要結婚才能再重新擁有家族的魔法力量。但騷亂接踵而來。書名可以叫做《太空裡的傲慢與偏見》。抱歉！我就是忍不住想取書名！

為什麼我和其他類人的動物一樣喜愛科幻小說？是的，對我而言，不論是閱讀及書寫科幻小說都是一種戀愛關係。以下是**我**針對這個問題所做的回答：它真的是我最鍾愛的，因為它的無所不包。任何書局（實體或網路）會依照作者及角色所代表的一系列種族、人種及性別團體進貨。因為虛構的世界裡可以支持各種社會與文化、多元的世界觀、基準規範與性傾向的出現。

因為具備如此的包容性，一個典型的科幻小說迷不是一個窩在父母家地下室有著陳腐思想的大孩子。我認為我們都是一個典型的科幻小說迷：男人、女人、工程師、律師、科學家、演員及運動明星等。如果你是一位創作者（或是充滿抱負的創作者），試著找到你的潛在讀者可能是誰。你猜怎麼著？他們可能是來自世界上任何地方的任何人。

在你投入書寫或閱讀（或觀看）你的下一個科幻小說故事之前，我們先把科學從小說分開。科學問道：「假使……，會如何呢？」小說會在麻煩的科學問題獲得解答時去推斷故事裡的人物或群體會有何種遭遇。但科學到底是由什麼所組成呢？廣義來說，它是一種認知的方法。科學方法論要找尋的是在我們居住的物質世界裡所存在的真理。當然也有其他認知的方法，像是藝術（個人真理）、宗教（顯現真理）等，但本書無關這些真理，而是以證據做基礎。

科學有兩個非常清楚明顯的面向。第一，它是一種方法，是一系列的步驟，透過不斷重複的觀察與可操控的實驗，應用於質疑自然世界裡的現象。這些步驟大致都十分具體：引導觀察、設計出一個假設是能解釋這些觀察、實驗的各種方法去測試假設、建構出一個理論，並透過更多的實驗去證實理論，且運用此理論做更多預測。

但等等！這並非全部！科學的第二個面向是它亦是一個針對積累出我們所學到的東西的集合名詞。例如：有做化學實驗的行為動作，但也有化學本身。

別擔心！這本書不會著墨在任何一個特定主題的技術層面。但針對那些有著超強心智與無窮好奇心的怪咖，在加碼的章節裡提供了部分主題的補充細節及更深入的推論。每一章也包含了在小說、電視及電影中的科學主題運用，有好的、壞的及糟糕的範例。在這些篇幅中你將聽到非常多元的作者與角色。

此外，你也不需要擔心數學會不時出現在書裡，因為這些參考資料非常少。不要畏懼數學，它是一種科學的語言。事實上，就以口頭語言來說，它充滿了具趣味性的繞口令讓科學家有時會過於認真去看待。偶爾，這會讓他們在科學的方法與要求上偏離正軌。

舉例來說，弦理論（string theory，第三章的主題），直覺本能來看，似乎很難懂，但從數學方面來看，它是具備內部一致性。它可能理論上可以解釋使用傳統方法模式所無法解釋的現象。然而，因為它是無法觀察及沒有直接的實驗可以測試此理論，現在它存在於哲學領域勝過科學。

但就科幻小說的創作者而言，誰在乎這個啊？無論什麼是能用弦理論解釋的，都是很好的故事主題。我希望你將會從這個及其他範例看到數學是如何能推進科學到科幻小說的世界中。

所以你要記住這句真言：數學真的很棒！

此書不需要按照順序閱讀，如果你想快速了解某個特定主題，但這些章節在某種程度上是建構在彼此之間的重點。我也非常鼓勵對此書從頭到尾做推測——是你自己的推測，不是那些只有和小說相關的推理。我想要這本書是和你有通力合作的感覺。

前面兩章敘述了二十世紀物理學的兩大支柱：量子力學與愛因斯坦（Albert Einstein）的相對論。狹義相對論與廣義相對論呈現時間是穿插進我們的宇宙及我們所認知的時間和重力是相關聯的。

在相對論發展之前，對宇宙的研究彷彿是在研究一個三度空間的立方體，宇宙好像是方形，但這樣的研究方式並沒有太大幫助。愛因斯坦結合空間與時間，有關能量的物質與和重力相關的一切。從他的理論來看，科學家已經推論出蟲洞、黑洞及宇宙大爆炸的存在。

另一個相對論的主題是質量、能量相等（$E=mc^2$），這是非常令人驚嘆的理論，在第一章你會發現為什麼會有這個理論。你對時間旅行與空間旅行有興趣嗎？（誰不會有興趣呢？）這個章節就是為你量身訂做的（還有其他章節也會針對相同主題稍作探討）。

在第二章我們知道大小確實是個關鍵……至少在量子力學上是。我們將會考量真的非常小的事物，小於原子的那種，去發掘為什麼不確定性將一直是我們所處的宇宙的一部分。這是物理學的範疇，在這裡決定論是被摒棄的。在微小的刻度上，每一個東西都是模糊的，因為實體粒子也是一種波。

等等！這越來越奇怪了。實體粒子能夠以自己的波狀存在於任何地方，但在這裡每一個粒子以自己的波狀出現幾乎是不可能的。直到我們觀察出一個結果，所有粒子出現是同時地存在。這樣的渾沌狀態挑戰了科學家所了解的真實的方式（而且你也可能會有相同的感覺）。第二章也思考了一些他們所相信的渾沌狀態與欠缺決定論所代表的意義等較普遍的解釋。

不要擔心這種不可思議及離奇的想法。量子力學的複雜想法已被支解成一口大小的塊狀。藉由閱讀這些前面的章節，在後面的章節你將會了解這些主題背後所含的理論，像是零點能、虛擬粒子、量子纏繞、量子計算、量子即時傳送、量子重力圈、量子自我毀滅與不滅，及時間旅行電子訊息。

在後面章節的主題包括弦理論、平行世界、反物質效應、微中子、速子、不可見、全息圖、外星生物、星際通訊、生物工程、環境地球化、全球暖化、宇宙學、進化、生命起源（無論如何是以碳為主的生物）、火箭研究、基因改造、熱力學、時間單向性（arrow of time）、電腦的下一個可能階段（人工智慧）、階級文明等許多其他主題。

天啊！真的好多東西！我們將會玩得很開心！至少直到最後一章會涵蓋所有主題並做總結——地球、太陽、宇宙……等所有一切。

我希望這本書將會給你一絲好奇與慾望想要探索這些主題甚至更多其他東西。

這篇簡介的道德意義：科學告訴我們這是什麼，不是我們想要什麼。科幻小說就沒有這種限制。

這篇簡介的道德意義（原本出現在平行地球）：科幻小說驅使於恐懼或希望，而科學驅使於必要性或好奇。它們兩者間動機的重疊性很大。

我將藉由列舉出克拉克的三點預言法則對這篇簡介做總結[4]。受歡迎的科幻小說著作從《超時空奇俠》（*Doctor Who*）到《星際爭霸戰》（*Star Trek*）都不斷重複引用他的第三點法則到令人厭煩的程度。我鼓勵你三點都接受，但純粹是好玩，並試著實踐第二點：

1. 當一位知名但年長的科學家聲稱某件事情是可能的時候，他幾乎是必然地正確。當他聲明某件事情是不可能的時候，他很可能是錯的。
2. 發現可能的極限的唯一方法是冒險走到一條繞過它們的小路到不可能的地方。
3. 任何相當先進的科技是無法和魔術做分辨的。

現在繫好你的安全帶，因為我們要出發了！

第一章

在很久的時空以前

邏輯將會讓你知道 A 到 Z，

想像力則將會帶你到任何地方。

——亞伯特·愛因斯坦

科幻小說書籍、電影及電視節目藉由其中的人物角色穿越了時間與空間而得到許多里程數。在某種情況下，故事主人翁可以透過空間中時間與相對次元的機器進行穿越之旅，這種時空機器裝置可以在電視影集《超時空奇俠》中看到。

他們也可能透過時間膨脹來做時空旅行，這影響了快速行進的太空船，我們可以在歐森·史考特·卡德（Olson Scott Card）的小說（及二〇一三年的電影）《戰爭遊戲》（*Ender's Game*）看到這樣形式的時空穿越。這類的時空穿越是可能的，但穿過時間與空間旅行的背後真實面其實單純多了。你其實並不需要酷炫的科技才能做到，因為你一直在時間與空間中移動。如果你用平均一小時五英里的速度慢跑了五英里的距離，你已經穿過空間移動了五英里及穿過時間移動了一小時。

我知道！我都知道！這非常明顯嘛！但我要指出時間與空間在物理學的宇宙中是非常糾纏的，兩者一定要**無時無刻**地一起考量進去。物理學家針對這個統一性想出一個創意十足的名字：時空。這樣的統一性有時也會被稱為時間與空間的連續。

因為時間連結著空間，科學家們不再相信如牛頓所說的，時間是絕對且均勻一致地流動。愛因斯坦的狹義相對論理論證明時間是織入空間的布料裡，更奇特的是，是光速連接著兩者。這在當時是一個令人會發出「哇！」的新概念，但他提出的相對論是什麼意思呢？

如果你正坐在家裡閱讀這本書你可能會覺得一切是固定停滯的。這是你的幻覺。地球是繞著太陽轉動。而太陽正在銀河間移動，它本身繞著一個叫做人馬座*A（星號讀做「Star」或「星」）的巨大黑洞旋轉。銀河也在鄰近的銀河系星群中移動。

自從宇宙大爆炸後，空間本身就一直持續不斷地從四面八方擴張。所以，每一個你能想到的點（地點位置）都可以被視為我們不斷擴大的宇宙的中心。任何一個地方都沒有絕對位置。在宇宙間沒有一個地方是固定靜止的；所有的運動都和某個事物相關。每一件事物都取決於觀點。

舉例來說，想像在一場棒球比賽。投手丟出一個快速球，而打擊手揮棒打擊。從球棒的參照依據來看，球是朝著它移動。但從球的參照依據來看，是球棒不斷在接近它。

有一個不真實的故事：有一個物理學家站在河岸的一邊，愛因斯坦則站在另一邊的河岸。物理學家大喊：「嗨！我要如何到河的另一邊呢？」愛因斯坦想了一會兒，並點燃他的菸斗。最後他大聲回：「你就在河的另一邊啊！」

愛因斯坦了解幾乎每件事就是看法的問題，但光速是個例外。這是絕對的。

我不禁好奇科幻小說作者席奧多爾．史鐸金（Theodore Sturgeon）針對這點會有什麼看法。根據以他為名的法律，**沒有一件事一直是絕對的**。但再一次，我必須強調他不是科學家，（或者，容我大膽的說，他不是愛因斯坦）。史鐸金也被認為曾經說過百分之九十的每件事都是胡扯。[1] 我向你保證，狹義相對論百分之百絕不是胡扯。它經過實驗證明且結果是不斷複製的。這就是科學。

當你記住這個概念後，將狹義相對論轉化成某件事情並容易了解（就算雖然不是絕對直覺式的方法）的最簡單方法就是了解每個事物都是以光速在移動。是的，這是個奇怪的想法，但我們穿過時間的速率加上我們穿過空間的速率一直都會等於光速。[2]

有些非常酷的數學就是從這個概念出發，但我不會用非常俗艷的方程式混淆你，我要直接告訴你他們的結論：當我們越快移動穿越空間，我們穿越時間的速度就變得越慢。換句話說，當我們速度增加時，時間就會彎曲以保留光速。這種時間彎曲就稱為**時間膨脹**。

別擔心！以我們在地球的速度，時間的影響是極小的。只有在我們將太空船加速到高速模式後，在時間上的相對影響才會變得劇烈。

根據狹義相對論，當我們進行穿越時空的旅行時，我們會帶著自己所設計的參考工具——時鐘。在地球上，我們的個人時鐘大多會和其他人的時鐘同步，這是因為我們的緩慢速度和彼此是相關連的。現在，如果我們登上一艘太空船，並大幅加速遠離我們所居住的星球，我們的時鐘就會開始和我們留在地球上的時鐘有所不同。當我們穿越空間的速度增加時，我們就一定要以更緩慢的速度行進到未來，以節省光速。

在真空的太空裡，光速為每秒 299,792,458 公尺（每小時 670,616,629 英哩）。[3] 如果任何人問起就說：「大約是每秒三億公尺。」這數字非常容易記住，會讓人覺得你超級聰明！

相對的時間穿越就科幻小說的工具箱而言是非常棒的科學工具。當科學在小說裡是正確的，人物角色以高速穿越空間行進時，應會經歷（其實是受到困擾）時間膨脹。有兩個科幻小說裡的相對時間旅行突出範例。第一個是喬．海德曼（Joe Haldeman）的著作《永世之戰》（*Forever War*）[4]，第二個是歐森．史考特．卡德的系列小說安德（Ender），人稱安德五部曲[5]。

在《永世之戰》裡，當部隊在不同星球上遭遇敵人時，時間膨脹會短暫出現。每一場戰役都會將我們的主角威廉．曼德拉（William Manella）從他所知道的地球拉到幾世紀外的遙遠距離。當他最終回到家園時，他早已被現今社會所取代，因為他使用的語言已古老過時，而且他的異性戀性向是遭到排斥的。試著想像有兩個種族彼此互相對抗，而時間膨脹成為阻礙，直到下一次碰面前都沒有辦法得知敵方發展到何種程度。這些真的都是相對的！

安德系列小說時空發生於幾個世紀，但對安德而言用相對速度於時空中行進，是幾乎不到幾十年。大多的安德宇宙圍繞著一個由人類取了一個不堪的小名「畜生」的外星人，對抗人類的一個相對戰爭。一個故事主角在早期與外星人的對抗中曾經藏匿於太空船中（故事設定時空背景前的八十年）。他以接近光速的速度被送去經歷一趟旅程，而當他回到地球時，人類已將他們的艦隊就位，準備與外星人做最後一戰；而外星人也因他們的相對漫長穿越過程，就是進入人類空間時所發生的時間膨脹而受益。

愛因斯坦所認為的重力

當我們在自己的相對論濃湯裡加進重力時，我們會得到與狹義相對論不同的味道。這是愛因斯坦的廣義相對論理論。

想像你在一個快速但非極度快速下降的電梯裡。你應該會感覺較輕盈，彷彿較小的重力在你身上往下壓（是的，是用壓的沒錯，我們之後會探究原因）。愛因斯坦用了複雜的幾何學呈現重力與加速度是如何相等。

試想有一對名為愛麗絲與貝蒂的雙胞胎都自願被蒙住雙眼且被科學所吸引。別問我！我無法解釋他們的動機！

總而言之，愛麗絲在一艘太空船中醒來，且太空船正以地球重力的一個單位（一公克）從一個星球加速，同時貝蒂則在紐約法拉盛區（Flushing）的星巴克咖啡廳的後面空房間中醒來。他們都把自己往上推，並且被問到是否知道自己是在一艘太空船上還是在地球。沒有人可以確定，除了貝蒂以外，因為她覺得她有聞到咖啡香。他們不知道的原因是因為他們感受到一股相對的動力壓在他們身上。愛因斯坦推斷我們感受到重力的原因是因為我們一直在加速。

事實是：地球重力（公克）＝每秒9.8公尺＝每秒三十二呎

如果我們把一般重力下降幾個維度，想像在一個兩度空間的紙板，用一個保齡球綁緊固定在其中心位置。保齡球的重量將紙板周圍呈現弧線狀，接近球的區域會比離球較遠的區域有較深的凹陷。像是大理石的物體會朝凹陷處滾動，然後在保齡球旁繞圈圈。

甚至是光線，如同在我們紙板上的一顆大理石，會繞著大而顯著的物體打轉。一般重力告訴我們質量不會互相拉扯，而是力量會讓質量往前打轉。我認為物理學家約翰．惠勒（John Wheeler）對一般重力以幾何學的本質做出最好的總結。當他說：「時空能分辨物質是如何移動，但物質則能分辨時空是如何

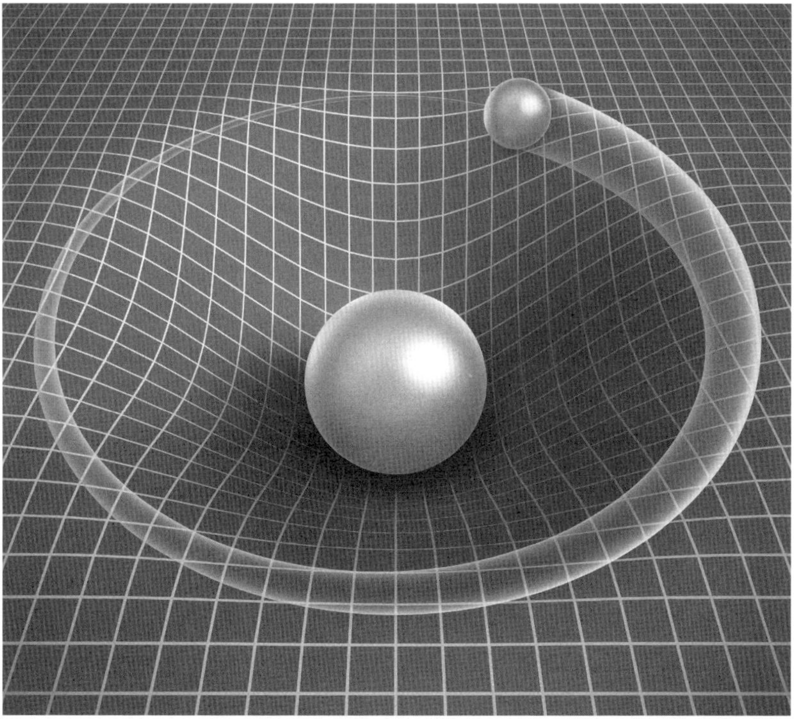

1.1　一顆大球在一張方格紙上的示意圖（istock photo/koya 79）

彎曲。」[6]

技術性補充：以紙板做比喻並不完整的原因是時空的結構並不是一張平整撐開的紙板。它是經由地球從四面八方在上面施加壓力，這就涉及到複雜的幾何學了。

對我而言，在這些彎曲波浪中滾動所得到的最顯著的結果就是重力時間膨脹。在我們身處的四度空間中，大型物體像是行星或恆星不只是撐開並凹陷空間，它們也將時間撐開。是的：時空中的彎曲幅度越大，時間流逝的速度越慢。

這和特殊重力是一致的，當重力增加時，你掉落的速度越快（加速度）。當物品加速時，時間就慢下來（時間膨脹）。當質量越大，時空就越被撐開與包覆，而任何人接近表面時的時間流逝的越慢。所以時間不會以同樣的速率經過每個地方，它是具彈性的。我們的現代衛星用愛因斯坦的方程式就是要彌補這點。否則我們的車子與手機的全球定位系統就無法準確。[7]

你知道地球的核心部分比表面大約年輕兩年半嗎？廣義相對論也有解釋這點。地球核心處的重力是比表面部分來的大，這意味著時鐘在下方會走得較慢。地球約已存在超過四十五億年，核心與表面間的時間差異經過加總約兩年半。[8]

值得反思的部分：你真的需要重力來擁有時間嗎？

這裡可以作為範例的電影是《星際效應》（Interstellar），是以物理學家基普・索恩（Kip Thorne）與製作人琳達・奧伯斯特（Lynda Obst）之間的互換做為故事基礎。這部電影是給喜愛自然科學（硬科學）的任何人的一封情書。片中有太多時間膨脹所衍生出的問題需要克服。喔！其中還包括大方加碼了許多廣義相對論。如果你問我的話，我會說重力在這部影片中擔任配角。故事主人翁喬瑟夫·庫珀（Joseph Cooper）在黑洞的重力井中待了一小段時間（相較而言），當他回到地球時，在地球上已經過了八十年！

質量是能量，有時它會製造洞

除了重力加速度相等原則之外，愛因斯坦的廣義相對論方程式呈現了時空幾何學等同於其中所有物品的能量。在此環境下的物品不是物質就是能量。事實上根據愛因斯坦，重力沿著曲線移動物質就是時空所包含的內容。[9]

我讓你參與一件已不是秘密的事情：物質與能量在同一類的物品中是有著不同形式。愛因斯坦當他導出這個舉世皆知的公式 $E=mc^2$（能量等於物質乘以光速的平方）時證明了這點。在非數學的語言中，這意味著一個物體的質量是其所含能量的測量單位。有許多能量是受限於你身體裡的質量（在加碼章節裡，我會告訴你到底有多少）。

因為質能相等，當一個物體加速時，其質量就增加。是如何增加呢？答案就是狹義相對論。當一個物體相較於觀察者而言是增加速度時，其所負載的能量也增加，所以對觀察者來說看起來更強大。事實上，能量（質量）在以單一粒子加速到光速通往無盡。你可以歸因於時空對光速極限的特性。

如果我們將廣義相對論推到其極限，我們會到一個黑洞，那是時空裡的一個無窮地包覆在一個奇異點裡的地點位置。所謂奇異點是一個無盡小且密集的點，在物理學上還沒有明確的定義。

事實上，這是物理學的終點，因為無盡不是一個數字。它是一個想法概念。就此而言，它是無法運用在數學演算上。但黑洞是存在的。根據廣義相對論，它們的重力強到時間必須要慢到停下來。我們會在第四章對黑洞有更深入的探討。

還……沒找到證人

我覺得你一定會很想問這個問題（我有很豐富的想像力！）：如果，根據廣義相對論，時間穿越理論上是可行的，然而身處在科幻小說外的世界的我們為何還沒有碰到時空旅人呢？

把時間穿越想像成行進在一條雙線、有許多駛進與開出閘道的高速公路上。身為一名時空旅人，除非有一個出口閘道是通往存在的年代，不然你是無法造訪之前的歷史年代。這點給了我們以下有關時間穿越的科學規則：我們**不可能**造訪時光機器出現之前的時間。這條規則來自於廣義相對論裡的公式，連續體的解法必須同時存在於兩端，不論我們是指地點還是時間。

但是，由於這個論點，如果一個外星人種發明了一台時光機，我們假設是在幾千年前，然後我們非常覬覦這台時光機，這樣我們有可能造訪在幾千年前的時空。很抱歉！這個在電影

《回到未來》（Back to the Future）出現的情節，德羅倫跑車改造的時光車（DeLorean）所做的時間跳躍對我而言並沒有足夠的科學性，但這並未阻止我看了這部電影三次。

兩個看似合乎科學遊走於時空波的方法

1. 蟲洞（於4D時空裡的超空間）

空間裡的蟲洞概念始於愛因斯坦的重力是從物體包覆空間時形成的理論。蟲洞有時也被稱為「愛因斯坦—羅森橋」，主要原因為愛因斯坦與納森．羅森（Nathan Rosen）於一九三五年共同撰寫與首次發表此論點。他們所呈現的是黑洞的內部軌道理論上有可能和一種在一些鄰近不同的時空中再次與外部融合的軌道吻合。[10]

去思考在不同地點的兩個極度局部變形體包覆著空間的可能性並非是無法想像的。如果這些凸起物是相連的，你就會得到連結兩個遙遠地點的蟲洞。在影集《星際奇兵：SG1》（Stargate SG1）便以「愛因斯坦—羅森橋」的入口裝置為故事中心。

任何一個星艦迷都會很樂意的提醒你，一個穩定的蟲洞就是電視影集《銀河前哨》（Star Trek: Deep Space Nine）存在的理由。在這部影集中，一個穩定的蟲洞連接主要角色所在的地點，第一象限（Alpha），與另一群未知的外星人所處的家園，第三象限（Gamma）。

由佩姬．丹妮爾（Paige Daniels）在《勇敢新女孩：女孩與小玩意的故事》（*Brave New*

Girls: Tales of Girls and Gadgets）一書中所寫的一篇名為〈前哨站〉（The Outpost）的青少年故事，其發生背景就是在一個定義非常明確的虛構宇宙中有一群牟取暴利的投機分子被視為「守門人」，他們控制著進出蟲洞的入口。這個菁英團體控制了星際旅行的管道，賦予他們所有殖民貿易的控制大權。[11] 誰能把他們這整個故事撐起來，就是故事情節加上科學。

如果我要的蟲洞是能夠整合時間旅行呢？把蟲洞當成時光機使用理論上是可行的。當然在小說的幫助下會比現實生活容易得多，因為它涉及要移走蟲洞的一邊。

首先，我們需要一艘可以產生夠強大的重力場太空船是足以吸引蟲洞的一端，（要切記的是：能量是與重力相連的質量連結）。接著，我們必須以接近光速的速度快速地拖著蟲洞一端。所以我們就創造了兩個時區的連接點，一端是到未來，另一端則是到過去。

好吧！就讓我來整合幾個重點並破解影集《超時空奇俠》裡建造時光機的科學原理。當然，我必須從一個很早以前就開始研發時間機器的競賽裡開始，因為我不能破壞「回到第一台時光機出現之前的過去」的規則。

我需要一個黑洞及控制其重力波的科技來開始時空之旅。重力波是藉由一般重力預測得知，它們就像時空中的漣漪，會從加速的質量中擴散。我們會在後面的章節中對重力波與黑洞做深度探討，它們將會占用時間與空間。

總而言之，這樣的安排可以讓我在我的時間隧道中自由地進出其彎曲坡道。為了讓我的生

1.2　蟲洞示意圖（istock Photo/cugendobric）

活更簡單，也許我可以在時間裡鎖住幾個固定點供參考之用。再來是因為存放我的設備、時間轉軸、動力來源等會佔掉許多空間，我會需要某種容器來放置這所有的東西。

我為什麼不把它放在一個有更多容積的超立方體呢？一個超立方體裡有立方體，而立方體裡則有方形。它是一個折疊的空間，容積裡還有容積。這可以讓我在某個物品裡用很小的量存放許多東西（例如：一個容器的內部大於外部）。我可以說我的超立方體是一個大到足以走進去的一個箱子，那為什麼不把它漆成藍色並稱它為「時間和空間相對維度」呢？

在馬德琳・恩格爾（Madeleine L'Engle）的著作《時間的皺褶》（*A Wrinkle in Time*）裡，一個超立方體是一座時空機器將時間與空間做摺疊。[12]這是一個幻想出的設備用來解釋穿越時間與空間的旅行，而非針對艱澀的科學進行解釋，但這概念本身就非常酷且值得一提。拜託！還有其他虛構的世界是可以讓你藉由超立方體做時空穿越呢！

2. 宇宙弦

這是一個比蟲洞較為薄弱的理論，但在科幻小說中還是行得通。我有一次曾經用在一個故事裡來解釋星際旅行，因為我對蟲洞理論感到有一點厭煩。

宇宙弦是一條很長、很細，而且趨近於無窮密集的來自宇宙大爆炸的假設性殘骸。你可以把它想成一個長線條狀的奇異點。為了要用它們打造一台時空機，你需要將這些弦的其中兩條設為平行狀態。它們的相對移動與時空幾何學，是可以關閉時間曲線，並能造訪過去的時間。然而，物理學家霍金（Stephen Hawking）指出這個系統很有可能瓦解成一個黑洞。[13]

在《星艦迷航記：銀河飛龍》（Star Trek: The Next Generation）裡有一集〈遺失〉（The Loss），描述企業號碰到一個二次元的弦。[14]你猜怎麼著？騷亂接踵而來。

分裂的論點

我們居住在一個四個維度的時空中，其中有三個是空間性的維度（長度、寬度及高度）與一個是時間維度。光速是光、重力與時間在銀河的速度極限。

時間並不是絕對的，而且也不會均勻一致地流逝。愛因斯坦向我們證明了時間是被織入空間的結構中。他的理論將空間結合時間，質量結合能量，及所有事物都有重力。從狹義相對論我們知道時間是具有彈性且質量含有能量。從廣義相對論我們知道重力並非指拉力，但卻和落下有關。如果你在時空加入東西，你就會改變其幾何學及不同的降落結果（較快落下）。

還好對科學家與科幻小說的作者而言，愛因斯坦的理論提供了許多關於空間移動、時間移動、蟲洞、宇宙弦與黑洞的存在等垂手可得的材料可使用。

要深度思考的地方：在許多科學理論中，時間看起來是從我們的宇宙的自然科學法則中出現的。簡單地說，當我們的宇宙擴張膨脹時，可能同時在過程中也把時間帶進來。如果宇宙是在不同的情況條件下形成的呢？它們也存在著時間嗎？

第一章加料篇

好料一：狹義相對論的矛盾處

矛盾的定義是一個言論或一系列言論聽起來合乎真實，但會導致和直覺對立的自我反駁與抵觸。就我個人而言，我是無法說服自己接受這樣的論點：矛盾存在於哲學與數學間的脆弱關係之外，而我們稱它為邏輯。大多數的矛盾你會有一種是直指自己的言論的印象，例如：我總是說謊，然後呢？我剛才說了實話嗎？還是沒有？一個矛盾處可能意味著對某些事情的假想推測是錯誤的。

然而，我們現在要打混並且提出一個問題：當你將一個同屬性的矛盾與時間移動混合在一起會得到什麼呢？跟你說，會變成一種超厲害的啤酒，就叫「孿生子悖論」（Twin Paradox）。

我希望你還記得之前提到的雙胞胎愛麗絲與貝蒂，因為他們回來了！某一天，貝蒂決定要登上一艘火箭往返葛利斯581（Gliese 581）星球；位於天秤座裡的一顆星球。除了接近地球與星球的短時間加速及減速外，貝蒂將以接近光速的固定速度移動。葛利斯581星球距離約二十光年，所以貝蒂的往返行程將會要稍微超過四十年完成。

在地球上的姊妹愛麗絲知道所有關於狹義相對論（穿過空間的速度越快，穿過時間的速度就越慢），所以她了解貝蒂在旅程期間的時間將會行進的更慢。愛麗絲計算出貝蒂在回到地球時將只會年長四歲。

這全都是相對的，所以我現在要以貝蒂的角度重新訴說這個故事。這時就是矛盾會（可能）發生的地方。從貝蒂的觀點而言，她才是一直維持不動的人，是地球和愛麗絲以很快的速度遠離且之後返回。所以使用之前相同的邏輯，貝蒂是經歷四十年的時間，而愛麗絲則才經歷了四年的時間。

當這對雙胞胎姊妹最後終於團聚時，到底是誰老了四十歲，誰只有老了四歲呢？如果她們兩位的論點都是正確的，你現在就有了矛盾點。

幸好我們是清醒的，這個思考實驗裡有一個缺陷。矛盾點是在依據假設雙胞胎姊妹的移動過程都是相等而出現。但它們不是相等的。其相異點來自於加速度。當愛麗絲在地球維持相對穩定的狀態時，貝蒂則經歷了快速加速度的三個時期：初期、中期（在迴轉處），與旅程結束時。在每個時期的加速度中，她躍進了一個不同的慣性時間座標。每一次的躍進都讓她距離愛麗絲所在的時間範圍更遠。

正確的結果是愛麗絲老了四十歲，而貝蒂只老了四歲，這沒有矛盾。

好料二：你的身體裡的物質到底包含了多少能量？

$E=mc^2$ 這個公式表明物體的質量（m）實際上是衡量其在光速（c）方面的能量（E）含

量。這個公式是狹義相對論的結果，而且它呈現了有多少能量是包含在物質中。

試想有一個人體重是一百五十磅。就這點，我就必須讓你採用公制單位。因為在物理學中，使用公制單位會容易的多。一百五十磅也就是大約六十八公斤。我們用愛因斯坦的公式，這個人帶有6.12×10^{18}（在10上面的小數字稱作指數，它是在數字結尾後要加多少零的縮寫；在這個例子中10^{18}是10後面跟18個0的縮寫）焦耳的能量（68kg x 300,000,000公尺／秒）。這相當於1.7×10^{15}瓦特，或是1.7×10^{12}千瓦，又或是1,700,000十億千瓦。

這是非常大的能量。根據美國能量訊息管理局（US Energy Information Administration）的資料，美國於二〇一六年從所有能源中製造出接近4,079十億千瓦的能量。[15] 所以這位體重一百五十磅的人含有超過四百一十七年的美國能源生產量。

好料三：突變

我要承認這個主題和愛因斯坦的相對論理論毫無關聯，但它偶爾會在時間穿越小說中突然冒出來。我指的是時間穿越是一種基因失調或是突變性。這不是科學，沒有一個科學理論是關於時間要取決於一個體的基因（時間的觀念感知又是另一回事）。這並不代表我們就無法以幻想小說的形式喜愛它。這裡的範例包括影片《時空旅人之妻》（The Time Traveler's Wife）（時間移位），與電視影集《超異能英雄》（Heroes）裡的角色中村廣（Hiro Nakamura）。

第二章

如果你感到不確定時，找量子力學就對了

讓生命變得可能的唯一東西是那一直都在且令人難耐的不確定性，無法得知接下來會發生什麼事。

——烏蘇拉·勒瑰恩

他長眠於此，或某處。

——維爾納·海森堡的墓誌銘

歡迎來到量子力學的詭異世界。你先別急著逃跑嘛！我保證這章不會太可怕。但我還是要警告你，雖然它會感覺像是虛構想像，但它其實真的是科學。

量子力學其實很像愛麗絲夢遊仙境，所以我要請你在吃早餐前至少相信一件不可能的事。這件不可能的事就是海森堡測不準原理，是量子理論的關鍵。這個原理說明了我們不可能同時得知確切的次原子粒子目前位置，與其到達地點的行徑路線。

更重要的是，這兩個不確定性是無法同時變成零的狀態，這意味著當你知道一方越多，你對另一方的了解就越少。此不確定性並非來自於測量上的瑕疵，而是來自因粒子的波動（更多是立即的波動）所產生的量子模糊現象。這個原理已經由實驗證實，並描述我們能知道的絕對極限。不論我們多麼想要反抗它，在量子仙境裡將會永遠存在著不確定性。德國物理學家維爾納·海森堡（Werner Heisenberg）於一九二七年發表了他針對此原理所做的研究，[1]而他於一九三二年非常確定地因此研究得到諾貝爾物理獎。

笑點：維爾納·海森堡因為超速被警察攔下。警察問他是否知道他自己開多快。海森堡回答：「我不知道，但我知道這是哪裡。」

所有模糊不清現象的成因是粒子也可以是波動。這就是所謂的波粒二象性。事實上，跟質量有關的任何事物，包括你自己，都能被描述成是一個帶有頻率的波。頻率是一個波動的週期數字。試想頻率是在一定的時間長度內傳輸到固定地點的波動數字。

在量子力學裡，大小十分要緊！較大的波動對應著一個物體的大小，也會有較大的不確定性及模糊性。你的所在位置或是你如何到達你最愛的咖啡店去讀這本書並沒有（很大的）不確定性，原因是你的速率太慢，而你的質量太大以至於無法戰勝你的實際必然性。

然而，當我們跌入兔子洞，身體不斷縮小成比原子還小的瘋狂帽客（Mad Hatter）時，我們的大小所對應著的波長會越來越大。一段波長的定義為一個波的連續高點間的距離（你可以想像湖裡的水）。因為我們的波長增加（和我們的大小相對），我們對於任何想找到我們的人而言，是模糊不清的。

此模糊或然性雲團和電子繞著原子核運行的所在地相似。事實上，海森堡（據）宣稱談論一個電子的位置，或是它在距離之間做了什麼是不合理的。

我先聲明，你無法把自己縮小成比構成自己的要素（原子）還小，但請你還是跟我經歷一下整個瘋狂帽客的事。我相信這會幫助你更能有概念上的理解。在那一片混沌薄霧中，瘋狂帽客會在何處？我知道他必須在某處，因為是我把他帶進洞裡。我必須要猜他在哪，我要這個猜測是一個有教育性的猜測，所以我會從最有可能的地方開始找起。

做這件事的最佳方式就是使用薛丁格波動方程式（Schrodinger wave equation）。[2]這個公式敘述了可能性裡面的真實性。想像我拋一個比原子還小的硬幣，雖然這不是最完美的比喻。當硬幣在轉的時候，我不知道硬幣最後是人頭還是字朝上，但我知道其機率是多少。會有百分之五十的機率是人頭朝上。如果這是量子程度的真實事件，我們可以說當這枚硬幣在轉時，它是同時處於人頭朝上或是字朝上的狀態，這個狀態稱為**重疊**。

在量子物理學裡，重疊被定義為一個物體可以存在的各種可能形式的總計。當一個硬幣最後靜止於地上時，或然雲蒸發並只有一個結果出現：不是人頭就是字會朝上。

科學家稱這為**波函數的瓦解**。或然性消失於我們所居住的並以決定論所主宰的世界。這對像電子這種所有的亞原子粒子是確實與準確的。

更廣義來說，這個函數說明了一個可能性的波狀，其頂點是呈現一個最有可能獲得的結果。試想一個鐘形曲線有著自己的圓形頂點，在頂點的兩端，其下降的尾端表示較低的或然率。在波裡的任何地方都能找到粒子，在量子的層級裡，這個粒子是存在於波裡的所有位置（重疊）。只有在波函數在觀察過後呈現失敗，所有的不確定性才完全消失。才一轉眼的時間，我們就得到一個我們知道位置及路徑的典型粒子。

所以測量不會造成不確定性，相反地，不確定性是因為位置與動力在經過測量之前都是不明確（模糊不清）的。觀察的動作改變了被觀察的事物。這樣講有點恐怖，但這個解釋方式就是所謂的**哥本哈根解釋法的量子力學**。如果你把這個想法發揮到最極致，那測量事物的行為會創造出我們所觀察出的現實，並伴隨所有過去的行為模式。

這個解釋法並不完全適用於愛因斯坦與薛丁格的理論。薛丁格試著要用他著名的貓思想的實驗來呈現其荒謬性。[3]在這裡請容許我解釋這個實驗。

試想一隻柴郡貓在一個備有連接著鐵鎚與氰化物玻璃管的盒子裡。這個設備包含了一個原子同位素，並有一半的機率會在一小時內腐壞。如果它真的腐壞，鐵鎚就會掉下來，並打破玻璃管把貓毒死。因為同位素是原子，它是量子力學的可怕主題（或然性的本質）。

經過一小時後，問題會落在這隻柴郡貓是死是活。如果你沒去查看呢？根據薛丁格的論點，哥本哈根解釋法會以只要盒子一直保持蓋著的狀態，這隻柴郡貓是處於重疊狀態，牠是活著，也是死亡的這種結論。只有在柴郡貓經過觀察得知牠是死亡或存活狀態後，才會確認牠是真的存活或是死亡。

什麼是量子跳躍？

想像你在平板電腦上畫了一連串球彈跳的圖案，當你從書的最後快速翻到最前面，你應該會看出球似乎持續在移動。但我們知道的是每一頁都是球的運動軌道的單一瞬間（意指不連續的）。從這一頁到下一頁的移動和量子跳躍的概念類似，也就是從一個點到下一個點的每個單一動作。整體可能看起來是連續的，但深入探究到所謂**瞬間片刻**的層次，其實不然。

一個量子跳躍所談到的是從一個狀態到另一個狀態的突然移動。在量子的範疇裡是沒有所謂之間的過渡期。舉例來說，一個電子繞著一個原子核的軌道是模糊不清的（記得把它試想成一個波浪）。當它變成一個不同的能量形式時，它就會從一個軌道跳到另一個軌道，而不是以一種連續的方式移動。

第一章所提到從相對論觀點來看宇宙是連續的，而量子力學視其為顆粒（用物理學的術語是**量子化的**）。還有另外一種思考方式，如果你將一張照片一直持續放大，它就會開始變得像素化（顆粒十分明顯）。相同的情形也真實地發生在時間上，如果你讓時間走得夠慢，所有的移動可能看起來不再是連續的，而是會從一個動作跳到另一個動作，沒有順暢的過渡期。

當你得知那個特殊的片刻……

去連貫性是科學家使用於一個量子粒子和其環境所有的一開始互動的術語。這是其位置、地點與其他特性可被測量的時刻。換句話說，你從一個未定重疊的位置到一個尋常的地方。這是我們打開盒子觀察柴郡貓狀態的瞬間，而牠從重疊的狀態移動至牠的最終命運。去連貫性不是崩解的原因（有可能是觀察所造成），而是當波函數滲入我們的標準環境時，其連貫性受到破壞。

在二〇一三年的電影《彗星來的那一夜》（Coherence），去連貫性的消失導致劇中角色的平行版本出現並融入故事中。[4] 這是把量子力學巧妙地運用在情節鋪陳上。

現在我則想到當我們在量子仙境裡，如果沒有人尋找我們，我們就可能不存在。更糟的是，我們可能在一開始跌入兔子洞的那刻起就不曾存在過了。

在我為《驚奇科幻小說》雜誌（*M-Brand SF*）所寫的一篇名為〈大事紀〉（Chronology）的故事裡，我把不準原理裡的混沌不明逐漸升高到一個點是讓我的故事裡的人類主角停留在重疊位置，受困於許多不同的狀態（每一個狀態是一個不同的角色）。我認為讀者一直猜測哪一個角色在經過最後觀察，或是一旦觀察過後，會留下來；而其他所有的角色會隨著他們的歷史消失不見。這個巨大的謊言來自於運用量子力學詭異處於巨大世界，這是無法在小說以外的世界做到的。為了維持可信的假象，我盡可能地將故事裡的其他科學做正確解釋與應用。

在哥本哈根解釋法裡，我們的測量造成去連貫性，但其他解釋法是可行的。其中一個選項是休．艾弗雷特三世（Hugh Everett）於一九五七年首先提出的多世界解釋法。[5] 它可以是喚起量子物理學進入科幻小說的一個有趣方式。

還記得薛丁格的貓嗎？現在想像一下在打開盒子之後貓可能同時持續在兩個狀態（死亡／存活）。每一個狀態會造成宇宙產生分支。

笑點：薛丁格的貓走進一間酒吧……及並沒有。

多世界解釋法並沒有明確地取決於去連貫性，所以不需要觀察者。在這個解釋法中，每一個量子事件造成我們的宇宙分裂成多個平行宇宙。每一個非零的可能結果都會成為事實。當我拋出我的量子硬幣時，兩個結果都會發生。宇宙就出現了兩個分支：一個是硬幣的頭朝上，另一個則是硬幣的字朝上。

在多世界解釋法裡是沒有波函數崩解。波一直會是直立的，且可以在所有地點找到粒子，每一個粒子都在一個不同的宇宙。每一個次原子所發生的結果意味著每一個可能發生的原子反應，也就代表著每個分子所可能產生的結構，也就是變成「你」的所有可能性。

如果量子力學還沒令你深感震驚，那表示你尚未理解它。

——尼爾斯．波耳（Niels Bhor）

現在你知道所有關於混沌、不準及波粒子二元性理論——技術上來說，這三者都是同一個量子硬幣的三個面——量子力學還有另一個特色就是在科幻小說中十分受到歡迎的：量子纏結。

量子纏結是當兩個粒子說要共用相同量子狀態，儘管它們處於不同的位置。這裡要注意的是我不是寫**相似**狀態，我寫的是**相同**狀態，而且我是認真的。在一個粒子的任何改變會即時轉化為其纏繞的另一個夥伴，不論這兩個粒子相隔多遠的距離。它們可以相隔一個宇宙或是只有一根頭髮寬度的距離。這樣的纏結就是愛因斯坦所敘述的「有著相當距離的詭異行徑」。[6]

真正的科學與科幻小說

關於纏結的兩個實際應用應該在科幻小說中要更常表現出來：就是量子通訊（quantum

communication）及量子計算（quantum computing）。

1.量子通訊

理論上來說（對科幻小說而言已經足夠），量子通訊能夠在宇宙的任何一個角落做到即時通訊。在這裡很重要的一個概念是所謂的即時意指比光還快的通訊方式。

等等，在第一章我應該沒有寫光速是絕對速度極限吧？我真的有寫，那就看得出來為什麼這樣的量子應用是如此特別。

測量是功能性量子通訊系統的關鍵。測量一個纏繞粒子的動作會迫使兩個粒子的波函數都崩解。一個經過測量的粒子的自旋會即時地讓另一個粒子以相同方式自旋。現在你有一個能夠把自旋轉化成語言的量子通訊系統。

2.量子計算

量子計算也表現出量子纏結的詭異之處。我們目前所使用的電腦是取決於以位元組大小的線所形成的二元資料。一個位元組是工作記憶的最小單位，是使用於文本裡的單一字彙或數字的解碼。傳統上位元組是由八個二元數字稱為**位元**所組成。一個位元可以具有一或零的數值。

所有的這一切都是老舊過時的，因為一台量子電腦使用的是量子位元，（電腦宅男）普遍稱它為**量子位**。量子位在經過觀察之前都是以或然性來做敘述。一與零的數值是重疊的，且處於一種或另一種的狀態的或然率是隨著時間會升起或落下。有時一的機率會高於零，有時則會比較低。

所以你現在一個量子位象徵一個一或／以及零的數值，而且每一個都在兩者中間。量子位間的纏結讓它們的可能性混在一起，這一點是很重要的，量子電腦可以運作是因為量子位是處於重疊或是纏繞的狀態。

為什麼這所有的一切有很大的幫助？在一個輸入資料的問題崩解成許多小部分時，大量的演算能夠以平行的方式運作（所有都是同時運作），量子位或然性的總和可以使用於找出問題的最有可能解答。

量子電腦可以相對快速地解決非常複雜的問題，尤其是指那種用現在的電腦需要好幾百年才可以解決的問題。

最後，就讓我們瘋狂一下把量子計算與多世界解釋法混在一起。那麼關於平行宇宙間的量子計算，或使用其他宇宙的計算力量來解決我們自己的複雜問題呢？

令人屏息的量子冷知識

1. 在量子力學裡，粒子沒有確切的位置或速度，除非它們已經過觀察。更詭異的是，在某些情況下，粒子僅部分存在於許多粒子組合成的一個整體。它們沒有以自己的形式存在過。

2. 根據量子力學，過去與未來都是不確定的，並且可能以連續可能性的方式存在。

其他重點

海森堡不準原理並不代表不能執行準確的量子測量。這意味著它們是帶著成本代價的——就是增加某件事物的不確定性。量子物理學裡的波動方程式捕捉了一個次原子粒子的波與顆粒。波長的大小決定了一個粒子位置的可能範圍。這點已經過實驗證實，但有不同解釋方式來說明這其中所有的意義。其中有兩個主要解釋方式：

哥本哈根解釋法說明了次原子粒子可以在波面的任何地方，但在經過觀察後會在一個單一點上崩解。

多世界解釋法認為一個永不崩解（直立的）波有許多分支，每一個尖端（一個有高度可能性的區塊）是被某些觀察者視為有著百分百的或然率。

以下是量子力學在科幻小說裡實際應用的範例：

量子通訊取決於對有距離的獨立即時通訊的量子纏結。

量子電腦運用了纏結與重疊來增加它們的計算能力。

第二章加料篇

好料一：一個時間旅行悖論

這是一個所謂的祖父級悖論，是由法國記者赫內・巴赫札維勒（Rene Barjavel）在一九四三年的小說著作《未來的三次方》（*Le Voyageur Imprudent*）所想出來的，為的是要呈現回到過去的時間是不可能的。[7]

試想你在自己的父親出生之前就殺了你的祖父，這不就意味著你也不會出生了嗎？如果你不曾出生，你又如何能回到過去在一開始時就了結你自己的祖父呢？根據巴赫札維勒，你現在之所以存在是因為過去的每件事都以其應該的方式發生。回到過去改變某些事情，你是在讓自己無法存在。哎呀！這下慘了！

在一直以科學為主題的科幻小說中，作者可以藉由接受多世界解釋法來避免這個悖論。每一次一個人物回到過去，他就會創造出新的時間軸。這個角色出生的最初時間軸，就是他的祖父尚未面臨到被自己的孫子弒殺的命運的時間點是仍然存在的。但現在出現了一個新的時間軸，就是這個角色從未出生。所以我們避掉了會出現的悖論。

在我與蘇珊・樹（Susanne Shay）博士共同書寫並刊登於《來自其他地方的故事》（*Tales from Elsewhere*）的〈魔鏡啊！魔鏡！〉（Mirror, Mirror,），我們用了這個分支理論的一個版本。

這個故事涵蓋了性別交換與一個感到非常困惑的主要角色。

這裡有一些好消息，或也可能是壞消息，要看你用什麼觀點看待它。推論確實意味著如果你去了未來一定會有分支點。這表示祖父可以把未來塵封以隔絕自己的孫子。

好料二：光合作用與量子力學

光合作用是植物接受日照與二氧化碳後大量生產出氧氣及葡萄糖的過程。這個過程有著高達百分之九十五的效率。研究人員計算出其效率應接近百分之五十。[8]到底它是如何達到如此高的效率？

能量轉換是不可能在量子重疊的狀態及同時沿著所有分子路徑中行進。只要出現最快速時，就表示找到最有效率的路徑，或然性就崩解並就遵循此路徑，所以效率就增加。[9]

如果這真的是因為量子重疊的關係，那麼科學家的問題是生物分子要如何表現出這種量子效應，以及我們如何能夠複製它並製造出具超能量效率的太陽能蓄電池（或現在版本可執行約百分之二十的效能）？

好料三：什麼是量子自殺及量子不滅？

我們是藉由多世界解釋法才知道這兩個概念。它和薛丁格的貓思想實驗類似，只是你現在就是那隻貓。這不是我最喜愛的故事之一，但它是用非常黑暗的手法變得非常有教育性。

一個人坐著並有一隻已上膛的手槍瞄準著他的頭。他每一分鐘都扣下板機。槍連接著一個原子儀表，如果一個同位素已經腐壞，就會射出子彈。他讓量子世界來決定他的命運。每一分鐘都會有百分之五十的腐壞機率。經過第一分鐘之後，他扣下板機，槍射出子彈，也沒射出子彈，而宇宙就分裂，並遵循這兩個可能性。這分歧點在於他已死亡（永遠地），並因為這把槍（量子自殺）而永遠不會再分裂。在他存活下來的宇宙裡，他對於自己的另一種形式的死亡並不自知。針對這樣的倖存者，在下一分鐘仍然會出現兩種結果。永遠都將會有一個是他所居住的宇宙，這和他扣了多少次板機無關，在那個宇宙裡這把槍永遠都射不出子彈。

這就是所謂的**量子不滅**，這並不代表他會永遠活著，只能說他不會死於槍擊。

好料四：時間旅行簡訊

在之前的章節裡，我說明了粒子纏繞是存在於同一個時間區間裡，但是在不同位置。這是所謂的**空間纏結**。量子理論也延伸至時間纏結，也就是同一個位置但是不同的時間區間。你不需要臆測時間分開的事件是各自獨立的。我鼓勵你花一點時間用哲學的方式思考這點，因為在量子的層次裡，未來是會影響過去。

一個來自過去的探測器能夠儲存一個粒子的資料並針對未來如何能再次偵測到生產相關數

據。在未來的某個時間，第一個偵測器將會被另外一個在完全相同地點被設為第一個的偵測器所取代。你會需要說明軌道運行等其他問題，但我們不要過度複雜化一件已經看得出來是非常複雜的事情。第二個偵測器會收到由第一個偵測器送出的訊息並有效地與第一個偵測器纏結在一起。

好料五：在古典物理學裡，沒有東西是模糊不明的

不管測量什麼總是會得到明確肯定，並有著清楚定義的屬性，所以任何一個可能的不確定性必然是來自於從測量這個動作所發生的不安（改變）。

讓我們回到次原子的仙境裡，在那裡瘋狂帽客仍只有一顆電子般的大小。為了要觀察這位小朋友，我們需要光。當一個光子（一道光束、將光量子化）打中他，就足以擾亂到他要跑掉。光子有很大的波長，提供了非常大的奔跑空間，所以找到他的機會比找到愚蠢地喝下裝在來路不明水壺裡的液體的愛麗絲還小。

如果我們使用的是高頻率但有著小波長的伽瑪射線而不是用光，它們就會像飛彈般打中瘋狂帽客。此衝擊點讓我們知道他會在哪裡。不幸的是，我們已經用了一個難以預料的方式打掉他了。

就是這樣，科學家現在知道不確定性確實存在，原因是次原子粒子的波粒子二元性所造成的混沌不明。

第一部插曲

來點兒原子理論吧！

你絕大部分是空曠的空間。是的，在那許多空間中有著所有的電子在你的身體裡與環繞在它們周圍的細胞核。因為數量多到如果所有的空間都被消滅，你會崩解成比一顆雀斑或是一隻螞蟻還小。

這不是關於原子唯一詭異的地方，當你接觸由原子所組成的任何東西時，你其實沒有碰到任何東西。而且，你可以接觸或被觸碰，雙手並沒有穿過你，你所感受到的是電磁力。

以本書為例，電子行進你的指尖的原子軌道只會從這本書的電子感覺到排斥作用。你感受到的是一股排斥的力量，但你認為你感受到的是由你的強大的頭腦所作的決定。這是一件好事，你的雙手可能不想要用這本書打造一個分子，所以就排斥它。

事實上在摩擦的形式裡有一點化學結合。你不會想要這本書就從手上滑落，那就是說，原子的化學結合是件好事，它能夠結合物質。

如果你用一把刀切了一片麵包，刀子其實沒有碰到麵包。刀子的原子推開麵包的原子。

這所有的一切都是因為電磁力的關係，它是宇宙裡的四大主要力量之一。這些力量負責所有粒子物理裡的標準模型，這個模型到目前為止是針對物質（粒子）的基礎材料如何在我們的宇宙遊樂場裡互相合作的最佳解釋。

四種宇宙力量

電磁——這種力量能把物質連接在一起，包括原子。太好了！要感謝電磁力，才有光明。我們在宇宙所看到的每一樣東西都是來自電磁波。

重力——有些人覺得重力交互作用很有意思，雖然重力是在標準模式裡，但它卻無法以此來解釋。

弱核力（弱作用力）——這個力量是放射性衰變的原由。聽起來很無趣，但沒了它，就沒有太陽；所以也不會有你的出現。

強核力（強作用力）——這個力量連接原子裡的原子核。如果沒有這個力量，在你以碳為主的身體裡的原子中帶正電質子會互相排斥。還好有這股強作用力將質子與中子一起綁在它們的原子裡的原子核中。

技術補充：這四種力量都有帶粒子，這些帶粒子就像是其它粒子間的使者。例如，一個光子（光的量子，是光的一個粒子的使用術語）是電磁學的使者。當兩個電子靠近時，它們會送出光子的「走開」的訊息給對方。這個訊息是非常強大並且會把電子推開。

如果一股粒子力量存在於重力，它會默默地傳導。或者更糟的是，它會接受證人保護計畫與躲藏到連科學家都無法找到。而且為了要符合標準模式，它必須在所有物質上用盡所有力量。有些說法是指這有可能是重力子，是重力的量子化化身。重力子是量子力學的聖杯，如果它浮出檯面，科學家可能最後可以讓相對論與量子力學一致。

何謂原子？

這個問題的答案可能沒有你想像的那樣簡單。回到遠古時期（約西元前四百六十五年），希臘自然派哲學家德謨克利特（Democritus）說過我們所觀察到的每件事物都是由稱為原子的不可分割的粒子所組成。（原子 atom 源自於希臘文 atomos，意思就是「不可分割」）。他深信如果你一直將某件物品對半切開，一定會來到一個點是你將無法再切割它。

這些無法分割的基本粒子是組成存在於我們身邊的每個事物。德謨克利特定義了我們現在所叫的原子，但他既對也錯。他對的是每一個事物都是由原子組成，但它們不是最基本的，因為它們可以再拆解。你可能在中學或高中（或更早）時學過，一個原子可以再分成帶負電的電子、帶正電的質子及不帶電荷的中子。

所有一般正常的原子都有一個不帶電荷，意思是它們有著相同數量的電子及質子。沒有相等數量的電子及相對應數量質子的原子，我們稱為離子。不同的離子帶有不同的電造成原子結合成分子。這就是化學了。

現在事情發展到這裡只會變得更詭異了。試想一個氦原子，這個「某樣東西」的小部分來自於兩個帶負電的電子繞著兩個帶正電的中子。（因為如此，這個原子就不帶電荷。兩個帶負電的電子抵銷了兩個帶正電的質子，它們的電荷是由於電磁力所產生的。）

你曾經聽過關於異性相吸嗎？這就是電磁力運作的方式。一個正電無法抵抗一個負電的充滿誘惑吸引力。並且，兩個志趣相投的負電是無法忍受一直膩在一起。根據這種直覺，氦原子是說不通的。首先，就我們所知道的磁鐵，難道電子不會摧毀帶正電的質子嗎？第二點，為什麼兩個帶正電的質子不會互相排斥呢？

第一個問題的答案是電子的軌道因為波粒子二元性不會受到破壞。如果你不記得這個主題，可以翻回第二章瞄一下，就知道每一個事物都有自己的頻率波。從記憶圖像的觀點來說，可以將波想像成彈簧（從側面看，它像一道波浪）。當一個電子接近其核心時，彈簧就會變得越來越緊直到某一個寬度是無法再做任何壓縮。這讓它們沒辦法進入原子核中。

為什麼在一個原子核裡的質子會結合在一起的這個問題的解答就是強核力。在一個非常短的距離，假設是一個原子核的寬度好了，其力量的強度遠超過試著要分開它們的電磁力。在這章插曲加碼篇，你會知道這些力量彼此間到底有多強的關聯性。

最老的原子到底有多老？

答案是宇宙大爆炸後約三十八萬年。第一個原子出現在我們的宇宙是氫與氦原子，是原子裡重量最輕的。比較重的原子一直到一百六十萬年後第一批恆星（團）形成後才出現。所謂的新手，也就是這些較重的原子（元素）像是鐵，一直到第一個超新星出現後才存在。越大的原子有可能越年輕。這是因為它們是從較輕的原子經過混合後所形成的。[1]

反物質到底是怎麼一回事？

反物質是一種物質，只是不同的物質而已。它之所以不同是因為它是由奇特的粒子所組成，這種粒子有著和一般物質相反的電荷。換句話說，在反物質裡的原子有帶正電的電子，稱為陽電子或正電子，盤旋在一個由帶負電的質子，又稱為反質子，所組成的原子核上方的活躍雲團。當一個粒子接觸自己的反相同那面時，它們會互相殲滅對方。那股能量必須要有出處，在科幻小說裡，這股能量能當作機器或武器的能量使用。

理論上來說，在我們的宇宙裡的每一個物質，應該要有一樣數量的反物質。並且它們應該已經將對方清除，但並沒有，所以我們才會在這兒。因為某些原因，在我們的宇宙的附近，物質在原始年代（primordial era）會逐漸將反物質排擠出去。這在宇宙的其他地區並不必然是真的。在那兒的某處有可能是反物質銀河，這可以是科幻小說作家考慮用的素材。如果來一個一艘太空船正穿過一道只能用看的卻無法接觸的反物質銀河這樣的題材，如何？

諾貝爾獎得主的物理學家保羅．狄拉克（Paul Dirac）於一九二八年導出一個發現反物質的方程式。[2]這並非他的本意，完全是個偶然事件，這也是許多新發現的動機。一切都是從他有一個非常詭異的想法開始的，那就是自然法則應該適用於一切所有的事物。自己去想想吧！在那個時候量子力學是以薛丁格的破壞相對論做出公式化的表達，而相對論完全忽視量子力學。狄拉克的公式成功地將這兩者一致化，當他呈現一個電子以接近光速的速度行進時會產生什麼。

好笑的是這個公式也有一個一致的解決方式，就是陽電子。卡爾．戴維．安德森（Carl D. Anderson）於一九三二年發現陽電子，也就是反物質的第一個直接證據。[3]他因為這項發現於一九三六年獲頒諾貝爾獎。現在陽電子已經使用於正子電腦斷層掃描上。

好吧！來點比較平易近人的話題吧！雖然現在還處於針對癌症治療的概念階段，使用反物質而非放射療法（對腫瘤放射X光或質子）可能對病人來說會安全的多。反質子可以使用於殲滅腫瘤原子的核心裡的質子。加上釋放出的能量可以對腫瘤細胞做出更大的破壞。[4]

讓我們再往下看下去

質子和中子都是由夸克所組成的。夸克的形式物理學家稱做「有不同的口味」：上夸克、下夸克、迷人的夸克、奇怪的夸克、頂尖的夸克、墊底的夸克。

為了讓這篇插曲（幾乎是啦！）保持簡單，我會將討論範圍縮小至上夸克與下夸克，因為它們是最穩定的。你要做好心理準備，因為我在這裡會變得比較數學性喔！但都只是些加法演算而已啦！

來複習一下，一個質子帶有一正電荷，一個電子帶有一負電荷，與一個不帶電的中子。現在奇怪的來了：上夸克帶有三分之二正電荷及下夸克帶有三分之一負電荷。是的，這些都是部分少量的。我知道，這很誇張！對非物理學家的人來說，這根本不用擔心，因為歸因於強核子力，它們在大自然裡絕對不會被單獨發現。

夸克是如何在一個原子的核心裡為粒子充電：

一個質子是由兩個上夸克及一個下夸克所組成。現在用數學來表現：

+2／3（上夸克）+2／3（上夸克）-1／3（下夸克）＝1，一個正電荷。

一個中子是由一個上夸克及兩個下夸克所組成。

+2／3（上夸克）-1／3（下夸克）-1／3（下夸克）＝0，一個電中性。

為了讓這點更複雜，沒有兩個夸克的結合可以讓你得到負一、零或一。好吧！是幾乎沒有任何結合。要讓一個兩個夸克的結合可以成立，你需要所謂的反夸克（帶有負三分之二與正三分之一電荷）。

在接下來的這兩個段落是針對完整性，所以下次某人試著要用核子物理學來讓你對他有好感時，你可以點頭示意表示了解。

任何由強核力結合而成的事物稱為強子。任何由三個夸克組成的強子稱為重子（像是質子和中子）。從另一角度來看，介子是由兩個夸克所組成的強子。

電子是基本的粒子，意味著它們無法再做分割。它們來自和夸克無關的另一個稱為輕子的家族。不像強子，輕子不會和強核力互動。它們的選擇仲裁者是電磁力。電子是最輕的帶電輕子。這對我們的存在是非常棒的，因為只有最輕的帶電輕子是最穩定的。因為這種穩定性才會產生化學。

第一部插曲加料篇

好料一：四種宇宙原力的影響範圍

在影響的範圍與強度來說，這四種力量有很大的分別。其中最強的力量（真是驚喜！）是強核力。提供一個參考方式，想像強核力的強度是被定義為相等的一種力量。第二強的力量是電磁力，但只有強核力的一百三十七分之一的強度。接著是弱核力，令人震驚的是它只有強核力的 0.0000001 強度。最後來到這四個裡面最弱的力量，就是重力，它只有強核力的 0.000000000000000000000000000000000001 的強度。[5]

是的，重力是相對地微不足道。我們的整個星球都在把你往下拉，但只要一個廚房用吸鐵貼就能夠讓一個迴紋針從地面上彈跳起來。而且你一定有注意到一丁點的靜電是如何讓一張紙可以貼在你的手上並壓倒性地征服整個星球的重力作用。

重力與電磁力兩者皆有一種無限範圍的影響力，而強核力與弱核力的範圍則較小。強核力的影響力不超過一個原子核的寬度（0.000000000000001 公尺，或一費米）。弱核力則侷限於一個質子直徑的一個百分比的十分之一。[6]

好料二：核融合 vs. 核分裂

核分裂是當重的原子核以分裂的方式釋放能量。核融合是從結合原子核及提升元素週期表到較重的原子。舉例來說，在早期的宇宙，氫原子融合以形成氦原子。當兩個原子融合時，新原子的大部分會比兩個原來的原子總和來的少。消失的大部分透過 $E=mc^2$ 公式變成能量。

身為一種力量來源，核融合的優點是沒有像核分裂一樣會有長久的放射性的廢料產生。

第三章

用我們的方式隨興地彈奏出萬物

宇宙就像是一根巨大的豎琴弦，在實體萬物間擺動！
順帶一問，它彈奏出的是何種曲調呢？
我猜是數字和聲曲的某一小節吧？

——娥蘇拉·勒瑰恩，《一無所有》

第一章與第二章說明了二十世紀物理學的兩大支柱：量子力學與愛因斯坦的相對論。這兩大理論都已透過實驗與觀察獲得證實。任何的不符差異都是來自於極端的範例，像是當亞原子粒子遇見了黑洞的壓倒性重力。

這個差異絕大部分是因為無賴惡霸的重力對科學家施壓以尋找出一個超級偉大的聯合理論可以使相對論與量子力學達成一致。超弦理論（又稱為弦理論）是可以包山包海的理論的一個重要候選人。它提出即使是非常細小的弦都能震盪萬物裡的所有一切。這些弦非常細小，相較起來原子似乎就變得非常、非常巨大。

如電視影集《超時空奇俠》裡的博士可能弦理論是直覺性地「不知所云、語無倫次」，[1]並且可能比科學更具寓言性及象徵性。而且，它有可能能夠針對無法使用第一、二章所敘述的傳統模式所解釋的現象做出理論性的解釋。當我們把弦理論運用到極限時，它是能夠比使用傳統模式所做出的觀察及預測和自然的更多存在形式相容並存。

沒有證據可以證明這些弦的存在，但它是基於非常紮實（雖然很複雜）的數學所得到的結果。這是科學家間的敏感棘手的問題，是的，因為這個數學能夠陳述自然的結構，但它也能夠與所描述的自然世界相容。這意味著，根據數學所呈現的，所有的這些世界一定存在，即使我們的肉眼無法看到。

現在如果這些宇宙以某種方式存在著，那在它們及我們的宇宙間就不會有偶然的接觸。這並不是科學，所以只要弦理論不是以觀察及直接的實驗測試所得到的理論，它一定是定位在哲學的範疇勝過科學。

額外的空間

弦理論取決於我們無法看見或概念式地想像的存在空間。並且，如我之前所陳述的，數學做了大部分的苦工。但別擔心，你不會在這章看見任何的方程式！

在第一部插曲曾提到標準模型解釋了大部分在宇宙裡我們所觀察到的事物，但不是每個事物都能用標準模型解釋（如：重力）。所以標準模型不是一個涵蓋一切的理論，但它已是一個包含了絕大部分的理論。有些物理學家認為我們能再往下探究比夸克（構成質子的內容物）及電子更小的物質。為了要做到這點，我們必須要離開我們所知的，往不確定、推測的方向前進。

這就是弦理論的起點，不將夸克及電子想成單一空間粒子，弦理論主張它們極可能有兩個或更多空間。這些空間可能是很小、捲曲起來的空間；又或是非常大，大到我們的三度空間宇宙能舒適地存在於其中。

試想一把四弦的小提琴，每一根弦都是不同的音調（因為拉的鬆緊度不同），所以當它們被琴弓拉著的時候（是一種刺激）就會產生一種不同的音調。這和弦理論並沒有太大的差別，基本粒子（夸克、電子與它們的相等的反物質成員）就如同製造音調的琴弦。然而，和我們的小提琴不同的是，小提琴是將琴弦繫住並以不同的方式拉奏琴弦；而弦理論裡的弦是漂浮於時空中，它們沒有被任何東西綁住，但它們卻存在著壓力。

有件事值得深思：如果它們真的存在，那麼這些弦到底是從哪來的？一把小提琴所拉奏出的音樂來自於其琴弦於三度空間中的震動。當我們將這些震動畫在一張二度空間中的紙上時，它看起來就像是一個數學的正弦（sine）及餘弦（cosine）的波（針對出現於平面銀幕或紙張上的波狀線條所使用的數學用語）。弦理論中的弦在十度、十一度或二十六度空間中彈奏出它們的音樂。[2]在標準模型裡的基本粒子就是從這些震動中形成的。

在第一章裡敘述了這四個維度：其中三個是空間性的（長度、寬度及高度）與一個時間維度。其他的六種或七種甚至是更多維度，如果它們真的存在，那一定是藏起來了。否則我們應該能夠透過實驗發現它們。對它們來說一個很好的藏匿處是將它們壓縮集中到非常小，小到僅有普朗克（Planck）長度，就是一公分的十億分之十億分之十億分之的百萬分之一。這個單位是以德國物理學家馬克斯．普朗克（Max Planck）為名，他定義了使用於解釋量子力學的基本單位（舉例來說：長度），普朗克長度小到無法適用於物理學的古典概念，由量子力學來主導。

我知道這非常難以想像，所以我來幫忙了。試想一張紙的邊緣有一毫米厚，假設我們想像出一個人物角色名叫雷夫（Ralph），他因為自己的大小而覺得非常沒有安全感。他的身高是紙的厚度的十分之一（0.1 毫米）。如果他的大小是重現了整個可觀察到的宇宙的大小，那麼以普朗克大小來看他的尺寸會等於0.1毫米。

在一九九〇年代初期，物理學家發現弦理論面臨到一個令人頭痛的難題：就是沒有單一弦理論。有五個獨一無二的版本，每一個版本都能成功的解釋在某些條件狀況下的現象；並且每一個理論都需要一個或兩個額外的空間維度以陳述在標準模型中的一個粒子，但當在解釋其他粒子時，每一個理論又會瓦解。如果五個理論能結合成一個單一理論，那麼幾乎所有東西都能得到解釋。

這就是M理論出現的契機。M理論讓我們能夠解釋為什麼必須要有那麼多空間維度。它將五個弦理論中的每一個視為分支，並扮演地圖的角色來連接它們。為了要讓M理論能夠成立，我們當然要再加另一個空間維度。但是誰在做計算呢？別問我M代表什麼，這是物理學的一個謎。我曾經聽過許多說法，但始終沒有結論。

如果有比量子事件少的空間維度，那麼就必須要包含負的或然性。相信我，如果這是真的，那麼事情就會變得很糟糕。科學家不喜歡糟糕的事情，所以最好是把它們加進來而不是去掉它們。如果另外的空間維度確實存在，它們有可能很小並捲進它們的空間裡。亦或是有可能這個另外的空間維度非常的大，並包含了所有的物質與存在於它們之間的重力。

這些大的空間維度稱為**膜維度**（membrane dimensions），有時物理學家就叫**膜**（brane）。在膜理論中，我們的三度空間宇宙可能是一張撐大的薄膜漂浮穿過一個叫做**大主體**（Bulk）的四度空間背景。試想一張二度空間的紙張駕馭著我們的三度空間世界裡的風。在兩者都加上一個空間維度（還有幾個其他考量的要點），你就會得到一張薄膜漂浮在一個大主體中。

在M理論中的架構，一層薄膜是必要的，它就像是所有弦上的一個附加點。微小的空間維度就會被擠壓進一個有著特定形狀的空間維度，我們稱為卡拉比—丘流形（Calabi-Yau）空間。從這個空間可以就數學的觀點製造出我們能夠看到的所有物理學。一個原子的基本條件就取決於這個幾何學。

科幻小說有非常大的空間涵蓋這些額外的空間維度。在劉慈欣的小說《三體》（*The ThreeBody Problem*）中，地球遭到一個藏匿於捲曲的空間維度中的科技侵略。[3]柴納・米耶維（China Mieville）的著作《城與城》（*The City & the City*）探討的是在重疊的空間維度間有的衝突。[4]傑佛瑞・卡弗（Jeffrey A. Carver）在其著作《太陽的誕生》（*Sunborn*）中使用了許多科學概念。他具有古老的人工智慧，且存在於一個在黑洞裡的壓縮空間維度。[5]現在你知道所有關於隱藏的空間維度，你只需要做的就是閱讀關於黑洞及人工智慧的章節。

看看其他競爭理論

量子重力圈理論是尋找一個大聯合理論的重要競爭者。弦理論嘗試在標準模型裡解釋一切並將重力帶進宇宙力量的家族，並成為一員。量子重力圈理論就謙虛多了，它的目的只有讓量子重力與時空能夠一致。

一般相對論視重力為時空幾何學的所有物，而量子力學視重力為一量子力量。量子重力圈理論支持時空本身可能就會量子化的論點，意思就是它視空間為粒狀的而非愛因斯坦所認為的連續不斷的。

所以如果你用一個有著不可能力量的顯微鏡持續地聚焦在空間裡的一塊區域，假設是你和這本書的距離，你會開始看見空間本身粒子化且變成粒狀。此理論認為這些小顆粒被重力的有限圈圈編織在一起。這個論點非常深奧，因為它意味著空間有可能是不連接的（是個別顆粒），並不是連續不斷的。

和弦理論不同的是可能有一個方法能夠測試量子重力圈。你只需要做的是研究消失在一個黑洞的輻射。研究學者認為如果量子重力存在，可測量的差異處將會以不同類型的輻射能呈現，並從一個黑洞揮發消失。[6]

對研究學者來說最大的困難之一是要找出一個揮發消失的黑洞。到目前為止，沒有人發現、偵測到這個黑洞。同樣的技術也可能適用於尋找量子重力於在宇宙出現後所留下的本底輻射（background radiation）的證據。你不需要擔心不知道黑洞揮發是什麼意思。這個主題將會在第六章出現。現在你只需要知道這個理論是可測試的。

量子化的空間能夠解決一個悖論並打擊壞人嗎？

量子重力圈理論可能是無限距離的悖論的解答。請容許我不正當地將你變成一個正在度過倒楣的一天的犯罪首腦。你是一名罪犯，發現 DC 漫畫的英雄——綠箭俠，正朝著你的腦袋射出一支箭。而此時綠箭俠正處於極富攻擊性的心理狀態。

如果我們相信古希臘哲學家來自埃利亞的芝諾（約西元前四百年間），那你就是安全的。[7]這支箭在半途中穿過一個你稱為藏匿處的倉庫，之後剩下一半的距離，之後再一半，就這樣一直繼續下去。這支箭永遠不會射到你，因為它必須要穿過無限個點，讓你身處於無限遠的距離。這支箭會一直離你越來越近，但永遠不會射到你。只能說數學救了你一命！

但根據物理學並不是這樣的，你會感受到一陣痛楚，也許之後可能就再也沒有任何感覺了。我將會告訴你為什麼，我可以提供一些哲學的及數學的解釋，但我們來選個量子的吧。在這支箭射出後的任何一個特定時間只有你和箭之間的一個有限數量的量子化空間微粒。抱歉！無限性無法幫忙一名罪犯。

其他論點

在所有不同版本的弦理論背後的論點是這些弦是自然的大多數基本單位。它們在宇宙的空間維度中彈奏出我們無法察覺的音樂，但它們又創造出我們所看見的一切。對我們而言，這些空間維度可能僅以數學的構想存在著。它們之中最小的可以被捲進去最小的刻度單位，那就是普朗克長度。因為真的太小，所以長度可能已經不重要了。最大的空間維度可能是一層能包含我們的整個宇宙的膜。

五弦理論具內部一致性，但當分開來看時，它們無法成為萬物的唯一解釋。M理論是一個能將它們聯合在一起的雨傘理論。它就像一張公路地圖能夠指引出哪個理論最適合用來解釋哪種現象。

量子重力圈理論則是採用不試著解釋所有粒子的更穩重方式，而是只專注在重力上。如果它能夠連接重力到量子化的時空，那麼它將具有聯合的相對論及量子力學。

想讓你知道的事

在莫非定律及弦理論中有我最愛的交叉點：那就是在弦理論中的任何事物就理論上來說會出差錯，並一定會出差錯。但如果沒有東西在理論上會出差錯的話，以實驗的觀點來看，它就會被屏除在外了。

第四章

我們的宇宙（對那些其他『人』來說是對立的）

如果你想要從頭做出一道蘋果派，你一定要先發明出宇宙。

——卡爾·塞根（Carl Sagan），美國知名天體物理學家與作家研究整個宇宙的科學稱為宇宙學。宇宙學家是一群專注於大概念的科學家。並且，如果你有猜到的話，宇宙其實真的蠻大的。它也包含了一百三十八億年的歷史。這章要探討的是幾個在宇宙學裡的大問題，包括宇宙的大小及它是如何開始的。

宇宙到底有多大？

答案是：還蠻大的。

好吧！我們話說從頭，開始往大方面想，越大越好……，因為可看見的宇宙大約是九百三十億光年，以直徑來看。一個光年大約是六百萬兆英哩。我會加碼告訴你另一件事：明天的宇宙會變得更大。

到底會變大多少呢？

宇宙每百萬秒差距大約是以每秒七十公里的速度成長。[1] 這個聽起來十分複雜的速度稱為哈伯常數（Hubble Constant）。在這裡容我試著為你解套。

天文學家使用秒差距來表現星球的距離。一個秒差距代表著 3.26 光年。一個百萬秒差距意思是有一百萬個秒差距（3,262,000 光年）。順帶一提，秒差距是一角秒的視差的簡寫。如果你正計畫著要寫屬於你自己的太空歷險記，我會建議你就一直使用秒差距。

所以如果你用美國國家航空暨太空總署（NASA）借你的一台很厲害的望遠鏡看夜空，在約三百三十萬光年距離的外太空，從地球上看銀河上的物體會感覺很遙遠，大約是每秒七十一公里的距離。

將你的望遠鏡設定可越深入太空，就會出現越快的擴張。當你往外看得夠遠時，物體將會消失。其原因是太空的遠處地區似乎（其實就是）比光速移動得更快（然後消失），這和我們的銀河位置相關，由於膨脹擴張的幾何學本質。

下一次你看《星際大戰四部曲：曙光乍現》時，韓．索羅（Han Solo）說：「你從來沒聽過千禧隼號（Millennium Falcon）嗎？它是一艘可以在十二個秒差距以內走完凱瑟航道（Kessel Run，電影裡用來描述走私者所使用的超空間路徑）的太空船。」要謹記的是一個秒差距是**距離**的單位，並不是**時間**的單位。[2] 唯一可能讓這個言論在科學上具一致性的科幻小說解決方式就是假設韓．索羅意指他能夠找到在進出這個超空間裡最短的路徑。

我們花一點時間來理解宇宙到底有多大及擴張的速度有多快。一個光子（量子化的光）以光速移動，從我們的太陽離開大約要比八分鐘多一點才能抵達這裡。這個小東西要花上五個半小時才能到冥王星。如果這顆光子想要來趟公路旅行，到距離最近的下一顆星（比鄰星，Proxima Centauri）粗估約要 4.2 光年。

所以在太空裡有許多空間。如果我們能以光速移動（事實上是不行），我們得花上四年的時間才到得了我們的鄰居星球——比鄰星。所以在銀河周圍遊走在時間上是受限的。以目前的技術，在可預見的未來，人類是無法去離地球太遠的地方。

但也不全是壞消息，目前所存在的科學（如果不是政治性的或是經費導向的）是要在我們的太陽系中創造太空站或是行星基地。如果人類更有野心的話，可以發現許多針對在我們的太陽系裡改造幾個月球與其他星球成為像地球一樣宜人居的很好想法。我們會在第十二章詳細探討這個主題。

如果你想像自己逃離太陽系，灑上一點科幻小說的神奇魔粉可能就是你的解套方法。在《星際大戰》的宇宙裡，太空船是以超空間的軌道移動。這些是在時空裡的皺褶，可以讓太空船從一個點跳到另一個點，不需要朝著它們的目的地直接移動。

在《星際爭霸戰》的宇宙裡使用的是曲速引擎技術，是有動力的物質／反物質的毀滅，藉由雙鋰結晶體中和（可以回到第一部插曲的章節重溫反物質的定義）。針對翹曲引擎的最佳技術囈語的敘述為它是一個重量領域的置換引擎，並藉由物質／反物質的反應產生動力。這原本應該意味著曲速力場（warp fields）是經由一艘太空船所產生以形成一個子空間漣漪。這個漣漪會扭曲當地時空，讓太空船可以用超過光速的速度（翹曲因子）滑過這個扭曲時空。你可以在第十七章找到更多關於曲速引擎的科學解釋。

翹曲因子的速度在任何變更版本的《星際爭霸戰》中一直沒有清楚的定義。不同的曲速對我而言都不具有科學性，所以我不會試著去解釋這些因子的指數本質。

最棒的地方是：當無論是在《星際大戰》或《星際爭霸戰》的宇宙中移動時，都不會有時間擴張的問題。

可觀測的宇宙和實際的宇宙有何不同？

當要解釋宇宙的大小時，我會慎重地使用**可觀測**（**observable**）這個詞。原因是我們所居住的宇宙和我們能看見的宇宙是不同的。

這是宇宙學的核心。對天文學家而言，可觀測是指能看見光從宇宙的遠方放射出來。然而在宇宙的某些地方因為距離太遠，在它們的星球上的光還沒有時間可以到達我們這裡。當它最終抵達時，我猜想我們全部都將已消失，但我們的後代子孫可能有機會大開眼界。

有其他地方是以比光還要快的速度從我們擴張出去（根據廣義相對論，有包含物質的任何東西當在穿過空間時，可能無法超過銀河速限，但這無法適用於空間本身），所以它們的光將永遠無法到達我們的黯淡藍點。當宇宙擴張時，地平線就會變得較小，我們所能互動的宇宙也將會變得較小。

縮小的地平線並非是銀河速限的唯一結果。它也意味著我們所看的東西沒有一樣是當下的。距離越遠，時間差別就越大。時間差別在我們所認知的現實裡是令人驚訝的稀鬆平常且廣為接受。我無法得知在你讀這個句子的同時這個世界發生了什麼事。對我而言，現在的你是我的未來。

當你望向天上的恆星，你看到的是昨天。事實上，你看到的是昨天的曾曾曾祖母。銀河大約有十萬光年寬，而我們的太陽距離銀河中心其實蠻遙遠的，所以任何從一顆在銀河對面的星球上發射出來的光將會需要花上十萬年才能到這裡。如果你看到的話，那就是舊的光，是一個已經過去好久的昨天。這裡有一個重點要提醒你：就宇宙而言這或多或少是一個最近概況。你從下一個最接近的漩渦星系，也就是仙女座上所看到的任何光，是大約三百萬年的年紀。[3]

是的，對有些地方的宇宙我們將永遠不得而知感到難過，但對科幻小說而言，這不全然是壞消息。

如何計算銀河距離？

所以我們要如何得知星球間或銀河間的距離呢？天文學家使用的是宇宙的碼尺，亦稱為**標準蠟燭**（**Standard Candles**），來做測量。他們也使用了大量的幾何學。就距離非常遙遠的銀河來說，測量的碼尺就是超新星。超新星是異常明亮的星爆炸。他們觀察明亮度及一個紅位移的測量距離，因為擴張可被使用在決定距離。一會兒會再針對紅位移做說明。

離家較近的造父變星（Cepheid）是用來測量距離。這些非常明亮的星是以一種可預測的形式震動（改變的直徑、溫度與明亮度）。美國天文學家亨麗埃塔・史旺・勒維特（Herietta

Leavitt）於一九一二年發現周光關係（period-luminosity relationship）。[4]天文學家能夠測量距離的原因是因為明亮度（藉由單筒望遠鏡看見）與震動期之間的關係。這個章節的好料四提供一個針對造父變星如何被用於測量距離的詳細解釋。

並且在開始時（或更確切的說是一個開始）……

現在來個原始故事……我們的原始故事。我指的是關於可觀測宇宙的開始，大爆炸。這是一個美麗的誤會，因為這個事件不是很大就是很震撼。

這名詞一開始是一位英國的天文學家弗雷德・霍伊爾（Fred Hoyle）於英國國家廣播電台（BBC Radio）所做的侮辱性言論。他認為沒有所謂驚人壯麗的起始點，相反地，他支持另一個相反的論點，稱為**恆穩狀態學說**（**steady state**）。在這個理論中，宇宙不會因時間而改變，但在宇宙裡的東西，像是銀河，則可四處移動。他的立場是錯誤的，但他還是因為起了這個名字而有些許貢獻。[5]

所以到底什麼是大爆炸？它是一個令人吃驚的事件，在這個事件中所有物質沒有過且以後也不會有，由被稱為奇點（天文學用語）的一個非常非常小的點所產生。讓我們重新回到第一章，一個奇點是一個在時空裡無限小且密集的點。在一百三十八億年前，我們所觀察的每件事都是從一個奇點湧出來的。喔！而且大爆炸也創造了時間。

你要大爆炸的證據嗎？很好！你現在思考得像一位科學家。下方三點就是證據，其實還有更多，但這三點是一個好的開始。

1. 觀察

透過觀察，美國天文學家艾德溫・哈伯（Edwin Hubble）從銀河的紅位移發現宇宙擴張的證據。當光從一個觀察者的視角移開的物體中轉移到電磁光譜的紅色端，就觀察者而言，紅位移在這時已經發生。電磁光譜的可見顏色部分，從最不明顯到最強能量（頻率）的順序為：紅、橙、黃、綠、藍、靛與紫色。這些也是彩虹的顏色。

光移動至光譜的紅色端和都卜勒效應（Doppler Effect）相似。一個物體的聲音是會隨著其移動而改變，這和觀察者是相關聯的。舉例來說，當一輛救護車快速地朝你開過來，聲音的頻率會增加並且音調會升高。當它倏地從你旁邊呼嘯而過，音頻就會減弱，而且音調會變得較低。

藉由研究移動銀河的紅位移，哈伯證明了它們是從銀河移開。[6] 他也證明了在銀河更遠的地方，移動越快的星，年紀越輕。真正非常遙遠的銀河可能是最近才形成的或是還未成為恆星的發光氣體。這項證據加上廣義相對論讓宇宙論者能夠倒轉宇宙歷史。他們證明你回到越久以前的過去，宇宙就越小。

但前提是天文學家要能夠看見可觀測宇宙正在擴張。這在一年前應該不難想像，它應該比現在要小一些。如果我們把時鐘倒轉至一百三十八億年前，宇宙應該只是太空中一個原始點。

2. 宇宙微波背景輻射

宇宙微波背景輻射（Cosmic Microwave Background，簡稱CMB）是宇宙的簡單輪廓。它是宇宙只有三十八萬年時的樣子，並且它呈現了我們能看到的最早以前的宇宙。[7] 宇宙微波背景輻射是大爆炸後所遺留下來的熱能，是一種殘留物，一種餘暉。

宇宙微波背景輻射厲害的地方在於它的存在是從大爆炸理論中預測所得，並且（你等著看）它是禁得起查證的。當我們從每個方向望向銀河，我們看到的證據是宇宙最早的那道光。並且宇宙微波背景輻射在所有方向看起來都是相同的，這意味著對宇宙而言是沒有所謂往上。它是等向的。

3. 元素（大爆炸核合成）

我們的宇宙包含了許多元素。舉例來說，以碳為主

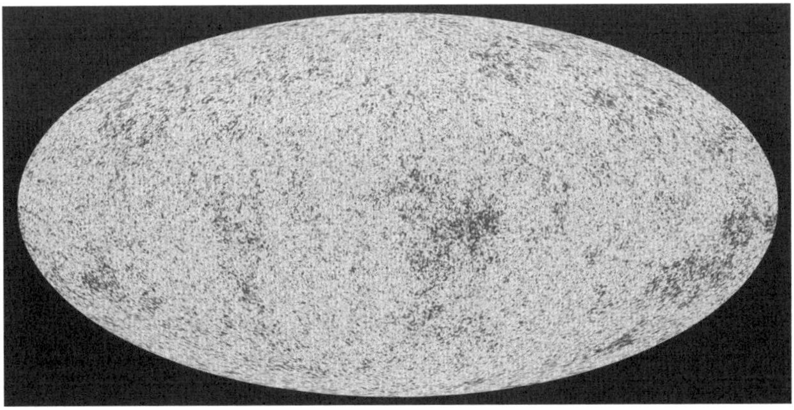

4.1 宇宙微波圖說（NASA/JPL-Caltech）

所組成的你正在讀這本以碳為主所形成的書（或是一個電子設備的合成物質）。這些元素在宇宙的早期並不存在。當這一切開始時，只有壓縮成非常小體積的氫核子。在宇宙大爆炸發生後約十秒至二十分鐘間宇宙的氫核子開始融合成氦。[8]經過數百萬年及許多核融合後，創造了重量較重的元素。

值得深思的是：宇宙大部分是以氫元素為始，在經過蠻長一段時間後（以及融合與進化），演變成人們去思考到底什麼是氫。

基於早期宇宙的元素，宇宙大爆炸標準理論成功地預測現在我們應該（以及有）觀察到多少元素。舉例來說，我們的太陽包含了氫及一些氦，但在我們所居住的地球還存在著重量較重的元素。這些來自於之前幾代的恆星。

是什麼造成大爆炸？

這是一個合理的問題，但我沒有一個合理的解答，因為這個問題本身可能不具任何意義。試想**原因**要如何在**結果**之前產生呢。在標準理論中，沒有所謂在大爆炸發生之前的**之前**（例如：時間）。提出大爆炸之前的時間的問題就好像在問北極的北方是什麼。當你在閱讀第二章時（關於量子力學），有些事情就是會沒來由的隨意發生；它們不具任何特殊理由。這是宇宙所具有的反覆無常的特質。是的，也有可能存在著某些原因，但在我們對宇宙所具備的科學認知裡並沒有要求一定要有一個理由。

《勇闖宇宙三部曲：宇宙起源大霹靂》（*George and the Big Bang*）這本書是針對這個主題融合了小說及非小說的一本好書。[9] 這是由父女檔史蒂芬・霍金（Stephen Hawking）與露西・霍金（Lucy Hawking）共同著作的關於年輕人的科學之旅系列的第三本書。在故事裡有一個計畫是要摧毀大型強子對撞器（Large Hadron Collider，簡稱 LHC）在它能操作一個重新打造大爆炸的最初情形的實驗。是的，騷亂與科學接踵而來。這本書也包括了霍金教授與其他科學家書寫關於宇宙起源的論文。

有一個更具推測性的原始理論被提出，就是大爆炸發生過，但它並非一切事物的起源。我現在正在說的是關於膜理論（Brane Theory），它是在第三章出現過的弦理論的其中之一。它是假設我們的三度空間宇宙是一層遭到撐大的（薄）膜，透過一個後面的更高象限，我們稱為超空間（The Bulk，亦稱為 Hyperspace）懸浮於其中。[10]

現在想像我們的膜並非只懸浮於超空間裡，兩個膜有時會對撞，就像拍手一樣，會釋放出許多動能。對處於對撞膜內部的觀察者，這個對撞看起來會像是一個大爆炸，是出現宇宙的大爆炸。它所釋放出的動能會創造物質（你應該還記得第一章的質量守恆定律吧？）；物質會形成宇宙，宇宙可能會創造生命，而生命形式可能包括各種生物，甚至像是我們這種喜歡科幻小說的怪胎！

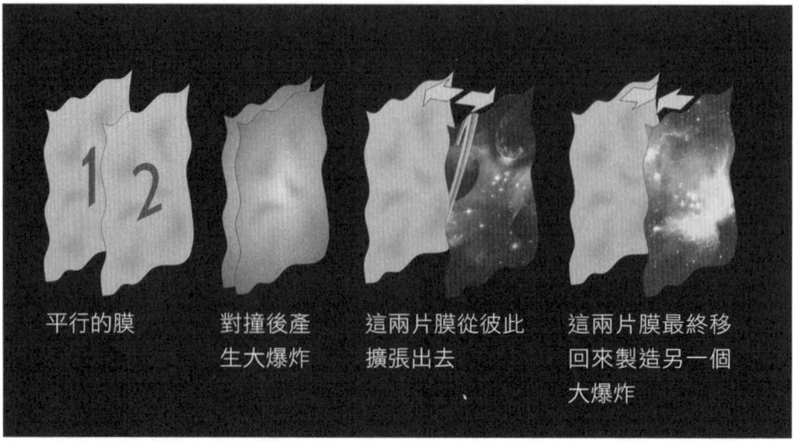
1
2
平行的膜
對撞後產生大爆炸
這兩片膜從彼此擴張出去
這兩片膜最終移回來製造另一個大爆炸

4.2　大爆炸的對撞膜示意圖

接下來會發生什麼？

讓我來猜猜：你應該聽夠了大爆炸，你想知道接下來會發生什麼，我現在就來告訴你。

在大爆炸之後的第一百萬億分之一秒後，宇宙變得非常的熱及處於高度壓縮狀態，時空充滿了能量。在經過這個短暫又快速發生的事件後，宇宙到了一個從高能量狀態到較低能量狀態的過渡時期。有許多能量從真空掉落，促使已在擴張的宇宙更快速地擴大。這個宇宙膨脹的短暫時期是由阿蘭．古斯（Alan Guth）於一九八一年第一次提出。[11]

在大爆炸之後的0.0001之一秒後，夸克聚集在一起形成質子與中子。這過程大約是十秒至二十分鐘之間，才出現第一個原子核及發生電子被吸引進入原子核的軌道與第一次形成完整原子之前的三十萬年。[12]

基於大爆炸後的三十八萬年所放射出的微波背景

輻射，宇宙論者能夠拼湊出接下來會發生什麼。就是黑暗時代（Dark Ages）的傳說。當宇宙持續地在擴張時，它變得既寒冷又黑暗。在宇宙微波背景的其他形式放射是小區塊的小規模團狀物的證據。這個團狀物會變成第一個小原星系，也就是大量的氣體形成星系。這些早期原星系和今日天文學家所看到的原星系截然不同。那時，它們大部分只是氦與氫。現在它們包含了從恆星中所創造出來的較重元素。

第一批能夠形成恆星的團狀物大約出現在宇宙大爆炸後的一億至兩億五千萬年間。[13]這些第一批團狀物的支架是由暗物質所打造出來的。咱們面對現實吧：宇宙裡沒有足夠的一般物質來創造必要重力好讓這些氣團形成恆星。在黑暗時代，暗物質與一般物質在原星系中是和在一起的。隨著時間的改變，它們彼此一定會有衝突，因為現在一般物質是和身處於銀河內部區域的我們混在一起，而暗物質則常在銀河外部的暈圈。

讓我們回到它們彼此還能共處的時候。

氣團從暗物質與一般物質所生成的重力的重量下開始壓縮及循環。這股壓力造成熱能增加，並且氦原子結合了氦分子。這些分子冷卻了氣體中密度最高的部分。當循環氣體變得平坦及冷卻時，一般物質會從暗物質中分離。氣體的最密集團狀物會持續收縮，直到其中某些團狀物崩解成恆星。太好了！來點光吧！黑暗時代結束了。

別怕，這不是暗物質故事的完結篇。第三部插曲將會試著讓你更了解暗物質。

在一般普遍的黑暗時代之後，第一代恆星發的光非常燙，是因為缺少較重的元素。沒有較重元素，製造核能量就困難多了，所以第一代恆星必須要熱一點以製造足夠能量來抵消重力。

這些恆星是野性十足的一群，它們發著光並且存在的時間非常短暫，只有幾百萬年。相較之下，我們的太陽是中年，大約是四十五億年。有些早期恆星最後爆炸並且成為超新星，這些超新星結合了較重元素。這就是金屬的誕生。

什麼是重力波？

這已經在第一章回答過了，但在這裡還是值得一提，因為重力波可能會告訴我們更多關於我們的歷史。

廣義相對論的數學顯示重力波是在時空裡的分裂，它會在時間加速、慢下來與再加速時造成漣漪。它們可能是由激烈的高能量形成，像是大爆炸所引起的，或是藉由巨大的物體像是黑洞或中子星在時空中移動穿越。

它們用光速帶著關於它們生成原因的資訊。這類型的波被認為是無法改變的，當它們以波狀穿越太空，意味著它們不會像湖上的波浪般消失。

這種「無法改變」的特質可能會幫助科學家了解在最早的光（宇宙微波背景）之前發生了什麼。

如同我之前說過，而且我將再說一次，科學講求證據。宇宙膨脹理論指出在宇宙大爆炸後的一秒的第一個碎片後有一個快速的時空擴張。這個突然的「推力」可能製造出可發現的漣漪以證明此理論。此道波帶著關於這個最早的一刻的嶄新訊息。

重力波曾經被發現過嗎？

是的！十三億光年外的黑洞碰撞給了研究學者絕佳機會確認重力波的存在。碰撞的黑洞在空間與時間的結構裡製造了一場激烈的風暴。它橫掃過空間直到二〇一五年碰到雷射干涉重力波天文台（Laser Interferometer Gravitational-Wave Observatory，簡稱 LIGO）。[14] 在確認觀測結果後，製作雷射干涉重力波天文台的團隊於二〇一六年正式發表時空漣漪——大約是愛因斯坦提出廣義相對論理論的一百週年，此理論是第一次預測到重力波的存在。

雷射干涉重力波天文台的研究使用的是雷射光束沿著輸送管投射，光束的每一端反射到鏡面上。當空間擴張與收縮時，研究者監測鏡子間的距離以了解波動。重力波的振幅是比一個原子還要小。然而，這個實驗更進一步證實廣義相對論。

一些關於我們宇宙的普遍事實（就我們所知）

- 一百三十八億二千萬年前發生宇宙大爆炸。

- 宇宙大爆炸的三十萬年後第一個完整的原子（有電子與質子）形成。
- 宇宙大爆炸的三十八萬年後放射出宇宙微波背景輻射。
- 宇宙大爆炸的二百萬年後第一批恆星開始燃燒並出現光。
- 宇宙有九百三十億光年寬並還在持續成長。
- 一光年約六萬億英哩。
- 根據最新的統計紀錄，宇宙裡至少存在著兩萬億個銀河星系。[15]
- 我們的星系被稱為「銀河」，它大約有十萬光年寬，並包含了至少兩千億顆恆星、行星、月球及差不多具有質量的任何東西。太陽質量（Solar Mass）等同於我們的太陽的質量。而太陽的質量大約是兩千的十次方公里（就是數字二後面跟著三十個零）。[16]為了要能看得到一千的十次方，試想你已經數過地球上的所有沙灘與沙漠裡的每一顆沙粒。你給了一個很好的大概數字是七百萬的三次方，五百萬的五次方（你得從你的行程中騰出一段非常長的時間來執行這項任務。）如果你接著將這個數字加上粗估的銀河裡的恆星數量（二千億），你所算出來的量還是不到一千的十次方的一半。[17]
- 大約一百年前，我們還認為銀河就是整個宇宙。事實不然。
- 我們的太陽距離銀河中心位置約兩萬六千光年。
- 銀河以每秒五百五十公里的速度在太空中移動。它的中心則以每秒約二百二十公里的速度迴轉。[18]

- 銀河是一個螺旋狀的星系，當它在旋轉時會拖著四隻主要臂。較年長的恆星會佔據中心位置當其他較新的恆星則接受在螺旋臂裡待著。地球就是在獵戶臂，有可能是人馬與英仙座旋臂間的橋樑。
- 在銀河的中心位置是一個黑洞，有著約二百六十萬個太陽的質量。[19]這個超重黑洞（supermassive black hole）被命名為人馬座A*（*又名星，Sagittarius A*）。
- 銀河是一個有五十四個星系的在地群聚團體的一部分，且藉由彼此的重力吸引連接在一起。這個銀河集團（Local Group of Galaxies）大約是一億光年寬。
- 最終銀河將會和鄰近的仙女座相撞。但別擔心，這在未來的四十億年內都不會是一個問題。

我們的太陽系，Sol①的歸屬，也是我們的太陽

- 我們的太陽系有八顆行星及已**確認**的十顆矮行星（dwarf planet）（在我們的太陽系裡的矮行星實際數量可能接近四百顆）。矮行星和行星十分相似，但它不夠大到能在消除本

①西班牙文的「太陽」。

身繞著太陽的軌道的重力。冥王星是顆矮行星，因為和它的夥伴冥衛（Charon）一樣，是同居雙子星系的一部分。它們被潮汐鎖定，意思是當它們繞著彼此時，它們永遠是呈現同一面給對方。這樣的結合是繞著太陽運行。

到目前為止，在太陽系外圍發現最遠的矮行星稱為賽德娜（Sedna）。第二遠的矮行星有一個非常可愛的名字叫 Deedee（針對遙遠的矮行星）。距離最近的矮行星是穀神星（Ceres），最近發現那裡存在著水的證據。[20]

- 太陽有百分之九十九點九是由太陽系的質量所組成。它能夠支撐約一百萬個地球。[21]總有一天太陽會縮成和地球一樣大小。在經過這樣的減少縮小後（但質量還是保留著），我們的太陽會變成一顆白色矮行星，這短期內不會發生，因為太陽目前只在中年階段（四十五億年）。它的核心溫度約攝氏一千五百萬度。
- 太陽光線抵達地球需要花上約八分二十秒。月球光線抵達地球的時間只要 1.3 秒。[22]
- 一個天文單位（astronomical unit, AU）被定義為太陽中心與地球中心之間的平均距離，這大約是一億五千萬公里。
- 在我們的太陽系外圍從太陽開始行進，我們首先經過四個較小的充滿岩石的內部行星（水星、金星、地球與火星）。接下來，我們行進穿過一條小行星帶，其中包含了一個矮行星岩石稱為穀神星。在離開這條小行星帶後，我們來到了四個大型氣團（水星、土星、天王星與海王星）。

- 水星的重力幫助地球免於隕石的撞擊。試想它是一個超級龐大的吸塵器，可以吸走太空中的大型垃圾。但我確定的是恐龍會告訴你水星並沒有把它們全部擋起來。
- 古柏帶（Kuiper Belt）的起點正經過海王星。它有著圓盤形狀，並以三十到五十五個天文單位的距離繞著太陽運行。[23]它是一個有著結冰物體及短暫存在的彗星的區域。所謂短暫存在的定義是繞著太陽運行的時間少於兩百年。冥王星是古柏帶的一部分，我在這鄭重聲明，冥王星不是彗星。
- 說到冥王星，你知道它有液態水嗎？大概是在它的表面下方的一百英哩，（可能）有一個半融雪的海洋，深度可能有六十英哩。矮行星從其結構保有足夠的放射性熱能讓水維持在一個半液體狀態。[24]
- 歐特雲（Oort Cloud）是一個位在太陽系最外圍區域有著約兩兆顆冰晶的球殼狀態。它的最裡層可能距離太陽約兩千天文單位，而最外層可以到二十萬天文單位。[25]長期存在的彗星可能就是從這開始出現。所謂長期存在的定義是繞著太陽運行的時間超過兩百年。

其他重點

宇宙是有歷史的，它可藉由相對論與量子力學等理論解釋其結構。大爆炸理論是宇宙起源的領導性理論，但它並未交代在大爆炸之前是什麼或它為什麼會開始的原因。另一方面，量子力學或弦理論可能針對這個主題提出某些看法。宇宙可能來自於量化時空的量子纏繞，或可能在一個更高象限裡的膜黏合在一起的結果，也有可能兩者皆是或兩者皆非。這是宇宙學令人感到刺激的地方。

第四章加料篇

好料一：奧伯斯悖論（Olbers' Paradox）

以德國天文物理學家海因里希・奧伯斯（Heinrich Wilhelm Olbers）為名，這個悖論所提出的是這個疑問：如果有好幾十億的恆星存在，那麼為什麼夜晚的天空沒有完全點亮呢？如果宇宙是無限且永恆的，夜晚應該是一致地光亮。

和宇宙大爆炸一致的答案是從距離較遠的恆星所發出來的光還沒有到我們這裡。我們所看到的那些行星是因為距離夠近，它們所發出來的光到達我們這裡的時間少於一百三十八億年。

好料二：你的日光浴

當你在海邊進行日光浴時，大約有百分之0.001是來自從宇宙大爆炸所產生的光子。另外的百分之0.000000001是來自於不在我們的太陽系的恆星。其中紮紮實實的百分之七十七讓你的皮膚變黑的原因是直接的日光照射，其餘的則是光反射到天空所造成。[26]這就是所謂的溫室效應，是第十一章的重要主題。

好料三：我們的太陽簡史

最初大約是四十五億年前，一團星際的氫氣填滿宇宙，氫在我們所知的宇宙是最豐富的元素。當氣團冷卻（歸因於遵守熱力學定律，我們會在第二十一章深入探討），它會因為重力而循環與收縮。當氣團持續地壓縮，越來越多的壓力會作用在其氫核心。

這股壓力造成氣團溫度上升，氫核子以非常大的力量被推擠在一起，它們融合並創造出氦核子。此核融合產生了一股力量讓太陽不會更進一步瓦解，而轉眼間，出現了光。這大概就是我們目前所知有關太陽的歷史。當太陽耗盡氫以進行融合時，外在的能量最終會失去。當它發生時，我們的恆星會再次瓦解，將巨大的壓力作用在其氦核心。這股壓力將會造成氦核子融合較重的元素，直到成為碳。但這所有的一切都是未來的事，也是第二十一章的主題。

好料四：造父變星的間歇照明系統

這裡指的是天文物理學家如何使用造父變星來計算距離。造父變星以科學家能觀測的規律間隔，溫和地增加其溫度、大小及亮度。甚至令觀察者感到更方便的是它的光亮程度和它的時間點是成比例的。所以如果一位天文物理學家知道它隔多久會悸動，只要再搭配些數學，她就會知道它有多亮。現在她要做的就是將她的天文望遠鏡對準造父變星，並且和她用肉眼所觀察到的亮度結果做比較。藉由兩者比較，她將會發現它的距離有多遠。

我們可以更深入地探討並且提出為什麼造父變星會悸動的疑問。它是在一個叫做**「愛丁頓極限」（Eddington valve）**的反饋環偶然發現的。

1. 當行星壓縮時，它就會加熱。在其外層的氦會離子化。這是空談，意味著氦會失去自身的電子。
2. 行星會變得不透光，也就是變得昏暗。溫度開始增加，而行星也變得不穩定。
3. 外層會推擠對抗這股壓縮力量，行星開始擴大。
4. 當行星擴大時，氦的離子化會變少。
5. 越少離子化的行星就會變得越透明。
6. 行星越明亮時，溫度就越低。
7. 當它擴張時，重力開始作用，迫使恆星開始再次收縮。

第五章

平行世界

平行世界與平行宇宙是科幻小說的主題。在最原始的《星艦迷航記》影集，我依稀記得一位來自交替象限的邪惡版寇特艦長，有一個尖耳朵與山羊鬍的朋友。[1]漫畫書裡充斥著平行世界。在漫威與DC漫畫宇宙裡，選擇的機制是量子分歧。DC漫畫裡的危機是無限地球系列，漫威則是《祕密戰爭》（Story Arc）故事。

在CW電視網所播映的《閃電俠》（The Flash）影集中，故事主人翁貝瑞・艾倫（Barry Allen）去過幾個平行地球了？電視影集《時空英豪》（Sliders）有著許多無止盡的宇宙。主角們甚至和叫「可隆美格」（Kromagg）的外星人交手，他們是一個（可能）出身於一個和同種現代人不同的進化分支。電視影集《危機邊緣》（Fringe）的存在理由是藉由單一平行宇宙呈現神秘難解的事物。

交替宇宙在電影出現的例子比比皆是。《明日邊界》（*Edge of Tomorrow*）是以一本讀起來樂趣無窮但卻有著**你所需要的是屠殺**的可怕書名為基礎故事，作者是櫻坂洋。故事主角被困在一個時間環中，並且一再重新經歷前一天的每一次他戰死於和外星入侵者間的戰爭。每一次的重做改變了那天，從他死去的那一天起創造了一個平行的時間軸。

在書籍方面，你可以嘗試英國作家查爾斯・斯特羅斯（Charles Stross）的《商人王子》（*Merchant Princes*）系列作品。這部作品是關於一個被賦予具有在平行地球間活動的與生俱來能力的家庭（這會帶我們到幻想世界），他們以運毒為生，在兩個地球之間往來進行交易。[2]

我認為你現在應該知道平行世界是科幻小說的主題。但在科幻小說中受到歡迎並不代表它們是不真實的。這個章節涵蓋了不同理論是能夠解釋一個交替的地球，或是一個身為讀者的你的另一個交替版本。它們都是在數學上有一致性，並且經過合理的證明。但要注意的是，還沒有一個理論是經過科學證實的。

從數學觀點來看平行世界

詳述大爆炸的方程式不只有一種解法。每一種解法可以解讀成宇宙的另一種版本。事實上，弦理論有十的五百次方的針對大爆炸的解法。[3]

從距離來看平行世界

我們居住在一個龐大的宇宙，一個比我們所能觀察到的還要大上許多的地方。如果我們假設宇宙是無限往外擴張但卻不一定有著無窮大的歲數（記得它的最佳預估年紀是一百三十八億年），這些事實的結合將會重覆。

試想你的存在是有多麼的不可能。原子的組合製造出你的機率——是你喔！不是一個複製或一個臨摹出來的你——是如此令人難以置信的渺小。這機率可能小於十的 2,685,000 次方之一（十後面跟著 2,685,000 個零）。然而，你現在卻正在讀這本書，恭喜你中了你自己的生命樂透。

我們假設你每一次贏一局疊疊樂的遊戲就會得到一本漫畫書。它變成你固定會在每五次的遊戲中贏一局，如果你玩了十五次，你預期會得到幾本漫畫書呢？答案是三本。我並非要用這個簡單數學來嘲笑你，我是在為你做下一段落的準備。

想像你玩了無限次的疊疊樂，你的平均獲勝次數是十的 2,685,000 次方之一次。這聽起來很可悲，但給予足夠的時間的話，你將會獲勝。甚至再來一次，你還是會贏（別出門去買樂透彩票，因為你會突然覺得自己很幸運）。以這個例子來說，我會假設無限時間而非無限空間，但我想你已經懂了。

此理論運用或然率來證明這點，在一個無限大（或接近無限大）的宇宙裡，其他空間的區域會像我們的一樣，並且不管有多麼的不可能，就是會有另一個像地球的行星及另一個版本的你。因為我們知道一些原子的組合至少創造了一個地球（就是你現在居住的這個），一定有大於零的機率在很遙遠的某處有另一個地球的存在。

不論你想針對這十的 2,685,000 次方之一的機率說什麼，它就不是零。所以有足夠的空間，就會有另一個你。

值得深思的是：如果我們將無限時間加入無限空間的情境下，會發現在這浩瀚宇宙中，你不只會同時（意指現在當下）存在於某處，也意味著其他的你（們）曾經存在於過去，也將存在於未來。

總括來說，這個距離的論點為非人類的外星生命的存在提供一個充分的理由。如果宇宙夠大，即使機率非常低，其他形式的智慧一定在某處進化。

其他分支的平行世界

這是指在第二章所敘述的量子力學的多世界理論。我希望你能想起波方程，指的是一個粒子的波長大小主導了這個粒子的位置的所有可能性。我希望你記得粒子都是粒狀及波狀的。

多世界理論認為一道站立的波支撐著許多分支。不是的！這不是一個混合的比喻。在機率波裡的任何真正可能性變成一個宇宙的獨立分支。這個波永遠不會因為一個單一結果而崩解。

大衛・格羅爾德（David Gerrold）（他也書寫了受到許多粉絲喜愛的一集《星際爭霸戰》影集〈外星崔寶：麻煩製造者〉（The Trouble with Tribbles））的原作《將自己摺起的人》（*The Man Who Folded Himself*），這本書是有關於一些稀奇古怪的矛盾事物的出現，當他的角色為了要和他自己在一起而做了時空之旅。每一次的時空之旅就出現了一個新的分支，並且這個新的分支包含了另一個他。許多版本的他，是會隨著在故事裡出現的性別轉換情節。[4]

羅伯特・J・索耶（Robert J. Sawyer）的著作《原始人視差三部曲》（*Neanderthal Parallax Trilogy, Hominids, Humans, and Hybrids*）是一套關於原始人進化及現代人遭到滅絕的平行地球的

作品。

在電影《蝴蝶效應》，一位大學生發現他可以在他所處的現在時間裡製造出一個交替版本，藉由較年輕版本的他在過去做些微小的改變。（實際名詞**蝴蝶效應**源自混沌理論，將會在第十一章討論）。

這部電影和《明日邊界》有許多雷同之處，男主角試著為他自己（事實上是「自己們」）找到最好的未來。這兩部電影之間最大的差異是人物配置。一個是活在現在並且操控著他的過去，其他活在現在的人們則試著要影響未來。

膜理論

膜理論是弦理論的衍生。此宇宙學建立了更高象限的理論。此理論主張我們居住在一個三度空間裡是位於一個更寬廣的多象限空間裡。我們（可能）和許多不同的宇宙分享這個空間，而每個宇宙會有非常不同的物理定律、常數及原始環境。

生命有機會出現在一個有著不同自然法則的宇宙嗎？這個概念出現在美國作家大衛・布林（David Brin）的小說《演習效應》（*The Practice Effect*）。故事主角行進於有著不同物理定律的交替宇宙裡的超世界中。[5]

這些不同的宇宙會碰到彼此嗎？弦理論數學呈現了肯定的答案。但對我們而言，我們希望不要發生，至少是等到很久以後才需要擔心。當它們真的碰上了，就是會相撞，形成一場大爆炸。至少這是根據部分弦理論內容。

「我們生活在一個所有世界裡」的最佳空間理論

別去想地球或是太陽是宇宙的中心。人類原則是將生命放在中心位置。這比起科學更偏向哲學，因為它無法製造一個扭曲不實的預測或任何禁得起驗證的實驗，但許多科學家卻將此點納入考量。我不會花太多時間在這個概念上，因為它一直在兜圈子。

宇宙呈現的是經過微調讓生命可存在。如果重力只要稍微強一點，恆星就會更緊迫的壓縮並且只會在幾百萬年而不是在幾十億年後燃燒殆盡。因此，生命永遠無法有機會進化。如果強大的核子力稍微更強一點，所有在早期宇宙的質子會成對，而水就不會存在。

為了讓此理論能更貼近科學，人類原則極度仰賴非常多宇宙的存在。這和弦理論一致，因為某些版本的弦理論預測出一個多宇宙裡的每個宇宙是以不同的常數所形成的。如果我們專注於多宇宙中有生命形成的區域，那麼我們將會（可能）發現弦理論所預測到的常數。

在之後的幾個段落中會有更多關於這個循環思考的著墨，但首先我們需要定義出人類原則的**強項**及**弱點**。

人類原則的弱點：我們居住在宇宙裡的一個十分特別的時間與空間，這其中有生命的存在。想當然爾宇宙是涵蓋了生命存在的所有必要參數，因為（你猜怎麼著？）我們在這兒。

人類原則的強項：物理定律對生命是存有偏見的。必須遵循宇宙的一切以包含所有必要參數讓生命能夠存在，因為（你猜怎麼著？）我們在這兒。

這兩種定義間的差異是微妙的，但（或許）具有哲學性的存在主義的結果。人類原則的弱點限制了宇宙的某些特質。事實是至少宇宙的某部分包含了以碳為主的生命奉行者，限制了整個宇宙可能的樣貌。舉例來說，宇宙至少要夠老才能夠讓進化發生。人類原則的強項意味著宇宙是不得不具備讓具智慧的生物能夠共容的特質。

這無法避免且令人不適的部分是觀察選擇效應，也稱為**人類推論**。指的是當事物經過研究後發現是和觀察者有相互關聯。如果人類沒有經過進化，人類就不會存在並研究自身進化的可能性。我們所觀察的每件事物都是透過我們來觀察。為了要能被觀察，一定要有一個環境是讓觀察者能夠傳導。你看，這就是在兜圈子。

在人類原則（哲學）背後有一個非宗教性的機制，有可能是混沌膨脹（Chaotic Inflation）。這個大爆炸的轉折重新定義了第四章所描述的宇宙膨脹。膨脹仍然會發生在宇宙的不同區域，只是不會必然在相同的時間。

標準理論認為膨脹是一次性的事件。如果混沌膨脹是真實的，那麼空間裡的不同地方正在進行膨脹與進化到獨立分開的宇宙。接下來是此混沌膨脹自己會反覆發生在每一個全新的宇宙。在這個宇宙的無限數字之間，所有不同的物理法則都會存在。透過宇宙的一個無限數字所得的純粹機率，它們的其中之一必然運作在針對恆星、原子與生物的法則之下。剩下的絕大多數會有不同的物理法則且是貧瘠荒蕪的。

其他重點

平行宇宙能夠透過理論證實，但卻缺乏證明它們存在的實際證據。這所有的一切都是臆測，並且沒有測試能夠證明它們是存在於任何看得見的地方。這些關於平行世界所提出的理論中沒有一個——不管是從數學、距離、量子力學分支理論、大量的弦理論，或是（容我說明）哲學領域——是提供我們能夠和在不同宇宙的任何人或事物互動的任何方法。

這個概念在科幻小說裡是特別有趣的。並且，看在我們的理智的份上，它讓解釋宇宙的一些物理原理變得容易多了（我的免責聲明：比較容易不會讓這些解釋是正確的）。比方說，分支理論是祖父悖論的便利解決方式，這並不代表這個分支是真實的。

但在科幻小說裡，誰在意這個啊？

第六章

啟動我們的文明

科幻小說對一個衰弱不振的城市、一個太空站或是一艘太空船提供了沒有設限的能量。能量是一個受限的資源，而且也應當視為如此。無論文明有多先進，對於資源的爭取豪奪總是接踵不斷的發生。國家的崛起與衰敗是因為能源的使用與支配。

我們需要能量存活，對於生物系統、星球生物、非生物機械裝置以及最終的，宇宙本身都是真實確切的。能量是我們從熱能源所得到的活力，像是：太陽、化學能源、電與核反應等。

試想你最後終於下定決心在經歷過一場暴雪後拿起雪鏟清理你家門前的人行道的時刻。這項任務的能量可能是以化學，意指你早餐所吃的果醬餡餅做為起點。這個化學能量轉化成你身體的鏟雪動作的機械動能。如果這是我，一份量的食物能量也會花在當我的背痠痛難耐時所罵的髒話上。

一旦人類創造了火，我們就有能源能夠保持溫暖與烹煮食物。吃煮熟的食物會使用身體較少的能源來進行消化。有更多能源可以用在腦，以及長遠來看，能夠在進化樹上增加更多分支。

說到樹，木頭是我們的第一個非食物能量來源。現在許多文明使用可燃性能源，像是汽油和媒，或它們使用的是核反應。它們也會使用可再生能源，像是太陽、風和水。以及最近才加入行列的生化燃料。

文明排行榜

現在我們來看一些有趣的東西，排行榜。我指的是關於文明的排行。西元一九六四年太空人尼古拉・卡爾達肖夫（Nikolai Kardashev）創造了一個級數表以歸類一個文明基於其能源的使用在科技上會達到如何先進的程度。[1]話不多說，以下就是卡爾達肖夫級數表：

第一型的文明是能夠利用一個單一行星上的所有可得能源。它們具備完整的行星控制。利用地球做為參考，一個第一型的文明能夠使用十的十六至十七次方瓦特的能源。這意思是一後面跟了十六個或十七個零。我們的文明被分類為第零型，需要再增加超過百分之七十才能升級為第一型。第一型文明的範例可以在虛構故事巴克・羅傑斯（Buck Rogers）找到。

第二型的文明是能夠利用一個單一恆星上的所有可得能源。以我們的太陽所測量到的明亮度做為參考依據，所得到的大約是3.86乘以十的二十六次方瓦特。在科幻小說裡的範例就是所有《星際爭霸戰》的主要種族（聯邦星球（Federation Planets）及克林貢（Kilingon）等）。

在第二型範圍的上尾端是戴森球（Dyson Sphere）。這個超級建築在科幻小說中使用的非常頻繁，但它還是有科學基礎。它是以數學家弗里曼・戴森（Freeman Dyson）命名，說明了一個人造結構如何能夠完全包圍太陽並捕獲其能量輸出。[2]第一部敘述這樣結構的科幻小說作品是奧拉夫・斯塔普雷頓（Olaf Stapledon）於一九三七年所出版的小說《造星人》（*Star Maker*）。[3]

在書裡面他敘述了「世界是由一系列的同中心球體所構成」。拉瑞・尼文（Larry Niven）的小說《環世界》（*Ringworld*）裡，一個戴森球可被視為一個主要角色。環世界如何能夠存在的敘述確實是科幻小說登峰造極的境界。

我希望你已經準備好要知道一件非常酷的事情，是可以名列前茅在像雞尾酒派對這種場合上拿來聊的事情。從這裡距離大約一千五百光年在天鵝座裡有一顆恆星名為 Tabby 星（以其發現者 Tabetha S. Boyajian 命名），它的光的明暗是以奇數表現，但是以重複的模式。[4]

有許多關於這顆星的臆測，這可能意味著什麼。其中一個未經證實但卻有趣的解釋方式並和這篇章節相關的是它可能是一個圍繞著一顆恆星的異超級建築所發出的信號。光線的傾斜非常顯著以致於無法從一顆短暫的行星發出。在科幻小說裡的解釋是這個龐大的結構和戴森球十分類似。

第三型文明是能夠利用一個單一星系上的所有可得能源。銀河的可測量明亮度大約是一乘以十的三十七次方瓦特。[5]在小說裡，這樣的文明包括了《銀河飛龍》的博格（Borg），美國作家以撒・艾西莫夫的《基地三部曲》（*Foundation*）系列小說裡的宇宙，以及《星際大戰》授權商品裡的帝國系列（Empire）或第一軍團系列（First Order）。

在 DC 漫畫宇宙中的範例會是綠光戰警的老闆——宇宙守護者。但不要把漫威的《星際異攻隊》（Guardians of the Galaxy）也當成範例，這部電影裡的守護者只能排在第二型的使用能量的能力。

從第一型到第三型的文明建構出這個等級畫分的原始歸類。那些被歸類在比第三型還要厲害的文明已進入科幻小說的領域，所以在第三型之後的分類標準沒有一個完全的共識。我的呈現方式是能夠拿出來辯論的。此外，它們使用能量的方式也是推論得來的。

第四型文明是能夠利用一個超級星群裡的所有可得能源。我們自己的超級星群包含了銀河星系、仙女座星系以及在處女座星群裡的四萬七千多個小星系。[6]所放射出的能量為十的四十二次方瓦特。在虛構故事裡，第四型文明是影集《星際奇兵 SG1》以及在影集《五號戰星》（Babylon 5）宇宙裡的第一批異種人（佛隆人（the Vorlons）以及影人（the Shadows））。

第五型文明是能夠利用可觀測宇宙的所有可得能源。我們可能沒辦法去偵測到這樣文明的存在，因為我們身處於本身已制定出能源的宇宙。我們只能將它們使用能源的方式視為物理定律。它們使用能源的方式放射出約二乘以十的四十九次方瓦特的能量。[7]是影集《超時空奇俠》的伽里弗雷人（Gallifreyan）就是此文明代表。

第六型文明是能夠利用多宇宙裡的所有可得能源。這個類型的文明學會如何改變物理定律以應用於不同宇宙。此外，第六型文明能夠在它們的宇宙消逝時不坐以待斃，立即打包走人。一個宇宙的死亡是第二十一章的主題，你現在只需要知道一件事：這是會發生的。

第六型文明的能量放射傾向於無限大。在虛構故事裡，當我可以的時候，我喜歡書寫關於第六型文明。在《驚奇科幻小說》雜誌所出版的我的個人短篇小說作品〈大事記〉，我設計了幾個來自第六型文明的迷失的人民和我們這些屬於第零型文明的人互動。騷亂也就接踵而來。

第七型文明是能夠創造出一個宇宙並利用它們所創造出的每個宇宙裡的能源。這些文明必須保持在它們所創造出的宇宙之外。這相當於神級的地位。這在小說裡會是以神話故事的型態出現。

本章的加料篇我提供了一個另類的文明歸類法。我將大小列入考量，而不是能源使用方式。就像在物理學裡不斷強調的，大小是關鍵。

有量子能源的存在嗎？

是的，而且它們是基於兩種量子現象，並且在科幻小說裡出現得十分頻繁：分別是虛擬粒子以及零點能量。你猜怎麼著？它們的存在都是歸功於我們在第二章的老朋友，海森堡的測不準原理。

我們一起來把量子力學搞得更詭異吧！藉由將能量帶入我們的討論中。因為它是一個波函數（讓所有事物模糊的原因），它的測量值帶有不確定性。像是動力與位置，這些不確定性無法同時減少到零。這些不確定性引發了虛擬粒子以及零點能量，兩者都在科幻小說中關於能量的技術用語中被廣泛使用。

虛擬粒子是可以從無到有的某種小東西，只要它們承諾在經歷一個短到無法察覺的持續時間之後會回到虛無狀態。[8]這些虛擬粒子散布於所有空間，做了一些十分有幫助的事情，像是調整粒子衰退以及調節粒子間的力量互換。[9]

舉例來說，當兩個帶負電的電子互相排斥，它們正在交換虛擬光子。這些虛擬粒子帶著小信息，說：「喂！就是你！走開！」因為這些虛擬光子只會存在非常短的時間，它們沒有辦法移動到很遠，不像低能量的光子（就讓它是光吧！）。

這解釋了為什麼電力在短距離是比較強的。事實上，所有在第一部插曲裡所敘述的基本力量基於這個理由會因為距離較長而減弱。要注意的是，雖然重力也會因距離而減弱，物理學家卻尚未用量子力學來調和這股力量。

太空並非你想像的那樣空無，自然界不存在真空，所以外太空因虛擬粒子閃耀與熄滅的存在而翻騰。這要歸因於麻煩的粒子出現在整個宇宙，每一個動作在空間與時間的每一個點發生。每件事、每個地方都在振動。虛擬粒子是宇宙的量子白色噪音。從所有如果凍般晃動的能量稱為零點能量，順帶一提，它其實一直是非零的。[10]

有任何虛擬粒子的證據嗎？

零點能量最為人熟知的實驗性證據是卡西米爾效應（Casimir Effect）。由荷蘭物理學家亨德克・卡西米爾（Hendrik Casimir）於一九四八年推測出一塊高密度的金屬板在真空裡（最不可能找到能量的地方）會在兩面都不斷地受到虛擬粒子的衝擊。[11] 如果你將兩塊這樣的板子放的非常、非常靠近，它們之間就不會有足夠的空間給較大的虛擬粒子有短暫存在的機會。

因為現在於兩塊板子之間的真空壓力是小於它們的外圍表面，它們會經歷到一張能把它們推在一起的能量網。這個效應於一九九七年由來自巴拿馬洛斯阿拉莫斯國家實驗室（Los Alamos）的史提夫・拉莫洛（Steve K. Lamoreaux）經過測試成功。[12]

另一個你可能在科學雜誌或是科幻小說裡聽過零點能量的名字是真空能量（Vacuum Energy）。

在科幻小說裡的虛擬粒子以及零點能量

虛擬粒子無所不在，如果它們是可利用的，試想那會在殖民化、戰爭以及其他我們發現的一些我們想利用的很酷的事物上有多大的助益。

只是有一個要注意的事情，記住零點能量已經是一個系統裡最低的可能能量。你必須是一位悟性很高的科幻小說創作者，設計出一個看似可信、接近真實的方式不需在比你離開時耗盡更多能量去聚集它。根據物理學家的說法，集中取出這個能量是不可能的。但對科幻小說作家來說不一定是不可能喔！

一個減少的零點能量就是所謂的負能量。如果一個文明能夠控制這個能量，一艘太空船面前所減少的零點能量會減少阻力（會將負能量拉起），並且太空船能快速地加速以接近光速。如果這是一個完整的第三型文明，那麼也許在超光速粒子的幫助下，太空船的加速度可能會超過光速（暫時離開習慣的空間會如此做）。

超光速粒子是假設性的粒子有著**從未**比光速慢的移動速度。速度限制的準則只適用於一開始就比光速慢的物質。常被遺忘的是狹義相對論，這個準則是對稱的：移動速度比光速還快的任何東西是無法移動的比光速慢。

其他重點

很多時候，科幻小說針對任何所描述的文明提供了沒有極限的能量。我們更了解其中道理。石油就能量來說是一種有限資源，甚至是從黑洞裡的礦業熱能源。即使得到無限制的零點能量也是耗盡有限資源。

卡爾達肖夫指數是一個以能量使用為基礎的社會排行系統。它們真的完全仰賴星球上的資源嗎？如果是以虛擬粒子產生能量的電池呢？如果是零點能量呢？不論是什麼，卡爾達肖夫系統裡都會有它們的落點排行。

第六章加料篇

好料一：一個往內看的觀點：另一種文明分類法

巴婁級數表（Barrow）不以能量使用為科技文明分級，而是以它們的內部操作，以及控制越來越小的存在本質的能力來分級。[13]許多我們的各種學問技術，如：生化科技、奈米科技，甚至是資料處理科技都是來自於我們小規模的操控能力。巴婁級數表認為小規模事物比大規模事物更值得探討，而且也沒有光速限制。以下就是巴婁級數表所勾勒出的分級方式：[14]

負第一型是能夠操控比他們大的物體，透過採礦、打造建築物，以及參與和破壞固體。

負第二型是能夠控制基因以及改變活的生物的發展，移植或取代他們的某些部分，並解讀及設計他們的基因碼。

負第三型是能夠控制分子及分子連結以創造新的原料。

負第四型是能夠控制個別的原子，在原子級數上創造出奈米科技，並且創造出複雜形式的人造生物。

我們的文明是介於負第三型與負第四型之間。

負第五型是能夠控制原子核並設計核子。

負第六型是能夠控制物質（夸克及輕子）的大多數基本粒子以創造出基本粒子族群間的有

組織性的特異錯綜性。

負最終型是能夠控制時間與空間的基本架構。

好料二：能量來源的比較

我們有時會使用能源投資報酬率（EROEI, the energy returned on energy invested）來比較多種燃料能源。它顯示有多少能量的釋出和從需要多少的能量以獲取資源是相對的。

有著最高能源投資報酬率的能源是水力發電、煤礦及石油。雖然煤礦與石油原來是帶有非常高的能源投資報酬率，它的價值卻在減少——它需要越來越多錢去尋找以及挖掘這些化石燃料。針對尋找原油的能源投資報酬率從一九一九年的一千二跌至二〇〇七年的五。[15]這意味著我們從燃料所得到的能量是我們找尋燃料所花費的力氣的五倍。這樣還是很多，但它確實是在減少中。

能源投資報酬率公制的問題在於它並沒有說明清楚環境成本。當取得化石燃料的難度增加時，這些成本就必須要增加。因為能源投資報酬率的衰弱，其他替代能源像是風、天然氣、太陽能及核能都越來越是考量的選項。

太陽提供乾淨能源，但我們要如何利用它呢？我們目前使用的是由矽製成的光電板，但是太陽能板的效益並不值得我們大書特書一番。二〇一四年的紀錄是百分之四十六的效益。[16]典型的太陽能板的效益大約是百分之二十。[17]

除了板子以外，太陽的能量可以藉由植物讓我們取得。生化燃料像是乙醇（從玉米得來）是從種子製成的。然而，有了這個方法，危機是農夫會為了燃料而種植種子，不會再為食物種植作物。這可能特別是發展中國家的問題。

第七章

黑洞吸什麼

真可惜還沒有人發現一個爆炸的黑洞。如果他們找到的話，我就能拿到諾貝爾獎了。

——史蒂芬．霍金

你要有心理準備了。這個章節的部分將會帶你回顧所讀到的關於所有廣義相對論的精華，也是在第一章的愛因斯坦的廣義相對論方程式所呈現的物質與重力間的絕對關係。一個物體越大，就有更多傾斜的時空。傾斜越大，重力場就越大。黑洞就是所有傾斜的孕育處。

黑洞有不同的大小——它們可以小到像一個原子是形成一座山的物質，或是大到是形成超過一百萬個太陽的物質（稱為超重黑洞，supermassive black hole）。[1]人們認為每一個大星系包含了其中一個超重黑洞在其中心。如第一章討論過的，我們的星系，也就是銀河的中心位置的超重黑洞稱為人馬座A*（*又名星）。中心黑洞的大小可能扮演著星系如何形成的角色。

黑洞是如何形成？

這個問題沒有最終的答案，但我們有一個以一顆恆星的生命週期為基準的強烈可能性。一顆恆星的能量來自於其核心所發生的核子反應。這個反應造成了外在壓力和恆星物質的重力重量相抵。當重力推進時核能就往外推。當恆星年紀越來越大，它的程序會從原本的結合氫，變成氦，改變為混合氦，變成碳。之後碳又變成氧，而氧又成為矽，最終矽轉化為鐵——來到了宇宙的終點。鐵是一個穩定的元素，所以就不會再有從融合所產生的輸出能量。沒有經過融合生產出的輸出壓力來抵抗重力，位於外層之前所生成的氫、氦、碳以及矽會在鐵的核心周圍燃燒。

在這個階段，恆星的大小在它自己的命運裡扮演著至為重要的角色。恆星低於我們所說的錢德拉塞卡極限（Chandrasekhar Limit），大約是我們的太陽的 1.4 倍的質量，將會崩解成白矮星。[2]它們的核心會在碳的階段停止融合，因為它們沒有足夠的質量產生必要的重力壓去克服質子間的電磁排斥作用。這也是為什麼沒有碳的融合變成其他更重的元素。

針對高於錢德拉塞卡極限的較大恆星，當這些連續的層次完全燃燒它們剩餘的燃料，之後整個核心遭到毀滅時，鐵核心便會持續增加。核心會更壓縮得更厲害直到它完全被重力擊敗並崩解，造成一場巨大爆炸。物質，包括比鐵要重的元素都向外爆炸。這稱為超新星的形成。

如果恆星原來有許多質量，假設是我們太陽的十倍，那麼在超新星爆炸後就會有更多煙火產生。核心會更進一步壓縮，讓原子猛烈撞擊彼此，並將質子轉變成中子直到我們得到一顆中子恆星。

如果恆星是我們太陽的二十五倍大，那麼中子無法阻止重力壓更進一步地摧毀恆星。恆星會在空間裡變得越來越小，維持自己的質量直到變得無限小，成為一個密集的點，也就是所知的重力奇點（gravitational singularity）——黑洞的心臟處。

這就是已知的物理學定律瓦解的地方，一個重力奇點在時空結構中壓得非常深，形成一個夠陡峭的重力井，其逃脫速率（escape velocity）比光速還快。沒有逃脫光意味著會造成黑暗。

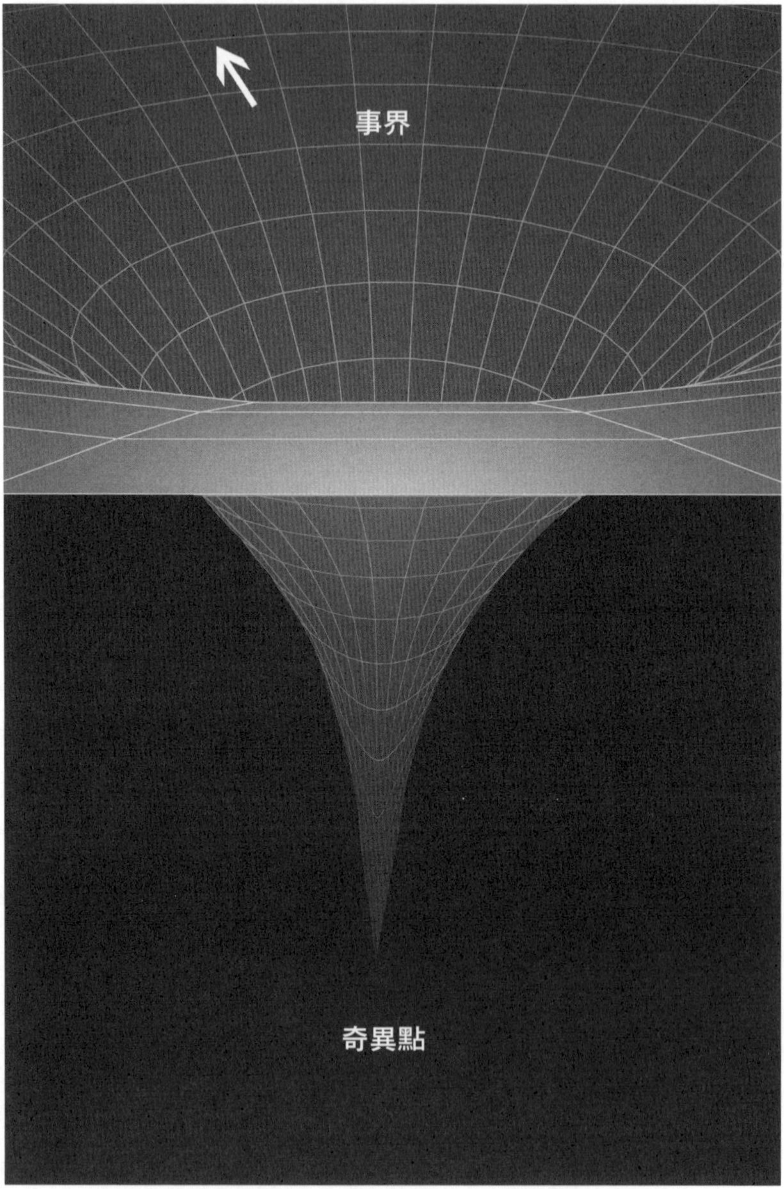

7.1 一個奇異點的示意圖（從 iStock Photo/Yurkoman 的提供圖片修改）

以德國天文物理學家卡爾・史瓦西（Karl Schwarzschild）為名，他解出愛因斯坦的廣義相對論方程式解釋一顆恆星的重力場。史瓦西半徑定義了一個特定物質的半徑，沒有力量能夠阻止它持續崩解成一個奇異點。當一個物體受到擠壓後體積小於自己的史瓦西半徑時，它就變成一個黑洞。

地球的史瓦西半徑大約是九公釐。如果地球可以被擠壓到比這樣還小，那它就會崩解成一個黑洞。[3]我們的太陽必須擠壓到半徑三公里時才會變得黑暗又有孔洞。別擔心，這不會發生在地球或太陽身上。應該是不會。

為什麼逃脫速率很重要？

逃脫速率是一個很重要的概念，如果你打算從地球發射一艘火箭，或是用重要物質做任何其他事情。如果你用盡你所有的力氣丟一顆球到空中，即使你有一雙像美國國家足球聯盟四分衛阿隆・羅傑斯（Aaron Rodgers）的雙臂，球還是會變慢、停下來並掉落回地球。重力是作用於抵抗你的最佳表現。為了要逃離地球的軌道，你必須以逃脫速率投球，最小的速率必須要逃離一個巨大的形體。

這應該不是什麼驚喜，一個行星有越多重力（質量），就會形成越大的逃脫速率。你會需要以大約每秒十一公里的速度拋那顆球，或是每小時兩萬五千英里的速度逃離地球。你現在如果在木星上，你就會需要以每秒 59.5 公里的速度用力投擲那顆球。[4] 太陽的逃脫速率為每秒六百一十八公里。好消息是如果你打算拋一顆石頭到月球，你只需要加速一點點到每秒 2.4 公里。

一個黑洞的逃脫速率至少對一位宇宙學家而言是有趣的。然而也許對登上太空船的工程師以及飛行員來說並沒有。逃脫速率比光速（每秒三十萬公里）還快。[5] 如果你的太空船飛到**稍微**接近黑洞的地方，那麼它的路徑將會開始朝著黑洞捲曲。一個厲害的飛行員可能可以躲過。

如果你經過時太靠近，就沒有飛行員能夠阻止你的太空船掉進黑洞裡。在逃脫與掉進黑洞間的關鍵距離稱為事界（event horizon）。試想事界為一道圍籬，上面釘著一個非常大的警語寫著「請勿靠近」，就我個人來說，我會遵守警語所說的。

黑洞怎麼會和義大利麵扯上關係？

如果你決定忽略警語並闖入事界領域裡，我會希望你是喜歡義大利麵的。這不是一趟我會建議去經歷的冒險。但如果你堅持要去，你要做的第一件事就是穿上最新研發的太空衣，以及離開你的太空船。沒有理由把其他太空船成員拖下水。

在太空裡，你定位自己往踏進黑洞的第一步，你才能看著自己接近事界。根據廣義相對論，當你一進入黑洞時，你會感覺到一股強烈的重力拉著你的雙腳。這股拉力會變得越來越強，相對於把你的頭拉下來的重力。你會開始被拉長。這狀況會一直持續到你被拉長到像一根非常細的麵條，像人類版的義大利麵。科學家稱這股效應為**意大利粉化**（**spaghettification**），我打賭這一定不會有趣。

如果你比較想從量子力學的角度來考量這個思想實驗，那麼當你到事界時，你就是會被燒成灰燼。一個有著量子定律的事界將會有著高能量與活動力。我打賭這一切還是不有趣。

黑洞會永遠存在嗎？

不會，黑洞不會永遠存在。它們發射出小量輻射，並完全蒸發消失。英國物理學家史蒂芬·霍金於一九七四年發表黑洞透過霍金輻射（Hawking radiation）蒸發。[6] 他發現某種東西上有他的名字，這樣的機率有多大呢？

總而言之，霍金輻射提出當成對的正與負的虛擬粒子會在接近事界的地方突然存在。通常它們會消滅對方，因為它們很接近黑洞，所以無法履行它們的婚姻關係而被迫分開。它們其中之一會被捉進事界裡，而另一個會逃進太空。

掉進黑洞裡的粒子帶有負能量，所以會減少黑洞的質量，而造成蒸發。現在來回想，根據廣義相對論，質量與能量是相等的。當黑洞吸下一個負能量的粒子，它同時也吸進負質量。而在物理學裡的大多事物的關鍵是大小。越小的黑洞會越快失去能量。當它在縮小時，它的溫度會不斷上升，直到爆炸。或者它可能就是會逐漸消失，這取決你所選擇要用來解釋的理論。

技術上來說，上面所敘述的只是一個數學的心理形象，當潛在能量從黑洞（正能量）蒸發時，它一定會被儲存在黑洞的潛在能量所抵銷，以保留在宇宙裡的所有能量。這種減少說明了為什麼它要稱為負能量。這是一種數學。

一個在蒸發的黑洞可能也是件好事，因為它可以將能量放射回宇宙中，所以基本上它可以被視為一種能源。當然，一個非常高層級的文明，應該是第三型的那種，會被要求要開採所有的熱能源。你想知道這是怎麼發生的嗎？

為了要讓這個行為是值得大費周章地執行，它們必須要押上一個大黑洞的所有權。我想你猜到了，因為大小是關鍵。針對較大黑洞是需要花許多時間去蒸發掉足夠的資源，好讓獲得能源這件事是值得去做的，大約是十的五十七次方乘以一百三十八億光年。一個黑洞的壽命是其質量的立方體。[7]而這些大型吸盤有著許多質量。

別怕，當一個文明接近第一型的階段時，其存在期限的這個想法是奇怪的。時間可能是站在這些類型的能量項目這邊。

如何發現黑洞？

黑洞在數學上是存在的，但科學是講求證據的。它們無法用肉眼看見，因為它們和太空都是黑的。它們的存在與大小可以藉由間接的方式發現。你可以使用已知的物體質量能夠直接察覺以估計出現在一個黑洞的質量是如何影響那些已知的星體。

另一個方法是藉由加熱的原料測量所放射出的X光，當它掉入黑洞時。第三種方法來自於廣義相對論的預測，稱為**重力透鏡效應**（**gravitational lensing**），背景光是由巨大物體所包覆。星體越巨大，越多的光線是彎曲的。

蟲洞（又來了）

讓我們來湊對一下我們所知的量子力學以及我們對蟲洞所了解的知識。我要你把纏繞粒子想成纏繞黑洞。一個黑洞的量子態是和一個第二個黑洞的量子態同步。如果工具測量出第一個黑洞的量子態，你猜怎麼著？你會知道第二個黑洞的量子態，因為在量子階段上所纏繞的一切都是處於一樣的狀態。

現在試想一個奇異點其實不是一個點而是一個洞的可能性，是一個連接兩個黑洞的蟲洞。每一個黑洞駐在一個不同的地方，甚至或許在不同的時間。黑洞實際上是相連的，而其中的纏繞造成蟲洞，是因為時空幾何學的纏繞效應。

最近越來越多物裡學家已經在觀察於時空的量子纏繞效應。其中幾位甚至相信量子纏繞本身可能創造出時空。[8]

7.2 一個旋轉黑洞示意圖（美國太空總署 /JPL—加州理工學院）

黑洞可以使用於時間旅行嗎？

原則上是可以的。然而，這意味著將廣義相對論的物理學拉到極限，這在科幻小說至少是可接受的。以下是幾個可行的做法。

1. 來個旋轉吧

第一個方法需要一個循環轉動的黑洞。根據廣義相對論，一個在旋轉的黑洞會扭曲周圍的時空結構。這個現象就是所謂的**參考系拖曳**（**frame-dragging**）。我希望你還留著那張我們在第一章所使用的一張二元維度的紙張，顯示它被拉緊繃時的狀態，並在上面放一顆球。你現在旋轉那顆球，它會拉緊紙張並沿著軌道開始滾動。

在我們的三元空間維度時空紙張上旋轉的物體也有相同的現象。科學家藉由美國國家航空暨太空總署（NASA）的重力探測B衛星（Gravity Probe B Satellite）外的迴轉儀針對地球測試了這個現象。[9]在一年的過程中，路線角度為四十二毫角秒的參考系拖曳和從廣義相對論的預測是一致的。這並不是一個龐大的數字，但沿著地球的空間被拖住了。

目前衛星沒有具備針對扭曲時空測試黑洞的科技。這並未阻止科學家去設計更實用的方法操控這個測試。他們想到了研究繞著稱為「H743-322」黑洞的東西，藉由嵌進旋轉物質裡的鐵離子所放射出的X光。[10]X光的成長或縮小取決於離子如何移動到觀察者的相對位置。其參考系拖曳效應大約是一百兆倍強，和在靠近地球所發現到的參考系拖曳效應強度相同。

你現在所需要做的是讓你的飛行員駕著你的太空船進入旋渦裡，而其他人則緊握不放。你和你的飛行組員已經進入一個不同時區。

2.要來個甜甜圈嗎？

另一個以使用一個循環的黑洞做時間旅行的可能性是環奇點（ring singularity）（把它想成甜甜圈）。這種類型的奇異點稱為克爾奇點（Kerr singularity），是以紐西蘭數學家洛伊・克爾（Roy Kerr）為名，他解出愛因斯坦的廣義相對論的場方程式來解釋一個循環黑洞。[11]

而現在我們把一些科幻小說混合克爾奇點，你能以設計一艘奇蹟地存活於重力傾斜並在經過事界時仍能維持原來形體的太空船為開頭。第一步完成了：逃過意大利粉化。現在剩下要做的是潛過環中心點並出現在不同時區。

3.時間膨脹（廣義相對論）是因為有時你就是必須走經典路線

另一個時間旅行的方式是在一艘靠近事界邊緣的太空船裡紮營，並利用時間膨脹。要謹記的是當重力增加時，時間針對那些在太空船的人相較於他們在非常遙遠處居住的同伴來說流動的較慢。這個例子可以在電視影集《星艦復國記》（Andromeda）裡找到，影集裡的太空船就是用這種方法到了三百年後的未來。

其他重點

黑洞是量子力學以及廣義相對論的物理學瓦解的地方。黑洞是重力井壓得非常深入時間結構裡，而光與電磁力無法爬出來。它們離開並將星系結合，但它們無法完全以廣義相對論或量子力學來定義。我在這聲明，黑洞其實不是把你吸進去，而是你掉進它們。

第七章加料篇

好料一：一個大謎團

超重黑洞（supermassive black hole）被認為是從小開始形成的。它們藉由和其他黑洞結合吸取質量而逐漸變大。天文學家已經發現這些大傢伙存在於宇宙的早期，追溯到宇宙還是個少於十億年的年輕人時期。

其中的謎團是雖然第一批恆星很大（是我們的太陽質量的一百倍）以及才燃燒了幾百萬年，它們的爆炸應該形成了約和原始恆星相等質量的黑洞。但是有些超重黑洞的重量至少有一百億的太陽質量。[12]

好料二：資訊悖論

一般都會接受如果你有關於一個系統的資訊，像是粒子態以及量子機率，你應該能夠在任何時間去決定它在任何時間的狀態。換句話說，量子機率波顯示狀態必須被保存。這個狀態的保存限制量子力學與廣義相對論直到黑洞被提出來。

如我們所見，這些人有在他們的路徑上撂取每一樣東西的習慣，包括量子資訊學。這意味著量子波是不完整的。回到第二章，我提到一道機率波如何能夠支持一顆粒子的所有可能狀態直到它被發現。在那一刻，這道波就瓦解並且其狀態能夠被測量出來。一顆粒子的所有未來可能性都包含在波函數裡。

在黑洞摧毀了至少這道波的部分之後，我們就無法得知關於粒子的一切。這個和主張具有時間膨脹維持系統資訊的廣義相對論是相牴觸的。這個矛盾就是所謂的**資訊悖論**（**information paradox**）。在第二十章會提供一個理論性的解決方式。它會對我們所知的事實提出質疑。

第八章

地球上生命的起源與進化

進化比你還聰明。

——萊斯利・奧格爾（Leslie Orgel）進化生物學家

這章是要獻給在地球上創造了生命的機會主義。不論造成的原因是天擇、隨機的突變、自私的基因、黑暗能量或是化學反應，這些都無所謂。事物已隨著時間改變，而且我們現在所看到的事物在過去並不存在，原因就是進化。

進化影響著大千宇宙裡的一切，從生物到繁星到黑洞。只要時間有一個方向，就會發生進化。這是沒有辦法逃離的。就地球上的有機生物而言，進化是生命科學建立的基礎。它的命名意味著的是經由時間產生的族群上的遺傳轉變的緩慢過程（就人類而言）。

進化可以是令人困惑甚至是充滿爭議的，因為它有時是被當作事實來引用，在其他時候它則被視為理論。它兩者皆是。一件事實陳述了一個現象，而一種理論則是嘗試著解釋一個現象。這和我們針對重力所做的討論沒有什麼分別。你可以藉由丟這本書而了解重力是存在的（事實）。針對重力所做的理論性解釋是時空彎曲。這個理論可能不是很完整，因為我們知道它並沒有和量子力學完全一致。但是，重力確實存在。

進化也是如此。進化的**事實**面是藉由許多像是DNA圖像與化石紀錄等證據所證實。進化**理論**則是用來解釋是**如何**發生的。查爾斯．達爾文認為進化是一種天擇，在這裡一個變項提供了一個族群裡可倖存的一個優勢，並且是能夠世代傳承下去。

他的理論是基於馬爾薩斯主義的人口成長。湯瑪斯．羅伯特．馬爾薩斯牧師在他的著作《人口論》（*An Essay on the Principle of Population*）中主張族群總數以指數方式成長，但具備餵養以增加族群數量的能力卻是以較低的幾何率成長。[1] 他認為人類的人口總數會成長的比食物供給的速度還要快。

關於物種，達爾文也有相同的概念。自從他們比所賦予的環境條件能支持的總數製造出數量更多後代以來，族群裡的一些成員將會更適合居住在那樣的環境，並且更有可能交配。

有了天擇，那些更有可能生存下來的成員就更有可能繁殖。天擇也淘汰了有著不適合特質的個體，這叫做**適者生存，不適者淘汰**。這並不表示是最聰明的人才能生存下來，或是高智商的人是進化的最終結果。這一切的關鍵是基因的傳遞與延續。在寇特・馮內果（Kurt Vonnegut）的小說《加拉巴哥》（*Galapagos*）裡處於遙遠未來的人類已進化為會嘲笑放屁行為的海洋生物。[2]

這些變項是如何在一個族群裡產生對達爾文而言依然是個謎。現在我們知道它們是由在去氧核醣核酸（deoxyribonucleic acid，簡稱DNA）裡的隨機變化所造成。更確切地說，進化是基因突變的一項功能，一個DNA序列裡的一個錯誤（改變）出現在當一個細胞為了要分裂時所做的自我複製。有時這個錯誤給了這個有機體一個生存優勢。生存（很明顯的）會擴大遇見伴侶及繁殖的可能性，這些會將突變傳遞到下一代。如同我在這章的一開始所說，這一切都是關於機會主義，自私的基因將它們自己傳遞到未來的世代。相同的程序也消滅了基因庫裡的不好突變。

一些人會將適應性與進化搞混，這是非常容易發生的，因為它們是相關的。一個能適應險惡環境的物種成員較可能比無法適應進而死亡的成員找到伴侶。適應性是一個短期現象，倖存者仍是原始物種的一員，而此物種本身尚未產生轉變。進化則是一個更長的過程，身體上的變化始於基因階段，並經歷多個世代產生出更適合於一個環境生活的物種。適應性是關於一個單一成員的短暫生存，而進化是一個物種的長期生存。

進化以營救：在一九九六年到二〇一六年間，約有八成的袋獾（Tasmanian devil）因為臉部腫瘤病變（devil facial tumor disease，簡稱 DFTD）而遭到淘汰。少數的倖存者帶有一個基因變異幫助牠們能從這個病變存活夠久以繁衍下一代。牠們自身進化而免於滅種。[3]

人類故事

你是人族也是人科動物。恭喜你！這些術語僅有些微的分別，很容易造成混淆。人族是早期人類的任何次物種，是較接近人類勝過黑猩猩。人科動物是包括所有人族並加上所有現代與絕種的猿、大猩猩、黑猩猩以及猩猩。你也是人類以及部分人屬。事實上，你所屬的物種是最後一批。

我們的故事揭開了進化如何是一個穩定的過程，但不一定是直線發展。達爾文的書《物種起源》（*On the Origin of Species by Means of Natural Selection, or the Preservation of Favoured Races in the Struggle for Life*）表達了他對從一個宗族的分支進化的信仰。他是對的。在我們的族譜裡有許多分支。其中大多數都被刪除了，因為他們無法適應一直在改變的環境條件。

以下是我們如何從地球開始的時候，從人族的拖曳漫步到人類可在推特上隨意留言的短暫歷史：

- 四十五億年前，地球形成。[4]
- 二十億年前，地球上的氧氣大量增加。
- 六千五百萬年前，多細胞生物開始出現在海洋裡。
- 四千四百萬年前，生物開始出現在陸地。
- 兩千五百萬年前，恐龍出現。
- 六百五十萬年前，恐龍絕種。
- 四百至三百萬年前，阿法南方鼓猿（Australopithecus afarensis）用後足站立並行走。這個人族是南猿類及人類的共同祖先。你可能聽說過關於有名的阿法南方鼓猿叫露西的事。[5]
- 兩百五十至三百萬年前，氣候變化，迫使南猿搬出森林並進入開放領域。他們適應了新食物以及新的掠奪者。人類從此刻開始出現。

  值得深思的事：如果氣候沒有改變，南猿可能到現在還存在著。
- 三百至一百五十萬年前，星人（Homo naledi，naledi 為塞索托語，意指「星」）絕種消失。能人（Homo habilis）精通石器工藝。星人是南猿的大小，但有一些現代人類的特質（較大的頭顱）。他們可能是最早的人種。

- 一百九十萬年前，沒有下顎的直立人（Homo erectus）開始生火。
- 電影《洪荒時代》（One Million Years BC，原作於一九四〇年推出上映，著名的翻拍作品於一九六六年推出）呈現恐龍與人類如何互相追趕。你想知道這是否是杜撰小說？我來告訴你。

  歷史與化石的紀錄都有著非常不一樣的版本是關於這段時間所真正發生的事。在西元前一百萬年，直立人在撿石頭，而且絕對長得不像是拉蔻兒．薇芝（Raquel Welch）所飾演的《貝殼族的美女羅安娜》（Loana the Fair One of the Shell Tribe）。那時沒有任何恐龍出現。

  也許這部電影名稱出現打字錯誤，編劇真正指的是西元前十萬年，人類經過石器時代找到生存方式。但問題是，還是一樣，在那段時間裡沒有出現任何恐龍。所以我猜《史前一百萬年》不是以紀錄片的形式製作。

  電影《史前一萬年》（10,000 BC，二〇〇八年上映）就多了一點正確性，但還是出現了西元前兩千年的尼羅河村，以及冰河時期的埃及人會使用刀等工具並擁有家用飼養馬。[6]所以我猜這部電影也沒有許多歷史紀錄的依據。
- 在七十八萬年前到十二萬五千年前的非洲，海德堡人（Homo heidelbergensis）至少分裂成兩大族群。其中一個留在非洲，而另外一個移到歐洲與亞洲的部分區域。在歐洲落腳的則進化為尼安德塔人（學名 Homo neanderthanlensis，也叫做 Neanderthals），另外那些插旗在亞洲的則進化為丹尼索瓦人（Denisovans）（身分仍有待確認，但可能是人屬）。留在非洲的海德堡人最終進化成為人類（Homo sapiens）。

- 七萬五千年至五萬年前，人類的最大遷徙發生，離開了非洲。

有一個理論是我們的人種沒有幾乎無法在這個時間點後存活下來。大約在七萬四千年前，一座位於印尼的火山造成持續了六至十年的火山冬天。[7]這種灰濛的天氣隨之而來的是一千年的寒冷。這可能會減少約一萬到三萬的人口數。這稱為多巴災難（Toba catastrophe）。好消息是我們並沒有絕種，至少還沒。這會是另一章的主題。

現在回到我們的歷史。人類的最大遷徙離開非洲約在五萬到七萬五千年前之間，有可能是因為氣候變化。所有現今存活的非非洲人便是從這個族群傳承下來。有些人類足跡的早期證據，但我們並沒有從他們身上傳承下來。那些早期遷徙的人類已全部絕跡。科學家不知道發生了什麼事。也許是大遷徙在身體與遺傳上都征服了早期小型的遷徙。無論發生了什麼，他們身上少許的 DNA 傳承到今日的我們。

- 兩萬五千到四萬年前，尼安德塔人絕種。
- 一萬到兩萬年前，佛羅勒斯人（Homo floresiensis）分支滅絕，人類裡的**現代人**是會站立的人屬裡最後一人種，也就是你。

佛羅勒斯人有一個可疑的暱稱是「哈比人」，是源自於托爾金（J.R.R. Tolkien）著作裡身型微小的主人翁。這些歷史上的哈比人大約是現代人的一半大小。當現代人正穿過歐洲大陸時，他們居住在東南亞的佛羅里斯島。現代人有遇見他們後並開始口耳相傳關於小矮人的傳統故事嗎？很有可能喔！

總而言之，家族譜的分支是一個謎。有一個理論是他們是早期一些直立人的後代，約在一百萬年前定居在島上。他們之後進化成較小的身體軀幹以適應島上的有限資源。用進化的說法，這非常弔詭，因為以幾乎是三十萬年的進化，他們應該要縮成一個指距寬的大小才是。

化石真的非常老掉牙（字面上來說）

科學家不只是需要化石來建構人類演化歷史。現在他們也需要基因。在石器時代期間，所有這些不同的人族演變為許多如親兄弟般的關係。當DNA結果出來時，就沒有隱藏的父系（與母系）關係。在今日的非非洲基因組裡可找到約百分之一點五到百分之四之間的尼安德塔人基因。在現代馬來西亞人基因裡，有百分之一點九到百分之三點四是來自丹尼索瓦人。[8]

也有一些基因證據顯示尼安德塔與丹尼索瓦人可能有辦了一些私人聯誼派對。除此之外，也有證據顯示大約十二萬年前尼安德塔人與丹尼索瓦人與其他古代人類結為配偶。很明顯地，他們等不及現代人出現！

喔！慢一點，並要保持真實感

在科幻小說裡，進化在我們的未來傾向比我們的歷史有更快的進展。在一九六八年的經典電影《人猿星球》（Planet of the Apes），不知為什麼，西元三九七八年的聰穎人猿統治著已進化發展的人類。這樣的假設是有趣的，但科學上來說是薄弱的。如果你比較西元三九七八與一九七一年（卻爾登．西斯頓（Charlton Heston）的角色喬治泰勒的火箭在這年第一次出現）間的不同，你得到的是二〇〇七年的差距。對傳統進化來說並不是很長的一段時間。

只要我們正在看一個兩千年的窗戶去尋找明顯劇烈的進化轉變，我就應該提到《松林異境三部曲》（*Wayward Pines*）。在這部著作裡，畸變是從基本人類經過少於兩千年的進化得來。[9]下次你聽到關於人類進化的下一個用語（想想X戰警）時，你要抱持懷疑。它有可能只是古怪的遺傳學（漫畫書裡的整合基因？）所造成的東西，而不是天擇的結果。

生命是如何在地球開始的？

很明顯地，在生物能夠進化之前，牠必須先存在。所有事先存在的生物來自於較早事先存在的生物，除非牠不是以這種方式存在。在某個點上發生了無生源論（abiogenesis），意味著生命是從非生命物質而來。從哲學與科學上來看，這都是件大事。

讓我們從頭開始。不是每件事物的開始，我要說的是地球上生物的起源。為了要澄清這點，我會用美國國家航空暨太空總署版本的生命定義：一個能夠自立並有著達爾文進化的可能性的化學系統。[10]化學反應部分是代謝過程，或是從維持生命的有機資源裡取得能量。

在地球上出現的生命有可能始於四十億年前。在冥古宙期間（Hadean eon），地球是一個年輕且不受控的五億年星球。太陽那時沒有那麼光亮，月球那時距離較近，且地球轉動較快。它轉動的速度快到一天沒有超過十小時。[11]氧氣那時不存在，因為沒有任何植物行光合作用。流星連續撞擊地球，提供一些我們需要的金屬礦物。

對比這個混亂的背景，科學家或許能夠回溯到地球生物的起源。這個理論仍是昏暗不明的，所以我要說的是一個科學可能性。很明顯的這將會是一個粗略的初版，因為我們全部都在等生物學家與化學家證實這些事件且更進一步地充實這些細節。

在地球歷史的某處，化學物（可能只是簡單的化學聚合物）發展出少數生物屬性，像是自我複製以及與其他分子進行協同作用。[12]這是化學進化的年代，當單一化學物開始製造它們自己的分身。超過數十億的世代，有更多複雜的變異出現。

最終（可以說大約三十五億年前），一些變異會包覆在一個膜裡，可能是從以一個泡泡環繞著分子並像脂肪的物質。第一個生物化學物可能出現在藉由紫外線、雷擊或是深海口的化學反應的幾百萬年後。這些變成第一批從生命進化——無生源論所出現的微生物細胞。每一代的這些原生球（protocells）製造出新版本的自己直到它們最後分裂成細菌（bacteria）與古細菌（archaea）。

快速瀏覽一個事實：現在正在讀這本書的你其實不完全是人類。你的身體包含了大約和人類細胞相同數量的微生物細胞。[13]而且因為進化的關係，這是可行的。它們和我們一起進化。

大約二十四億年前，事情開始變得有趣。叫做**藍綠藻**（cyanobacteria）的單一有機體進化為具備將陽光轉化成能量的能力，就誕生了光合作用。在這段年代，氧氣的增長導致臭氧之後能夠保護生物免於太陽的紫外線照射。

每一個家族裡的成員（細菌與古細菌）開始媒合並生出更多複雜的有機體。在某個時刻一個細菌細胞會挾持一個古細菌細胞。但古細菌細胞並未被殺死，而是細菌細胞在自身中控制著它。這就是第一個真核細胞（eukaryotic cell）。一個真核細胞包含了一個細胞核與其他好東西，像是粒線體（mitochondria），像是一個發電廠供給細胞能量以及讓複雜有機體能夠生成。

快轉到約六千萬年前當多細胞生物開始繁盛的時候，嘣！寒武紀大爆發（Cambrian Explosion）來了。[14]接下來的三千萬年間，複雜有機體到處都是。大多數的主要動物們出現。寒武紀時期直接呼應可能是由水藻與苔蘚固定土壤裡的碳而造成氧氣高度的上升。

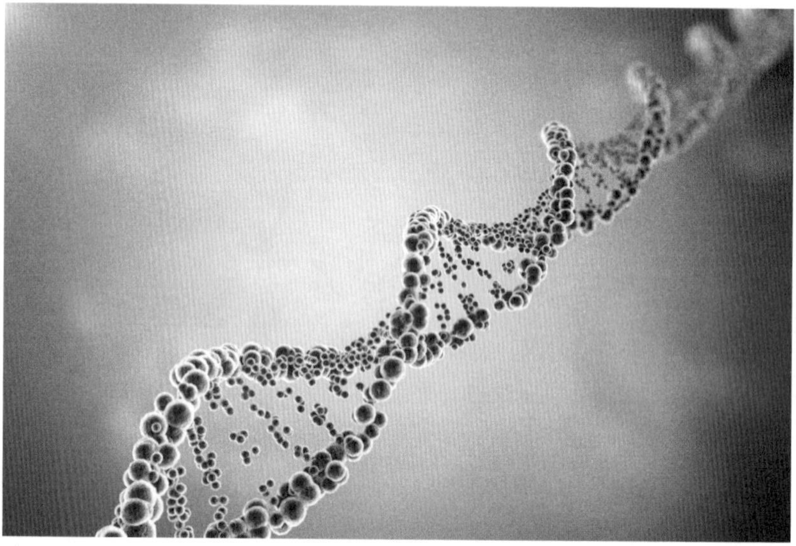

8.1 DNA 的結構（iStock Photo/Rost-9D）

什麼是DNA？

細胞包含了自我複製的素材——去氧核醣核酸，也就是我們所知的DNA。此分子是由磷酸鹽與糖的兩個纏繞的繩股所形成的一個雙股螺旋體。它包含了用來生長與再製的人類細胞所使用的蛋白質與分子的藍圖。

在一個人的身體裡幾乎每一個細胞都有相同的DNA。如果你看過即使只有一集的《CSI：犯罪現場》，你就知道一個人的DNA是和其他人的DNA不同。幾乎是不同的。我母親與我父親的DNA和我的是最相像的，除非我有一個同卵雙胞胎的手足。我事實上並沒有，但如果我有的話，他就會是個例外。我們的DNA就會完全相同。

快速瀏覽一個事實：不是所有的「相

同」會製造出平等。雖然雙胞胎可能會有相同的基因組，但還是有可能藉由他們的DNA分辨雙胞胎，尤其是如果他們曾經暴露在不同環境或是有著不同的生活方式。這些差異性造成他們的DNA之間的表觀遺傳的不同。研究者已經找到不同的表觀遺傳學（epigenetics）會造成DNA有不同的溶點。[15]這可以應用於身分鑑定。你可以在好料二了解更多關於基因組以及表觀基因組。

我們可以更深入並提問，DNA是如何產生的？這**極度不可能**是藉由一個化學意外所形成的。為了要製造DNA，你需要特定的酵素（造成反應的蛋白質）。為了要製造那些酵素，你需要夾帶DNA的精確指示。

你猜怎麼著？你陷入了一個循環的難題裡，就像是先有雞還是先有蛋這種經典問題。順便跟你說，這個經典問題的答案是蛋。不論是誰生的蛋，就不是雞生的，但大致來說已經十分接近了。

下面是兩個破解DNA是如何進化的循環問題的指標理論。

1. 自有DNA

DNA不是第一個活躍的化學物。許多生物學家認為應該是核醣核酸（ribonucleic acid，簡稱RNA），它是衣衫不整版的DNA。是的，這個有妨礙風化之虞的分子只罩著一股生體高分子。

RNA就像是一位建築工人完成在DNA藍圖裡的指示操作。在一個像我們一樣的充滿機會的行星上，建築工人應該能夠有自己的藍圖。科學家已經證實RNA能夠自然地摺疊自己以進入形成自我複製分子的結構裡。所以理論上，RNA可以扮演訊息載體與催化劑（同時是工人與藍圖）。RNA非常可能是第一個從早期地球的化學作用中進化。在某個時間點，RNA生命轉換成我們今日所見的更複雜的DNA生命。

2. 外來DNA

另一個概念是生物可能不是從地球上開始的，而是數十億年前不斷地轟炸行星而種下了古老細菌。這個概念稱為**汎種論**（**Panspermia**），是希臘文，意指「到處都是種子」。如果這是真的，這就意味著化學進化發生在其他地方並藉由扛在背上的小行星或是行進於水冰參雜的彗星中蔓延到地球。

《外太空來的核醣》應該會是一個很酷的書名。並且這有可能是一本非小說作品。核醣（RNA的架構）可能在藉由紫外線所照亮的粉狀冰上形成。彗星是由冰所組成，而我們知道它們會撞擊地球。所以你將是由來自外太空的核糖所組成。

這個生化物質的播種不需要是星際層次。我們可以看靠近家裡的地方。我們的鄰居火星有水。在很久以前的過去，它有可能是有機物質所形成的海洋。早期地球缺乏一些像是硼的生物必要元素，它也是需要用來形成RNA。當硼在早期的地球十分稀少時，在火星上則除外。從火星來的隕石可能帶了許多這個元素。所以火星的RNA導致地球的DNA可能不是科幻小說情節。

我知道你此刻在想什麼。這個播種散佈可以是帶著些許蓄意性與目的，是外星文明所策畫的某個事物。這是科幻小說經常會認同的。在一九九三年的《銀河飛龍》影集中有一集叫《外星創世論》（The Chase），我們也知道在《星艦迷航記》裡的銀河是藉由帶有和主角們的生命相似的DNA碼的古老外星人所散佈的。[16]

所以《星艦迷航記》裡的銀河充滿著有兩條腿、兩隻手臂與一雙眼睛的種族，只帶著些許的臉妝，和我們非常相似。這也解釋了為什麼人類與瓦肯星人（Vulcans）能夠混種繁殖。在星艦迷航記的宇宙裡有一個明顯的物種缺乏。物種形成是一個進化過程，是藉由從相同起源的物種的數量做隔離，最終會變得非常清楚鮮明，清楚到如果他們再碰到彼此，他們將再也無法孕育繁殖。

42

——道格拉斯・亞當斯（Douglas Adams）

別忘了道格拉斯・亞當斯的傑作《銀河便車指南》（*The Hitchhiker's Guide to the Galaxy*）。地球是電腦程式所打造出來的，並將人類分布各處，且由老鼠監督。為什麼？為了要決定可能或無法對應關於生命、宇宙及所有一切的解答所提出對生命、宇宙以及所有的一切的**疑問**……。

其他重點

生物始於那些發展出像是自我複製及和其他分子合作的生物屬性的化學物。這些原生球分成細菌及古細菌。之後有一天，真核細胞帶著自己的細胞核、粒線體與DNA出現了。從此之後，生物就生生不息了。

為了能到達我們現在的這個階段是花了一些時間進化而來的。進化是一個經過時間所產生人口數量的遺傳變化的緩慢過程。天擇是這些變化如何能夠傳承下去給後繼世代的一種解釋方式。這些變異是藉由DNA裡的隨機變化所造成的。好吧！來點預告音樂，因為天擇會決定基因庫裡哪種突變能夠生存，哪些會死亡。

科學家不再只單獨使用化石來重建人類進化歷史。他們現在有DNA鑑定。他們已經知道人族曾有多少進化分支。幾乎所有那些特別的分支會被切除，因為亞種（subspecies）無法適應環境條件的改變，或和其他亞種競爭。最後只會有一種人族留下：人類（現代人）。

第八章加料篇

好料一：進化是聰明的

進化不保證每一個突變將會是長期的進步。但是一個突變並不需要在一開始看起來就很好，並證明它是好的。我們沒有能力製造維他命C（抗壞血酸，ascorbic acid）。這種維他命是製造膠原蛋白的必要成分，以及預防連接組織與血管瓦解。幾乎所有動植物製造他們自己的維他命C。為什麼我們沒有？

一個令人好奇的理論說我們的祖先有豐富的維他命C的飲食習慣，所以直接食用比製造來的更有效益。這重新改變生物能的方向，以建立一個有更多豐富資源（與更大）的頭腦。一個交替的理論是我們祖先缺乏維他命C破壞了他們的DNA。突變率增加，以及我們的進化速度加快。

好料二：「零我」之家：我出現之前的地方

來搭上你的遺傳學的分類電梯吧！一樓是由DNA所呈現的基因組。這裡是你的基因來源。往上一層樓是轉錄組（transcriptome），也是忙著將你的基因啟動與關閉的RNA接待你的地方。再往上到另一層樓，你所抵達的是有蛋白質體（proteome）的樓層，也是你和蛋白質打招呼的地方。

我們繼續往上走嗎？很好，代謝物組（metabolome）正等著要帶你看細胞裡的所有小分子。再往上走會發現表觀基因組（epigenome）樓層，這裡環境扮演著基因表現的角色。最後你抵達目的地，顯型組（phenome）樓層，在這裡你的特徵（形體上與行為上）都是藉由底下的所有樓層的活動所決定。

基因組長時間以來一直是最穩定的。其他樓層則較浮動，並且會在特殊時刻時基因會啟動或關閉。基因組敘述**會**發生什麼，蛋白質體與代謝物組則會揭露**到底**發生什麼。有相同基因組的兩個人會有非常不同的顯型組。

有不需要改變基本DNA序列就能影響基因運作方式的方法。壓力、貧窮與汙染都會加速老化。這些遺傳表現發生在表觀基因組階段，且被稱為表觀遺傳特質。

第二部插曲

差不多是人類

凡具有生命者，都不斷地在超越自己。
而人類，你們又做了什麼？

——弗里德里希·尼采（Friedrich Wilhelm Nietzsche），

《查拉圖斯特拉如是說》（*Also Sprach Zatathustra*）

老化是一種疾病嗎？應該要藉由生物入侵（biological hacking）或是控制科技的方式以延長生命與增加快樂感作為目標嗎？有什麼原因讓你無法選擇你所要求的性別？甚至有性別存在的理由嗎？

有一天（很快到來嗎？）我們將能夠把自己變得更聰明、強壯，及更迷人。改良過的人是科幻小說的另一個主題。但預測人類將自我進化成什麼是困難複雜的（也很有趣）。我們可能將生物改良設定成DNA的階段，或是我們可能將我們的身體和機器結合（半機械人），或者變成完全人造，或者完全拋棄身體變成加強版的上傳工具。

成為改良版人類的道路經常是崎嶇不平的，並且沿途沒有標示速限。這個科學的事實面會表現在好的科幻小說作品。比方說，試想一個虛擬杜撰的地球是在其（未來）歷史的某段時間裡，使用記憶擴張藥物或是抗老療程會十分受歡迎。因為感覺十分真實。

現在，我相信科幻小說的讀者知道些微的改變會經由時間逐漸累積，所以請讓我繼續說下去。當經過更長的時間，或許我的虛構人口族群開始加了奈米科技（幾乎是原子等級的科技），並且混入生物工程。那麼連接他們的頭腦到資訊網的神經界面又怎麼說呢？經過這些所有轉變，他們還是人類嗎？以上我所說的稱為超人類主義（transhumanism）——也就是人類在轉變。它是人類發展的一個階段到人類開始使用科技而不是進化來改良自己的種族。基因改造、變性、藉由修復植入，以及／或者用各種化學促進劑來提供人種改良。我們已經藉由更換膝蓋與髖關節來執行生物入侵。為何不藉由取代老化或是使用從身體細胞中長成的器官更換受損器官以逃過死亡呢？

如果這些積累的改變持續發生，那麼這些具爭議性的生物的身體與心理功能將會在某種程度上強烈地超過那些可能再也不被視為人類的基礎人類。後人類主義（當身體變得不再重要）可能之後就會發生。事實上，後人類思考與經驗可能和我們極度不同到我們無法想像。後人類會形塑他們自己，也會製造環境。

許多論點著重於現代想法以改善人性。在接下來的章節會揭露進化不需要是隨機的。人類可以藉由科學與科技來接管人類生存條件。第九章涵蓋了我們如何運用科技在通往超人類主義的道路上去改變我們的身體。第十章敘述了我們可能如何直接將科技加入我們的身體，將我們和機器合併。

死亡是一個存在性的威脅。它是意識的終點，並且我們無法有意識地去想像無意識是怎麼一回事。為了要繞過這個悖論，我們所要做的就是永生。就是這麼簡單。從內到外運用科技是一個困住死亡的方法，直到我們能夠將我們的心智下載到一個虛擬（後人類）世界，被放置在一個無法摧毀的資料儲存設備中，安全地漂浮在外太空裡。在意有關太陽毀滅或是地球被不友善的外星人所接管就變得無實質意義。你或你的後代將能夠永遠逃離，或者至少直到你讀到第二十一章所出現的壞消息（萬物是如何終止）。

第九章

壞胚子生物學

當時的我就是一個年輕女子，
要如何想到並細說這個如此瘋狂的想法呢？

——瑪麗·雪萊

在瑪麗．雪萊的故事裡，維多．法蘭克斯坦因過度悲傷而崩潰，並把自己沉溺在賦予一個無生命的東西生命的實驗裡。他重新利用並改變已用過的零件（從屍體來的）創造了一個巨大的類人類。最終，他拋棄了他的創作，災難就接踵而來。

這章和創造生命的關聯較少，比較著墨在侵入生命。

基因工程與進化

使用好的、老派典型的進化（透過生殖）將適合的特性傳承下去真的很過去式。我認為所有我們人族都會認同天擇／隨機突變的進化已經紮紮實實運作了四百萬年。但是，就像民謠詩人巴布．狄倫（Bob Dylan）會說的，時間是一直改變的。

我們不再需要這種低階科技類型的遺傳工程。現在我們能夠以明顯地較不自然的方式做自我篩選。我們能夠辨識特定基因並直接將它們植入一個胚胎的DNA，將特性只傳承一個世代。這個特性還不是人口總數裡的主要特性。

為了避免未來會產生的疾病，醫生們已經透過基因療法試著修補人類基因組已經一段時間了。他們也利用基因編輯技術去發現是哪個DNA序列出現在疾病裡。人類是能夠被編輯的。不是只移除不好的特性，一樣的技術也可以使用在設計更多好的特性。問題是，我們應該要如此嗎？對許多人來說答案是肯定的。如果有足夠的人同意這點，那麼我們可能就會跳過隨機突變的年代，直接進入聰明人類的設計時代。

以下是科學之外能夠試想的事情：將你**對**眼睛顏色、智力程度或是性向取向所做的**選擇**加諸於下一代是合乎道德的嗎？

基因改造是如何做到的？

在生物的領域裡，人類現在可以利用最新、最熱門的基因編輯器叫做「CRISPR／Cas9」系統，可以做「剪下」與「貼上」這兩個動作。[1]「CRISPR／Cas9」是clustered regularly interspaced short palindromic repeats／CRISPR associated protein 9的縮寫，意指「常間回文重複序列叢集關聯蛋白」。CRISPR可以用來打擊細菌、消滅遺傳疾病、預防人類細胞裡的HIV感染，以及創造備受爭議的訂做嬰兒（designer baby）。

CRISPR技術使用導引RNA帶出Cas9酵素到被鎖定的一段DNA做些許人工微調。RNA化學上和DNA成對，所以它能夠專注於達成自己的目標。一旦成功達標，Cas9就會像剪刀一樣剪去問題區塊的DNA。這個程序可以消除遺傳疾病，像是乳癌、囊狀纖維化、鐮刀型紅血球疾病、戴薩克斯症等許多其他疾病。如同我之前提過，這個方法也可能可以使用在植入某個東西到剪下的地方，提供嬰兒某種特定的優勢。

科幻小說針對基因改造的道德性有什麼看法？

一個孩子誕生並擁有完整潛能的權利應該比其他因素優先考慮。保護蓄意製造出的胚胎的法律權利是國家的責任。

——憲法第三十九條修正案於二〇五一年七月四日批准，截取自布魯斯．T．霍姆斯（Bruce T. Holme）的小說《心之鐵砧》（*Anvil of the Heart*）

在布魯斯．T．霍姆斯的著作《心之鐵砧》裡，選擇不為他們的孩子進行基因改良的父母發現他們在一個格格不入的情境裡。

科幻小說是審視道德危險性非常好的工具。由安德魯．尼可（Andrew Niccol）編劇及導演在一九九七年上映的電影《千鈞一髮》（Gattaca），是關於基因控制已超越原本疾病預防的初衷。這個控制確保小孩從他們的父母身上遺傳了最好的特徵。這部電影的深度來自主角文生．弗李曼（Vincent Freeman）克服，或者應該說逃脫遺傳歧視，因為他是以老派（典型）的方式出生。

快速瀏覽一個事實：單字「Gattaca」來自於DNA的四個核酸鹼基（nucleobase）（生物聚合物）的字首：鳥糞嘌呤（guanine）、腺嘌呤（adenine）、胸腺嘧啶（thymine）以及胞嘧啶（cytosine）。

累了嗎？昨天很晚才睡嗎？永遠都不需要睡覺或覺得疲累不是很好嗎？你會在你的專業領域上有更多產能並更成功。在南希．克萊斯（Nancy Kress）的小說《在西班牙的乞討者》（*Beggars in Spain*），主角羅傑．柯恩（Roger Cohen）就是希望他的女兒能夠如此。他為她在出生前做了基因改造，讓她能長成永遠不需要睡眠。[2]

這是個好主意嗎？也許是。在她的故事裡，這項特徵並不是毫無問題。這個不睡覺族群飽受歧視，因為他們被認為在生產時具有不公平的優勢。這是有道理的。雇主可以雇用一名能夠一天工作十六個小時的員工，而不用請兩名一般人做相同工作。平民化運動支持向正常的睡眠者購買服務與產品。現在試想一般民眾的反應，當他們知道身為一名睡眠者的可能附加好處是永生。

說到永生，這有可能嗎？

我不想透過我的作品來達到永生，我想要透過不死來達到永生。

——伍迪．艾倫（Woody Allen）

人體帶著基因傳承給我們的孩子。我們的身體進化為一次使用性質，就是為了製造空間給後代。新科技已經改變了這所有一切。能夠廢除老化嗎？到某一天的回答是：可能可以。科幻小說的回答會是：當然可以。

有許多證據證明一般人類壽命已經透過較健康的飲食、較佳的居住環境，以及較好的醫療而增加。如之前所討論的，一顆仍在子宮裡的胚胎的基因療法（或在科幻小說的替代子宮裡面）能夠擁有自己的DNA優化，藉由消除潛在疾病以達到延長生命的目的。

如他們所說：所有的一切都在你的基因裡。而不論**他們**是誰，他們是對的。但你當然已經從進化的章節裡知道這點。在史丹佛大學的一項針對至少活了一百年的人類的研究裡，科學家已經發現兩百八十一個基因標識，顯示可以延緩他們的老化以及讓這個族群較不易受疾病影響。[3]

科學家從基因身上知道許多（而且還有很多要知道的）。小腦的老化比身體的其他部位來得慢。小腦是頭腦裡負責行動控制與認知功能的區域。它似乎在八十年的基準點上停止老化。[4]如果你正好是一百歲，你的小腦在二十年前就已經對退化免疫。誰知道如果研究者真的能夠找到負責這塊的基因？也許你真的會永遠活著。

或者我們可以從其他物種身上借一些他們的優勢。海洋生物是一個很好的起點。小頭睡鯊（Greenland shark）是目前記錄上壽命最長的生物。根據在鯊魚的眼球晶體上發現的碳，預測出一隻鯊魚的年紀約三百九十二歲。[5]弓頭鯨（bowhead whale）能夠達到令人印象深刻的兩百年壽命。這聽起來十分詭異，但不同生物的DNA是能夠結合的。試想你在Youtube頻道上看到的一隻基因改造過會在黑暗中發光的貓。所以我們也許能夠將鯨魚的特徵併入到我們自己的DNA。

> 還沒有在生物學裡找到任何指出死亡的不可避免性的東西。
>
> ——理查·費曼（Richard Feynman，美國理論物理學家）

你的基因存在於你身體的細胞裡。它們有一個家（它們自己打造的）是很好，但你的細胞是老化的另一個來源。它們有一個保存期限（明顯的例外是癌症）。它們會一直分裂直到達到原來的四十至六十倍。這就是所謂的海佛列克極限（Hayflick limit），是以美國的解剖學家李奧納德·海佛列克命名。他發現除了外在損耗外，細胞分裂的極限是造成我們死亡的部分原因。[6]

結果細胞具有不同類型的記憶，一支在細胞核裡的量尺提醒著一個正常細胞已經過多少次分裂。如果一團細胞被冷凍且在幾週之後又被解凍，它們會在中斷的地方開始繼續分裂，直到碰到它們自己的海佛列克極限。

這個極限始於每一次新的分裂裡縮短的DNA端粒（telomere）。端粒是染色體一端的護套。你可以把它想成在鞋帶的尾部磨損邊緣套上塑膠護套的鞋帶頭。當我們年紀越來越大，我們的端粒逐漸減少，磨損處損害了免疫功能。端粒減少是老化的生物指標。

一個名為「Gata4」的蛋白質扮演著開關的角色可強迫細胞停止成長與分裂。[7]隨著年紀增長，我們會累積越來越多這種蛋白質。可能某天可以在老人身上反轉這個開關。這不是給小孩子的蛋白質。它應該只能在組織停止發育後嘗試；否則的話，器官就無法正確發育。

耗損的組織也可以藉由幹細胞（stem cell）進行重建。幹細胞是無差別細胞，能夠將特殊細胞分類。它們具有變成任何類型細胞的潛力，像是血液細胞、皮膚細胞、腦細胞等。藉由使用幹細胞，生物學家已成功地長出一個能夠模仿人類中腦的類器官，這個部位的頭腦控制聽力、視覺以及行動。這個類器官可以用來測試帕金森氏症以及其它腦部疾病的新藥物。[8]

較長的生命有比較值得嗎？

這取決於你自己。以下是能夠讓你思考的幾個問題：

活得較久費用較高嗎？如果是的話，窮人會起來反抗嗎？

如果年老（以歲數而非身體狀況論定）的人不退休，那麼年輕人要如何找到工作呢？

如果基金有部分要提供給長壽的人，那麼提供年輕人的教育基金該怎麼辦呢？

這會對婚姻有什麼影響呢？人們能互相容忍對方八十到九十年嗎？連續婚姻會變成一個常態嗎？

對你自己還沒感到厭倦嗎？為你送上複製人

如果你的身體部位耗損殆盡，它們是可以被替代的。也許有一天從你自己的細胞內長出替換的器官會變得普遍。但為什麼到這裡就停住呢？為什麼不複製你的所有身體並得到你所需要的器官，或自己變成年輕的捐血者呢？它會在你的能量狀態與恢復能力上出現不可思議的奇蹟。

複製是從單一祖先中進行無性生殖。複製生物將和自己的祖先有完全相同的基因；例如：一個複製人和她的母親有著完全相同的基因。如果在一個大規模下完成複製，變異只會經由突變出現在人口族群裡。

現在的複製是使用 SCNT 技術所完成的。「SCNT」的全名是「somatic cell nuclear transfer」，中文譯為體細胞核移轉技術。首先，一個無差異的胚胎細胞的細胞核裡包含捐贈者所有的好的基因，會被移走並注射進一顆卵細胞，並傳導一個小規模電擊以開始進行細胞分裂。這個胚胎之後會植入一名代理孕母體內並走完整個孕期。

當這個章節涉及到許多主題時，關於複製的道德問題開始出現。器官培植在未來（如果不是在科幻小說裡）會是一門生意嗎？複製應該要被利用在器官移植嗎？那麼創造一個年輕版的複製人去接收你上傳的心智狀態呢？

個人特質對複製人有什麼意義？想想菲利普．狄克的經典作品《銀翼殺手》（*Do Androids*

Dream of Electric Sheep?），這個故事被改編成電影《銀翼殺手》（Blade Runner）。許多時候在科幻小說裡，複製是關於身分認同與奴役。

在二〇〇九年的電影《二〇〇九月球漫遊》（Moon）中，複製是一種奴役的形式。主角山姆．貝爾（Sam Bell）從事一份非常孤獨的工作，就是在月球上採集氦-3。三年後，當他的工作合約結束時，他被送回家和老婆小孩一起生活。[9]

但怪事發生了。每三年就會出現一個全新的山姆，是一個有著對家與太太相同記憶的複製人，被喚醒要開始執行三年的工作合約。相同的事情就一直不斷地發生。二〇一三年的電影《遺落邊境》（Oblivion）也有著相同主題，主角傑克．哈伯（Jack Harper）的複製人被騙去做補救一個即將毀滅的地球的工作。[10]這兩部影片裡都有探討當複製人對於自己的身分認同提出質疑的時刻。因為認同是通往自由的大道。

在《星際大戰》宇宙裡的複製人就沒有對自己是誰有任何疑問。他們都是被培植成士兵，除了其中一位變成賞金獵人。

殭屍末日的遺傳學

一般感冒是（典型的）生化武器能拯救我們的地球末日，這出現在赫伯特．喬治．威爾斯的著作《世界大戰》（*War of the Worlds*）。對我們地球人來說，感冒病毒並不是我們要頭痛的問題。現在我們有武器化的天花、炭疽病、伊波拉病毒以及稻熱病（真菌感染的作物疾病）。你不需要科幻小說來想像軍方研究人員慌亂地修補這些有機體的基因以製造更具威力的武器。

現在我要談的可能是更糟糕的事，就是殭屍末日。殭屍**可能**讓（杜撰的）科學看起來合理。喬納森・馬比里（Jonathan Maberry）的著作《零號帶原者》（*Patient Zero*），人們因普利昂蛋白疾病（prion disease）受到感染（變成殭屍）。在麥克斯・布魯克斯（Max Brooks）的著作《末日之戰》（*World War Z*），人們被索拉難病毒（Solanum virus）感染。這兩部作品皆用咬人的方式傳染擴散。

殭屍存在於自然世界，但不在人類世界，至少現在還沒有。現在我要談的是關於殭屍螞蟻。你要有聽一個恐怖故事的心理準備。在這個故事裡的壞人是一個叫**蟲草屬真菌**（**Ophiocordyceps**）的真菌孢子。這個孢子箝制了一隻可能正在做自己的事的螞蟻。它開始啃噬螞蟻的身體並開始在靠近螞蟻頭腦的位置生長。[11]

在某個時刻大約在螞蟻頭部的一半細胞將會變成**蟲草屬真菌**。這是當真菌分泌出一種混合的化學物時就會控制它的宿主。螞蟻就殭屍化了。殭屍螞蟻被迫要爬到樹上並且用下巴夾住一片樹葉，開始進行死亡。一束真菌從身體長出並且將新的孢子掉落在地上等著毫無戒心的螞蟻經過，所以它們才能夠重複這個殭屍循環。

如果我被迫要想出一個創造人類殭屍的方法，我可能會嘗試狂犬病毒的改造。狂犬病毒會感染中樞神經系統並會讓人變得暴戾。現在一位邪惡科學家（不是我）所要做的就是將狂犬病毒混合感冒病毒製造出一個空中傳播的感染疾病。

細菌與病毒的救援

為了要擊退殭屍或各種其他的壞人，你可能需要特殊才能。有許多人物角色出現在漫畫與電影裡。他們似乎更強、更快以及比一個像我這樣的平凡人類更難被摧毀。不像電視影集《閃電俠》（The Flash）裡的粒子加速爆炸與閃電暴風雨將貝瑞．艾倫（Barry Allen）與速度力連結在一起，紮實的生化科學可以運用在打造一個超級英雄或超級壞蛋上。

嗜菌體是病毒（有時是人造的）找到並感染細菌，留下原來的人體細胞。它們滲透到細菌裡，之後進行不斷的瘋狂繁殖直到嗜菌體突然出現。試想在電影異形（Alien）一個外星生物從凱恩警官胸腔前突然跳出來的畫面。就像電影裡的受害者，當嗜菌體已經侵入到細菌裡，它們就會轉移到下一個細菌。你可以設計一個對特定細菌種類免疫的英雄。

另外一種類型的嗜菌體是巨噬細胞（macrophage）。它是由單核白血球（monocytes）所形成的，是其中一群圍繞並消化嗜菌體以及修補受損組織的白血球。這是一個有治療功效的基因。也許不是X戰警裡的金鋼狼那種等級，但也不是太簡單寒酸的那種。

自然界的厲害奈米科技是病毒。病毒具備一些蛋白質與ＤＮＡ股，並沒有太多其他東西，但它們卻能夠潛入宿主細胞並繁殖。有一些較明確的方向，它們就能夠運用在基因療法將一個健康的基因傳到一個感染版本的相同基因。有些（事實上是很多）病毒不是盟友的角色，它們會製造許多問題。以這些案例來說，利用細菌做為武器是可能的。如同我們在進化的章節所見，一個細菌是能夠吞沒一個細菌並儲存其DNA序列。從那一刻開始，如果有相同的細菌攻擊，所有未來後代的細菌會用病毒DNA的記憶叫殺手酵素鎖定它。這和科學家如何能夠讓基因失去功能或將DNA序列插入一個有機體裡很類似。

其他重點

現代的基因控制科技已經開始移除掉進化的隨機性。人類開始接手控制人類狀態。壽命與快樂兩者皆能透過生物微調獲得增加。

複製一個人類身體可以運用在器官生長，或變成進到人體的一條血管去下載記憶，或在科幻小說裡是奴隸。壞胚子生物學有著沉重的道德包袱。

第九章加料篇

好料一：打擊犯罪的科學

拿一些真正的科學和科幻小說及神祕事件混合在一起你覺得如何？如果不用警察的資料系統，一名偵探就能從犯罪現場遺留下的DNA來決定嫌犯的年齡與性別。你不覺得很酷嗎？鑑識科技尚未達到那樣的程度，但已經相去不遠了。阿爾巴尼大學（University at Albany）的研究者發現可以被用來預測年紀的一個化學的生物標籤最近已在血液裡被鑑定。[12]酵素在女性十八歲、男性十歲時達到巔峰狀態，之後會隨著年齡增加開始減少。相同的研究團隊也發現生物標籤可以運用在性別決定。

相同的血液也會揭露一個人格特徵。研究者已經在白天活動的鳥類與夜晚活動的貓頭鷹之間發現某些基因差異。[13]留下來的DNA可能透露這個人是日行性或夜行性。

現在我們來嘗試一些犯罪重建。我們已經看到血液如何能幫助做立即案情判斷；現在我們加上血液可能有朝一日能幫助重建犯罪。我選擇對你用科幻小說並告訴你關於太空偵探克萊德・雷克斯（Clyde Rex）的事。他被指派要破解一起在巴扎勒太空船（Bazalor）發生的謀殺案。克萊德做的第一件事就是把在太空船裡的每一個人都趕出去，因為他一直是單打獨鬥，不和別人合作。

他拿出一把載滿最新影像軟體的雷射掃描器重建了血濺軌跡。以血跡大小為基準，他的設備可以計算出每一滴血液的質量。之後他在電腦上跑出一套規則系統可以回頭追蹤每一血滴的路徑。如果犯罪現場已經被整理過以掩藏證據，克萊德會用紅外線相機去偵測蛋白質。這所有的一切情節不完全是虛構的。

好料二：變態

快速瀏覽事實：從任何物種的任何一個個體的ＤＮＡ在其有生之年都擁有相同的ＤＮＡ。所以如果一隻昆蟲的ＤＮＡ並沒有改變牠的壽命，那麼要如何解釋變態呢？變態是一個過程，它是經由成熟的身體變成和自身青春期的樣子有所不同，是一種無法辨識的不同。這個答案是荷爾蒙。

荷爾蒙是化學傳遞者，會影響生長與新陳代謝。它們也會發出基本需求的信號，像是飢餓以及生殖需求。特別是昆蟲，牠們觸發變態及促進幼蟲變為成蟲。在蟲子裡，荷爾蒙蛻皮激素（ecdysone）改變了生物的ＤＮＡ的自我表現。

所以ＤＮＡ保持不變，但荷爾蒙影響改變了哪個基因被開啟，並且到什麼程度。這驅使了變態：細胞製造會緩慢地造成身體轉變的不同蛋白質。試想一隻毛毛蟲，牠吃一些葉子直到牠長大，這時就釋放出蛻皮激素。對毛毛蟲而言，吃就是蛻皮激素的環境觸發器。但再一次，大自然有不一樣的看法。

第十章

歡迎來到 U 型科技

男人是一個為太空旅行所做的人造設計。
他和蝌蚪一樣不再只是被設計以維持他目前的生命狀態。

——威廉．S．柏洛茲（William S. Burroughs），美國作家

超人類主義不只是關於我們如何在生物面上改變自己，還和我們如何利用科技整合我們的肉體有關。它可以單純到像是一顆人造眼球，讓擁有者能夠看得比原有的基本感知更遠，以及，在必要時能夠在黑暗中看見東西。如果我們以比較偏科幻小說的角度來看，我們的主角赫克托爾（Hector）能夠把他的人造眼球拿出來並留在現場。這隻眼睛能夠傳送經過編碼的信號直接到他的大腦，告訴他是誰在跟蹤他。如果他不喜歡他所看見的，他能夠使用他的仿生電子手臂去制伏惡人，直到負責的當局人員抵達現場。

那些是大東西的實例說明，別忘了還有其他小東西存在。奈米科技不只能

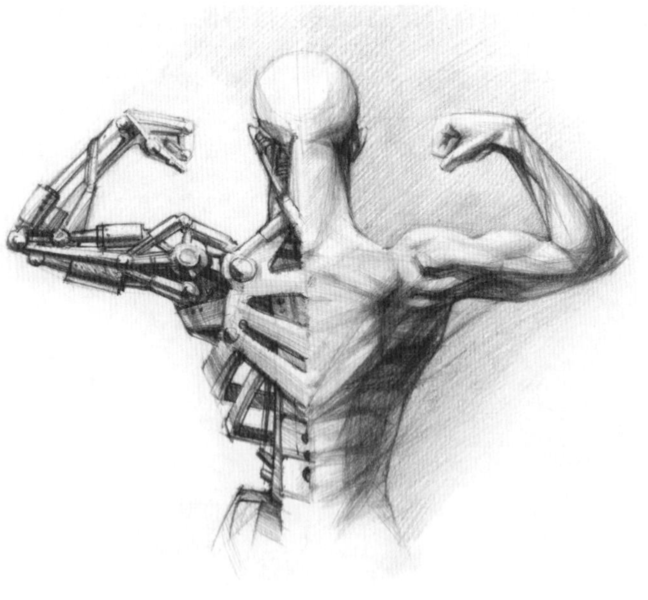

10.1　超人類（半機械人）圖示（iStock Photo/Auris）

夠運用在修復，還有提升，讓你變得比原來更好。它能夠增加力量與記憶。或者也許它真的只是關於容貌外型。也許有朝一日我們能夠改變我們的外貌去取悅約會對象或是成為從事秘密工作的間諜。向整型手術說再見吧！最棒的是，這所有的一切並不是不可能。

一個身體功能需要倚賴機械或透過機械幫助的人稱為機械化人或電子人。這在我們所處的一般世界裡越來越普遍。現在的手術方式是處於換膝蓋或是髖關節的階段，這被視為（雖然很重要）很平凡、一般。利用先進科技，醫生們能夠處理更多類型的身體障礙。為被截肢者做機械替代品一直在發展中，並使用微小電極植入到接收者的腦部做控制。電極從義肢接收到訊號，讓病患能夠感覺到並移動手指。[1]

二〇一六年在瑞士的蘇黎世舉辦了第一屆電子奧運稱為電子運動競賽（Cybathlon）。從世界各地來的肢體障礙參賽者使用的是最先進的義肢。[2]這是一個測試基礎以決定參賽者如何利用最新科技做到執行典型的日常工作。賽事包含了以腦力充電的競速腳踏車，以及切麵包比賽。

科學（和科幻小說一樣）需要提出一個關於經過累積所得到的進步將如何改變社會的問題。如果我們的社會因為要比較容易保養與固定升級而有替換自己的組織的習慣，那麼你就會落得像影集《超時空奇俠》裡的機器人（Cybermen，具有人類特質），或是影集《銀河飛龍》裡的博格人（Borg），我想你現在應該抓到重點了。從這些範例，我希望你了解電子人成為軍人的潛力。

電玩遊戲對電子人非常著迷。可以見到他們在遊戲裡丟擲車子，或將他們的手臂改造成雷射炮讓外星侵入者無法偷走小孩。試想在遊戲《最後一戰》（Halo）系列、《決勝時刻：黑色行動III》（Call of Duty: Black Ops 3），以及《顫慄時空2》（Half-Life 2）系列。也別忘了還有漫畫書裡的超級英雄們，像是在DC漫畫宇宙裡的一個名字就非常適合叫做賽博格（Cyborg）的半人類、半機器的主角。

士郎正宗的作品《攻殼機動隊》一開始是漫畫，之後才改編為動漫（anime，這個英文單字來自於日文對動畫-animation的縮短發音），最終有了真人演出的電影。日本漫畫（Manga）是一種日式風格的書寫及漫畫畫風的連環漫畫冊。它是針對所有年齡層的讀者所創作，所以針對成人的主題有時是很黑暗或是充滿性慾的。

《攻殼機動隊》是關於經過頭腦移植的電子人和科技連接。唯一的問題是這些電子人的頭腦會被駭，而他們所有的記憶會被錯誤的版本取代。當你對現實的認知是能夠被要求改變的時候你還能相信誰呢？

虛構的電子名人

岳史迪上校（Steve Austin）：電視影集《無敵金剛》（The Six Million Dollar Man）的仿生人（bionic）。

潔米・桑瑪斯（Jaime Sommers）：電視影集《無敵女金剛》（The Bionic Woman）的女性仿生人。

艾力克斯・墨菲（Alex Murphy）：機器戰警（Robocop）系列電影裡的執法者。

黑武士（Darth Vader）與路克・天行者（Luke Skywalker）：一個在《星際大戰》系列電影裡的隨機父子關係。

維克多・「維克」・史東（Victor "Vic" Stone）：DC漫畫裡的人物。

納森・桑瑪斯（Nathan Summers）：又叫做Cable-「機堡」奈特，是漫威漫畫裡的人物。

金屬人（Metallo）：有著外星金屬所做的心臟，在DC漫畫裡和超人對戰的壞人。

八爪博士（Otto Octavius or Doctor Octopus）：在漫威漫畫裡想給蜘蛛人一個大擁抱的多手臂人。

賽博人（Cyberman）以及戴立克（Daleks）：影集《超時空奇俠》裡的壞人。

東尼・史塔克（Tony Stark）：一個沒有心臟的人，他有時會裝扮成鋼鐵人，但是人造心臟讓他變成一個半機械人。

超人類頭腦

人腦進化成要管理約八十年的記憶。如果經過基因改造的人類可以活到兩百歲的話會如何呢？這個問題去問任何一個高中生，如果他誠實的話（他當然會很誠實），他可能會承認有時候沒辦法記住最近才學過的一些概念。那麼你呢？你曾經忘了把家裡的鑰匙放在哪兒嗎？

最近的研究似乎呈現這些記憶並不是遺失，而是被儲存在不容易找到的某個地方。麻省理工學院的科學家們正在研究早期阿茲海默症，用老鼠做實驗，以顯示記憶不一定是遺失，但恢復它們的能力可能出現缺陷。使用光控制神經細胞（這種技術稱為光遺傳學），研究者能夠將得到這個疾病的老鼠藉由電擊將記憶帶回。這顯示經由直接啟動記憶細胞，就能喚回記憶。[3]

現在則出現了某種具可能性的科技的時代。就單純地加入一個腦部移植去儲存我們的記憶而不是試著去控制神經細胞會如何呢？在美國科幻小說作家威廉・吉布森（William Gibson）的著作《捍衛機密》（*Johnny Mnemonic*，出版於一九八一年的《奧秘》雜誌（*OMNI*）），強尼的移植系統能掌握好幾百萬位元組的資料（試著從一九八〇年代的時間背景思考）。這個技術對患有失智症的病人來說是非常實用的，研究者首先必須要找到一個將儲存記憶轉化為活躍記憶的方法。

為什麼就只停留在記憶呢？也許有朝一日腦部晶片可以做為促進認知功能以及徹底改變老化過程用途。或者除了只有身體內部加強之外，晶片還可以擴大你的外在生活體驗。將來有一天你可能可以控制你家裡的各種設備，或者更好的是，利用無線網路連接某人的晶片進行溝通。

如果我們現在就能這樣做，那麼某人透過時光機從英國小說家赫伯特・喬治・威爾斯筆下的維多利亞時代的英國到現代會認為這看起來像心電感應。這個範例給了我一個絕佳的機會召喚英國作家亞瑟・查理斯・克拉克的預言的第三項守則，「任何相當先進的科技是無法和魔術做分辨的」。[4]心電感應是魔術。不久後，我們都可能是魔術師。

有時你必須選擇小的

奈米科技是一種控制在奈米尺度（一到一百奈米）的科技。一奈米是一厘米的一百萬分之一，一公尺的十億分之一。這個科技能夠被運用在控制分子結構。所以替代如手臂雷射槍之類的大型附加物，你可以用最小的非生物科技，奈米微機械（nanite）填滿。這些奈米機器非常小，少於一百奈米（是一張一美元鈔票的千分之一）。

一旦經過完全發展後，這些小東西就可能用在奈米醫療。它們能夠被設定去找到並摧毀癌細胞，或是停留在你身體內直到需要修復你的受損組織。奈米科技能夠直接將藥物送到腫瘤，神奇地從病人身上抽出毒素，複製人體器官做藥物測試，或擊碎血塊。

既然我正在匯整我的願望清單，那麼可以多加一項是將細菌視為一種運輸工具直接將分子送到受傷區域的奈米微機械嗎？或是把它們做成非常小的飛彈可以摧毀血管裡的血塊嗎？這所有的一切是可能的，並不會只在小說裡出現。

一個經過證明，很厲害的奈米藥物輸送系統的概念已經存在。研究者已經發展出從聚合物做出的奈米粒子球，當紫外線照在上面時就會瓦解。[5]這個想法是它們身上裝滿藥物，注射進入血液，並且當奈米球到達身體裡的目的地時，就能利用光線並將藥物釋出。

一九六六年的電影《聯合縮小軍》（Fantastic Voyage）是來自奧托．克雷蒙（Otto Clement）及傑洛姆．畢克斯比（Jerome Bixby）的故事作品，描述一群醫生被縮小並送進身體裡進行腦部手術。撇開小說不談，奈米潛艇是真實的，而且是藉由操作起來像是細菌的鞭毛（像尾巴的細絲，能夠讓微生物在液體中游動）的馬達提供能量。

當透過紫外線刺激時，支撐著轉片的連接處改變了狀態，能夠轉動四分之一。當它回到休息狀態時，會再次跳起，再轉四分之一。這個過程在光線照射下會一直持續。它能夠加速至每秒 2.5 公分。它能夠做為醫療運輸或其他用途。[6]

奈米微機械對某些科幻小說的文明是最好的萬靈丹。在《星際大戰》宇宙裡的博格機器人讓奈米微機械流過他們的血液不斷地做改善調整。在影集《超時空奇俠》的〈戰地孤雛〉（The Empty Child）及〈博士之舞〉（The Doctor Dances）這兩集中，我們知道杰克．哈克尼斯上校（Jack Harkness）的醫療供給包括具恢復功能的奈米微機械。並且就如你所預期的，博士剛好及時記得所有關於他們的事情並拯救了大家。[7]

在電視影集《星際之門：亞特蘭提斯》（Stargate: Atlantis）裡是以複製人為人所熟知，在他們有了知覺及情感後，奈米微機械就沒有那麼大的幫助了。結果變成他們沒有特別喜歡人類。

最後來到後人類主義

如果我們跟隨辯論的道路，將會來到一個時刻是當我們已經將自己升格到過了一個可能認為自己是人類的點時，我猜這和我們如何能忍受現在所謂的後南猿並沒有太大分別。只是這次要替代天擇的是我們非常擅長的萬能DNA入侵與技術學論點，他們正坐在進化的駕駛座。許多科幻小說作者書寫了設在後人類未來的作品。我們別忘了赫伯特．喬治．威爾斯的經典小說作品《時間機器》（*The Time Machine*）。我希望在「後」人類時代我們不會變成艾洛伊人（Eloi）或莫洛克人（Morlock）。

總而言之，後人類可能不只會重新形塑他們自己，也會改變他們的環境。在英國科幻小說家查爾斯．斯特羅斯（Charles Stross）的作品《玻璃屋》（*Glasshouse*）裡，心智被上傳進入不同的身體。有時候不是在一個自願的基礎下，並且有時不是進入到他們自己選擇的性別，有時則不是放置在對的虛擬時間區間。[8]你去讀這本書，就會知道我在說什麼了。

一個人類與後人類共處的宇宙會有許多有趣的互動。在美國作家丹．西蒙斯（Dan Simmons）的小說作品《伊利昂》（*Illium*）以及《奧林帕斯》（*Olympos*）裡，後人類主導並被奉為神般地崇拜。[9]我在《驚奇科幻小說》雜誌所發表的短篇故事作品〈大事記〉裡的後人類是神聖的，但卻不被崇拜。之後接著有芬蘭作家漢努．拉亞涅米（Hannu Rajniemi）的《大賭徒—尚》（*Jean le Flambeur*）系列書籍，內容是後人類和一般人是不同的物種，並且不同族群的後人類彼此之間也不一樣。他們有些是能和平相處。那麼其他人呢？我要賣關子。

那麼這個拿來做為故事題材如何？一個具感染性的病毒讓它的百分之一的受害者清醒、有知覺卻動彈不得。這個情節被美國科幻小說作家約翰．史卡奇（John Scalzi）運用在他的小說《生命之鎖》（*Lock In*）。你可能已經從書名猜到故事，這些窮人被鎖在毫無反應的身體裡。因為政府計畫，提供這些受害者自動機器運輸工具進入到他們的身體裡，使得他們的意識可以受到轉變。當管理者監視他們的身體時，他們才獲得行動能力。[10]

他們也是能夠扮演整合之人的一群人，意指那些能夠讓一個被鎖進身體的人能夠借用他們的可活動身體得到感官經驗。最後，一個共享的類網際空間的環境讓這些被鎖的人能夠相遇並有社交互動。有些人選擇永遠不離開這個空間。這個系列提供了一個很好的混合物，它結合了虛擬真實、超人類主義以及後人類主義。

在原始的《星艦迷航記》電視影集中，有一個重複的主題是超越人類狀態導致災難（通常是對被留下的人）。在第一季的〈前人未至之境〉（Where No Man Has Gone Before）以及〈特異功能少年查理〉（Charlie X）這兩集裡，有些人變成後人類，並造成衝突。你也會遇到已經超越他們原始狀態的外星人，例如在〈來自高索斯星球的統治者〉（The Squire of Gothos）這集來自高索斯星球名為崔連將軍（Trelane）的外星人這個角色。[11]

在這一季裡就有許多後人類情節故事的安排。你不會要我從《銀河飛龍》裡的「Q」這個角色開始細數。

網路交際（每個人都在做這件事）

雖然這是非必要的，特別是當你能夠創造你自己的虛擬宇宙時，你的後人類自我可能會有想要和其他抽象人類交際互動的時候。一個很好的相遇地點是一個稱為網際空間的公共區域。

網際空間（cyberspace）一詞要歸功於美國科幻小說作家威廉・吉布森，首次使用在他的短篇故事〈整垮珂夢米〉（Burning Chrome）。[12] 此時這個名詞還沒有將科幻小說帶進主流，直到他的小說《神經漫遊者》（*Neuromancer*）出現之後，吉布森在小說裡將網際空間敘述成一個後人類可能會一直待到宇宙結束為止的住處。

雖然這很一般（就現在來說），網際空間是我們的網路社會。我們能夠在那裡社交互動，沒有必要在實體世界去見一個人。

其他重點

機械效能比生物進化更厲害。超人類主義不是只有生物修復，也涉及了以科技升級人類。後人類主義是當超人類升級所做的累積已經極度的改變了我們的身體與心智，甚至它們可能不再被認為是身體與心智。

要思考的事：當我們已經下載我們的心智到一個集體智慧（collective intelligence）後，或進入一個產生虛擬真實的伺服器，我們可以複製我們原始基本的自己並看著他們糊里糊塗的在地球上玩樂。你就是那個複製人嗎？

第十章加料篇

好料：奈米在食物的運用

奈米科技能讓那些「製造日期」或「有效期限」遭到淘汰。有朝一日商店將能夠確保在你的日常採買上提供更安全及健康的產品。奈米粒子能夠儲存食物裡的營養並在固定的時間及地點將它們釋放到你的身體裡。

導電聚合物塑造成奈米大小的感應器能夠偵測到分子破壞的初期或食物傳染病源，包括那些惡毒的（可以想成生物戰爭）源頭。繼續這個主題，我們應該可能使用可自然分解的聚合物為食品包裝創造出生物感應器。[13]

這項技術是存在的，但是消費者可能會遇到問題，像是死亡。奈米規模大小的物質可能是有害的，如果它們停留在身體太久的話。現在檢驗的大多是以合成碳物質所製成的。如果研究者使用的材料是由天然成分製成，可以在身體裡分解呢？

將來有一天感應器可能幫助使用者分析他們的呼吸去發現對食物的喜好。畢竟，我們的呼吸化學物和我們的口味喜好是相關的。醫師可以用這些相同類型的感應器做檢查，並判定無論是飲食的規定要求或限制是否有達到目標。

第十一章

人類與自然

這是我們的微小世界的模糊印象……強調著我們彼此互相對待要多一點善良體貼的責任，以及保護並珍惜這個淡藍色圓點，也是我們僅知的唯一的家。

——卡爾·塞根

你的家不僅是讓你冬天可以蜷縮在裡面喝著熱可可，並徜徉在《星際大戰四部曲：曙光乍現》的一個生活居住的地方。整個地球都是你的家。我們完全適應這塊土地，要在宇宙裡的任何其他地方居住會非常困難。地球已經透過我們的需求去進化而改變了我們的物種，為的就是要在地球的氣候變化中生存。

一個美好並且危險的細節是這個互動並非是單向的。人類也改變了環境。有可能在未來的某個時候，這些人造環境的改變可能導致我們的滅絕。

當我們進化時，我們和環境的關係因為我們對能源的需求不斷地增加也受到改變。人類一度以燃燒木頭加熱、燒水得到蒸氣，以及燃燒卡路里勞動而感到滿足。我們現代的生活型態需要有更多能量來源。我們有能夠再生的能源，如風、水及太陽能，但我們目前所發展出的科技（最原始的—第一型文明）絕大部分是更適合燃燒化石燃料，像是煤與天然氣。

化石燃料是可燃的地質材料，是從地球上非常久遠的有生命物質（但不是恐龍，這還是個謎）所生成的。現在我們有許多人消耗這麼多能源，危及我們賴以生存的環境。這章的重點會放在因我們的能源使用造成氣候改變所產生的環境變化。會提供一些可能的科學修復方法以拯救我們共同的問題。它們有些聽起來會像科幻小說。

氣候或天氣是可以預測的嗎？

地球的氣候不是固定不變的。三個主要驅使要素是來自太陽、火山爆發以及在大氣層裡的天然氣的能源。這三種能源皆透過它們對大氣層的影響產生它們最大的氣候影響力。還記得一八一六年的火山冬天是如何造成科學怪人的故事嗎？或者是幾乎毀滅人類的那個七萬五千年前的火山冬天？這全是由太陽的能量對放進大氣層裡的東西的反應所造成。

氣候是天氣的統計資料。所以氣候是可預測的，因為它是以平均數為基準。我們知道冬天比夏天冷。不幸的是，天氣就沒有那麼容易預測。在這個混亂的系統裡，從一個原始狀態的微小差異最後會造成在系統裡極大的不同。這就是所謂的蝴蝶效應。

舉例來說，颶風從熱帶海洋所蒸發的水的溼氣取得能量。地上暴風雨是從溫度差異開始的。蒸發以及溫度差異只是使用在建構氣象預測模型的許多變項中的其中兩個而已。因為混亂的大自然的模型變項，當預測的時間區塊越長時，模型的預測數字正確的機率就會越低。

也就是說，天氣預報大概在一週內都還蠻準的。超過一週的話，它們就沒有太大的重要性了。針對長期預測，在氣象學家的箭桶裡最有用的一支箭就是他對大氣層與海洋之間的關聯的了解。舉例來說，追蹤聖嬰現象與反聖嬰現象和數月前的天氣模式相關。氣象學家可以開始藉由追蹤這些系統運作去做長期預測。

快速瀏覽一個事實：海洋具有比大氣層還要高的熱氣承載力，因為它們更穩定。這意味著將海洋加溫一度要比加溫大氣層一度需要更多能量。

何謂溫室效應？

為了要回答這個問題，首先我必須將我們最喜愛的恆星帶進來討論。沒有了太陽，就沒有必要有溫室或是有關它們的比喻存在。太陽是最大的能量供應者，但有時它就是很喜歡把我們惹毛。並不是所有它的光線對我們是好的。

我們接收我所說的從太陽出現的三種主要光線類型：讓你能夠看見發生什麼事的可見光線、紫外線（UV）以及紅外線（IR）。紫外線具有最短也最強能量的波長，而紅外線則有最長但最弱的波長。

如果你還沒有熟悉溫室效應，它是經由科學說明者所普及化的一個比喻說法。容我敘述真正的溫室是如何運作來開始說明。這個暴露性結構是設計用來幫助室內盆栽植物生長。玻璃外牆與屋頂可以讓陽光穿透，溫暖屋內的空氣。

一群非常棒的思想家弗爾德（Felder）、亨利（Henley）以及佛萊（Frey）（就是老鷹合唱團的成員）重新釋義了這個有智慧的字——光線可以在任何時候通過，但它無法完全地離開。紫外線被這群充滿感激的居民大量地攫取。未使用的紅外線會反射回來，但因為它們的微弱波

2. 溫室氣體吸收部分外面的光線
1. 地球從太陽吸收光線
3. 溫室氣體散發出部分以吸收的光線。這會溫暖地球與其大氣層。
大氣層
溫室氣體

11.1 溫室效應（從 iStock Photo/DavidSzabo 的圖修改）

長，沒有辦法反射穿透玻璃，而現在被困在玻璃裡，讓溫室內部更熱。

現在將玻璃替換為在大氣層裡的氣體，你可以看見人類活動行為的影響如何讓地球變溫暖。有一個溫暖的地球是好事。這也是為什麼生命萬物在這個星球上枝繁葉茂。但當人類無意地玩弄溫度調節系統時，麻煩就不知不覺地進入了系統。

住在玻璃屋的人們不應該把碳丟出來

大氣層氣體的其中之一是二氧化碳，是溫室加熱遊戲裡的閃耀明星。它會吸收能量，大部分是紅外線能量，是從地球表面與散發回到地球表面的能量。不言而喻的是，大氣層裡有越多二氧化碳就會有越多能量照射回地球表面。

自然與人造聚合物皆創造了將二氧化碳射進大氣層的碳循環。藉由自然碳循環本身，會導致純冷卻或加熱。但在上個世紀，目前人類活動的破壞程度已集中到只有暖化這個問題。當我們為了要使房子溫暖、或給予汽車動力、或是生產電力來玩 Xbox 電玩時，人類就會排出多餘的二氧化碳。

當樹被砍時也會釋放碳。一棵樹一年吸收大約四十八磅的二氧化碳。[1] 當樹被砍、或腐爛，又或者被燒掉時，所有它已收集的二氧化碳會釋放到大氣層。

氣候科學家隨著時間能夠測量碳在大氣層裡的重量。根據美國國家海洋暨大氣層管理局（National Oceanic and Atmospheric Administration，簡稱 NOAA），二氧化碳濃度在大氣層的量已經從一八八〇年的工業發展程度之前的兩百八十百萬分率（parts per million，簡稱 PPM，定義為一百萬分之一）增加到二〇一六年的四百百萬分率。上一次地球達到四百百萬分率是在一百八十萬年與一萬一千七百年前之間的上新世時期（Pliocene Epoch），當時的平均溫度是比現在高出攝氏二到三度（幾乎是華氏四度）。

因為增加的二氧化碳濃度，[2] 地球目前平均溫度自一八八〇年以來已經增加約攝氏一度。[3] 如果目前的排放量沒有減少，到這個世紀末會增加攝氏六度。

地球平均溫度是如何計算出來的？

法國數學家與物理學家約瑟夫．傅立葉（Joseph Fourier）設計出一個計算行星溫度的方法。因為時間背景是在一八二〇年，我會假設他選擇的行星是地球。他說明這是從太陽接收的能量與其反射回太空的量之間的平衡。約翰．丁達爾（John Tyndall）於一八五〇年代呈現大氣層氣體如何幫助地球保留熱輻射。

根據環境資訊國家中心（National Centers for Environmental Information，簡稱 NCEI，是 NOAA 的一個部門），在二〇一七年一月，地球的平均溫度是攝氏 12.88 度（華氏 55.18 度）。這個在一月所多出來的攝氏 0.88 度（華氏 1.58 度）是高於整個二十世紀的平均值。[4]

有全球暖化的證據嗎？

一如以往地，在做出任何聲明之前要找出證據。以全球暖化的例子來說，有大量的證據存在。這包括了上升的海平面、較溫暖的海洋、正在縮小的極地大冰原、正在減少的北極海、冰河減少，以及縮小的雪覆蓋率。要涵蓋這所有證據本身就是一本書的篇幅，所以我將只針對幾項做延伸。

二氧化碳是非常輕的分子。想像你帶著你的另一半坐在熱氣球裡來趟漂浮在巴黎天空的浪漫約會。因為氣球裡加熱的空氣比外在環境的空氣來的溫暖，當最溫暖的空氣推到頂點時氣球就會膨脹。這個上升動作將氣球帶進一個浪漫的夜晚（你有可能因此製造出後代）。

這和較低大氣層收集碳的時候非常類似。較低的大氣層我們稱為對流層，在最近這幾十年間已經往上移。（要註記的是這個改變和你擁有後代完全無關）

在二〇〇九年，裸尾鼠屬（Bramble Cay melomys，學名又叫 Melomys rubicola，可以把牠想成大老鼠）成為第一個確定由氣候改變遭到滅除的哺乳類。[5]牠們曾經居住在澳洲大堡礁的一個低窪島嶼上。上升的海平面摧毀了島上百分之九十七的可食用植物。沒有食物，就沒有老鼠的存在。

既然我提到了大堡礁，就讓我告訴你關於消失的礁石。現在世界上約有百分之七十五的礁石處於危機。[6]珊瑚礁是珊瑚的群體，珊瑚是珊瑚蟲，是一種有著觸手的生物，會捕捉浮游生物與其他小生物食用。有一句話是這麼說的：**一個礁石的形成是需要很多人的努力**。珊瑚礁提供了一百一十四種的魚以及五十一種的無脊椎動物生存棲息的地方。

珊瑚的價格水漲船高是因為海洋溫度上升以及酸化。溫暖的海水造成珊瑚失去可製造牠所需食物的共生藻類，這個現象稱為珊瑚白化。研究者正在努力用小珊瑚移植來復育僅存的礁石。其他科學家則在進行培植耐壓珊瑚的實驗。[7]

有針對預防全球暖化做了任何事嗎？

減緩全球暖化的政策範圍可以從對一些造成汙染的公司進行課稅到提出頗為極端的地球工程企劃，當中包括將陽光擋住。[8]以下是我們要深思的事情：誰能控制溫度應該要設在幾度的政策？我不知道，但這需要有一些具重要指標性的國際合作。

二〇一六年正式批准的巴黎協定（The Paris Agreement）是同意減少碳排放，並試著不讓全球暖化的溫度再上升攝氏兩度。這是好的，卻並非完美。如果暖化上升到極限，植物與動物的棲息地會遭到摧毀，作物產量會大幅減少，並且海平面會上升。

如果我們能夠做到這項工作（或者至少緩和下來），我們必須不只做到減少碳排放，我們還必須使勁地將現存的碳分子拉出大氣層。進入碳隔離，也就是捕捉並儲存二氧化碳。

有許多方法能夠做到這點，但就像所有事情一樣，它是要付出代價的。大部分的方法需要用到大量的能源，是有可能將問題變得更嚴重。工程師能夠設計出可吸入二氧化碳的人造樹，使用化學物質吸收並儲存二氧化碳。[9]另外一個方法是加入藻類以做出表面來吸收二氧化碳。[10]

別忘了還有海洋！我們可以用大量的鐵加強浮游植物的生長來豐饒海洋。浮游植物生長需用到陽光及二氧化碳。我們就可以將碳隔離在海底。我們從來不缺想法，讓它們能夠在環境中運作實行才是問題。

康乃爾大學的研究學者有一個令人興奮（並且完全可能）的解決方法。他們已經設計出一個電子化學細胞能夠捕捉二氧化碳並產生—而不是燃燒—電力。[11]將它試想成碳隔離電池，如果他們能夠將設計用非常經濟的成本與可擴展的方式付諸實現，這些電池就能附著在碳排放器，就像車子的排氣管或是工廠的煙囪。

在冰島，研究者已經發現藉由將二氧化碳變成石頭以隔離大氣層的二氧化碳的方法。他們藉由捕捉發電廠的碳排放以及將排出的碳伴隨著水注入玄武岩證明了他們的想法。氣體形成一個非常穩定的碳酸鹽礦物並有著低風險的碳外洩。要達到這個計畫的關卡是它所使用的水量是比一般工業區所使用的量還要大。[12]

讓那裡出現（些許）光明

防止因氣候劇烈變化所造成的滅絕的方法之一是改變我們的哲學（超人類主義）。這個主題已經在前一章談得差不多，所以我們直接跳到其他選項：改變這顆行星（地球），以拯救全球暖化所造成的影響。

我們可以藉由減少地球吸收陽光來冷卻我們的星球，這可以經由模擬火山爆發做到。它並沒有你聽起來的那麼不可能，如果你有飛行員執照，你可以加入艦隊去執行這項工作。機隊可以飛進大氣層上方並噴灑硫磺。固定的雲層會反射陽光。[13]天空的顏色可能會有所改變，天氣的模式也可能變得不可靠，但較少的熱會到地球表面，並且我們的星球會維持適合居住的狀態。

另一個地球工程的可能性是創造冰河保溫罩。在這些龐然大物上鋪上一層具反射功能的防水布以吸熱並保護底下的冰塊。[14]

最後來點防曬乳如何？太空總署可以在地球周圍放置多到數不清的衛星太陽能板以減少陽光。[15]針對這個大膽的舉動，我們可能要開採小行星將所有必要資源集結在一起。我們也需要一些非常棒的導引系統去預防這些行星互撞。

還有什麼其他人類活動會影響天氣？

除了燃燒化石燃料，人類已經不慎地用其他方式控制天氣。一般來說，人類對土地利用已經轉變為蒸發率以及變更過的反照率，光的比例與表面所反射出的熱氣。

我們在都市化的增加已經造成「城市熱島效應」（urban heat islands），也就是都會地區明顯地比周圍郊區地帶更溫暖。城市因為從工廠與車輛所排出的熱氣會比較溫暖。大樓建築會影響氣流，會重新分配城市周邊區域裡的降雨量。大都市蓋住了土地表面，降低了反照率；並且當陽光照在人行道時，沒有辦法蒸發，所以太陽的能量直接加熱地面。

人類影響天氣的地方不只有都市。郊區因過度放牧以及風的侵蝕導致農業規劃的貧瘠。當樹木（吸收二氧化碳並製造氧氣）被砍下改種作物時，表面反照率就改變了。

利用小說來提出對全球暖化的警告有幫助嗎？

吸入區基本上就是當龍捲風把你吸進去的時候所出現的一個點。很明顯地，這並不是一個專業術語。

——達斯汀．戴維斯（Dustin（Dusty）Davis）在電影《龍捲風》（Twister，一九九六）

是的，小說能幫忙將這個警告比較快地散播出去，並且會比科學期刊接觸到更多人。在過去的十年裡，氣候災害已經被科幻小說及驚悚小說用來做為故事背景。也出現了生態小說，以自然或是環境為中心的小說，像是《天搖地動》（*The Perfect Storm*）以及《龍捲風》（*Twister*），都以科學為本。

有時小說是以通俗劇情式的危急情況將故事串起，掩蓋了堅實的科學原理。以描述全球暖化的災難電影《明天過後》（The Day After Tomorrow，二〇〇四）為例，在電影裡的墨西哥灣流因為全球暖化而關閉。這並不具有真實的可能性，雖然有綜合的證據顯示會讓它慢下來。此外，電影對格陵蘭島的溶化冰河造成海平面升高的報告數據是誇大膨脹的。這部電影確實激勵了一般大眾去談論全球暖化的影響。

托拜亞斯．巴可（Tobias Buckell）的小說《上升的北極》（*Arctic Rising*）探討在北冰洋（Arctic Ocean，又稱北極海）所流失的冰可能如何改變國家的經濟財富衰退之後的國際關係。[16]有一件事我想它不屬於小說：如果環境持續改變，我們最終將成為氣候難民。人們會搬到幾乎可能已經被佔領的涼爽區域。在保羅・巴奇加盧比（Paolo Bacigalupi）的小說《焚城記》（*The Water Knife*）裡，水源已耗盡的美國西南部被切割成像小國的州，彼此互相打仗以爭奪殘存的科羅拉多河。[17]

我們別忘了還有外星人。朱恆昱（Wesley Chu）的小說《道的雙面人生》（*The Lives of Tao*）是關於外星人想要定居在我們的星球。他們藉由製造逃亡的溫室氣體，蓄意地控制人類去改變地球的氣候。[18]

雨果獎最佳小說《三體》，作者劉慈欣以非常藝術性的手法使用氣候改變做為故事背景去強調一個富政治性的戲劇。人類無法統治地球，所以一個充滿同情心的故事主角幫助外星人接管地球，因為這（可能）是我們應有的下場。[19]米歇爾・法柏（Michel Farber）的著作《新奇事物之書》（*The Book of a Strange New Things: A Novel*）將這個想法開啟於書中；人類從即將滅亡的地球逃離，造成外星人居住世界裡出現人類形式的環境大浩劫。[20]

其他重點

上個世紀人類不慎地改變了大氣層，所造成的結果就是全球暖化。這是一個具體的威脅，但因為它發生的速度十分緩慢，讓我們無法感覺需要做出任何即時的回應。這是一個生存本能的非實質面效應。這個已經把我們伺候的很好的本能就是要讓我們在今天就用完，而不是存到明天才用。所以有許多人並不擔心環境，但事實上他們應該要擔心。

我們可以改掉使用化石燃料的習慣嗎？換成低排放的其它角色，如：風力、太陽能以及核能嗎？是的，我們會的，而且我們將要這麼做。唯一的問題是我們行動的速度。

為了讓我們有更多時間，我們需要發展遺傳與科技改造（或者改變習慣，或我們搬離所居住的地方到其他星球），我們可以積極地制訂減少二氧化碳濃度的政策。我們可能也可以使用地球工程科技在海平面上升太多造成水患之前，或是在海洋變得過酸並損害我們的食物供給之前減緩暖化。這麼說好了，如果你認為非洲部分區域現在很乾燥，那就想像它們在經歷乾旱與極度高溫後的結果。

第十一章加料篇

好料一：負溫室效應

上升的二氧化碳量有時會導致全球冷卻，這個說法的證據在南極大陸中央被發現。[21] 二氧化碳所增加的熱度的量會流到太空，而不是從地面上的輻射熱能。所排出的量通常會和困在地底下的熱能相抵銷。在南極大陸，因為土地非常冷所以只有非常少的熱能會發出輻射。

這和全球平均溫度上升並沒有牴觸。因為世界其他地方所增加的溫度壓倒性地掩蓋了這個地方的些微增加溫度。

好料二：一個新時代的開始（真的，是一個重要時期）

地質時間表切割成稱為極漫長時期（eon）的主要地質時間區塊。極漫長時期是由年代（era）所組成，而年代是由時期（period）所組成，而時期是由時代（epoch）所組成。我們目前處於顯生宙（Phanerozoic eon）、新生代（Cenozoic era）、第四紀（Quaternary period）、全新世（Holocene epoch）。

地質時代是造成永遠改變的過渡時期。全新世約在一萬兩千年前開始，當冰河時期過去，文明開始出現。太好了！這就是我們現在所處的時代。

是這樣嗎？許多科學家正在要求宣佈一個叫做人類世（Anthropocene）的新時代，這對我們地球上的居民來說是一個刺激又可怕的時代。這是一個在這個星球的歷史上的第一次，自我意識——意指受人類影響——的地質力量能夠形塑這個星球的一個時期。鋼、塑膠以及水泥是這個準備被提出的時代的技術性化石。

好料三：臭氧層

臭氧層是在上方大氣層（平流層）的臭氧分子的化學反應所造成的，它會大量吸收約百分之九十七到百分之九十九的太陽紫外線。相信我，這些絕對不是你想讓你曬黑的那種光線。對DNA造成的傷害會導致皮膚癌。每兩百萬個氧分子只會有三個臭氧分子的存在。當一道紫外線打到一個臭氧分子，這道光會分裂成一個不穩定的氧綁著另一個氧原子。

如果你想要亂搞臭氧的化學性質，就送上一些氯氟烴（chlorofluorocarbons，英文縮寫為CFCs）吧。這些會釋放出氯。一個單獨的氯原子會摧毀十萬個以上的臭氧分子。[22]

不是所有關於環境的消息都是壞的。蒙特婁協定書（The Montreal Protocol）於一九八七年簽署，目的是要在二〇一〇年前逐步淘汰氯氟烴的使用。[23]這個提議看起來是成功的。臭氧層在經過多年砲轟冰箱及噴霧罐推進器裡的氯氟烴後正逐漸修復中。

第十二章

搬家的時候到了（B計畫）

美國國家航空暨太空總署（NASA）的人是一群傻瓜。他們想把被囚的靈長類動物送到火星！

——英國科幻小說作家查爾斯．斯特羅斯（Charles Stross）作品《加速》（*Accelerando*）

宇宙提供了許多死亡的方式勝過生存的方法。這裡給你個驚喜！整個宇宙唯一可能給人類的地方就是這裡，就是雙腳可立足的陸地。即使是在我們所居住的星球，我們也沒辦法在任何地方都能生存下來。許多土地是冰凍的苔原或是乾燥的沙漠——還有別忘了大部分的區域都被海洋所覆蓋。

我並不想看見「把所有的蛋都放在同一個籃子」這種場景所出現的可怕結果。要是一顆小行星撞上地球，或是全球氣候改變造成人類絕種（除非我們接受超人類主義），又或者如果你要選擇全部都是科幻小說情節，也就是外星人入侵，我們該怎麼辦呢？所以，如果不是完全只為了探索的樂趣，我們有些人可能應該要趕快逃離地球，並且開始尋找其他籃子來放。

對我而言，被限制在與世隔絕的太空站裡居住或是挖空小行星以殖民另一個星球是最有趣的選擇。只是在生存科學裡的大部分事物中，這個想法並不是那麼容易實現。登陸在某個對人類生命來說幾乎沒有任何必需品以及多元必要生物存在的星球的機率有多少？可能比連續得到兩個同花順的機率還小。

我曾聽過在罕見的情況下，撲克牌局裡會出現作弊。一位不擇手段的發牌者可能會控牌幫助一名玩家。既然對人類來說是不可能搬到一個已經量身打造好的星球居住，科學家已經在思考一些利用作弊以增加機率的方法。他們已經想到透過基因改造的方式去操縱我們身體或是星球環境的方法。

12.1　外星環境地球化圖解

這章較著眼於行星科學，但我確定基因控制將會三不五時出現。殖民化可能將是兩者的綜合。

上一章的氣候科學不僅對了解地球來說很重要，也清楚地知道如何適應其他星球環境的重要性。如一位禪系科學大師可能會這麼說，「在我們能夠改變另一個世界之前，我們必須先了解我們自己的世界。」這個外向的行星科學稱為**外星環境地球化（Terraforming）**，是關於讓其他星球（或小行星系）更適合地球生物居住的科學。

外星環境地球化完全和微調這個星球已有的資源有關。微調的幅度取決於目標星球的生物圈和地球有多大差異，以及我們已經改造我們的身體到什麼程度。最後，外星環境地球化可能是當我們的星球發生災難性的事情時的逃生計畫。

外星環境地球化是第一個不在科學期刊而是在科幻小說裡被提出的名詞。這個字第一次被使用於一九四二年傑克・威廉森（Jack Williamson）的短篇小說〈軌道撞擊〉（Collision Orbit）。[1]主流科學花了一點時間才讓這個術語正確。原來的科學術語環境綜合體（ecosynthesis）聽起來也一樣令人興奮嗎？我認為並沒有。

什麼是為快樂的殖民者所打造的基本行星要素？

1. 他們想要三隻熊裡的其中之一隻所擁有的

適合殖民化的最佳現成的星球可能是位於太陽系的適居帶（circumstellar habitable zone）。這要歸功於大眾媒體，你可能已經聽過這個區域也稱為古迪洛克帶（the Goldilock zone），也就是指一顆行星不會距離一顆適合我們的生活型態的恆星太遠或太近。一顆行星最有可能具備足夠的大氣壓力去供給位於這個區域表面的液態水。

古迪洛克帶的外部能夠存在著水，但它可能必須存在於一顆行星或是月球的表面下方。它是不容易取得的。這個區域在太陽系間的大小不一，取決於一顆恆星的明亮度與年紀。當我們的太陽老化時，它將會往外膨脹，也把自己的古迪洛克帶往外推。

2. 找到光

為了要讓星球如我們所知對生命有傳導性，尤其是人類型態的生命，就必須要有足夠的光行光合作用。植物需要這樣的能量製造氧氣，而氧氣對殖民者來說應該是個好東西。為了讓位於古迪洛克帶外部的一顆行星的環境地球化，多面巨大的鏡子或許能夠用來集中太陽光線到行星上。一個較高階的文明，可能是第二型文明，或許能夠考慮把一顆行星拉得離太陽近一點。但現在仍是處於純粹的科幻小說階段。

3. 重力的需求

目標星球的質量是很重要的。還記得廣義相對論主張行星越大，重力就越大。殖民者將會至少基於兩個理由來對重力提出關切。首先，這個行星不需要有足夠重力來維持一個大氣層。第二，它會直接影響人類生活品質。

微重力的效應（當一個物體在自由落體時呈現無重量的狀態）包括骨質密度的流失、腦部受損、眼部受傷，以及心臟受損。別忘了你的消化系統需要至少些許的重力將食物與廢棄物往下推。我們的身體發展成在一個9.8公尺每秒平方（三十二英呎每秒平方）的壓力的環境下生活。重力可以在對身體產生不利影響之前到多低的程度？科學家們還不清楚。

另一方面，科學家也不清楚過度重力的長期影響。所以這取決於行星的選擇，我們必須改變重力讓它變成適合人居，或是（再一次）改變我們的身體以求得生存。

4. 把它拿出來轉

行星自轉的速度很重要。一天太長或太短都會對人類生活的基礎造成困難。我們發展成住在一天有二十四小時的星球，所以極端的日夜循環可能對我們的星球或是生物來說不是有利的。

有幾個可能的解決方式。我們可以使用遮光板去控制一個行星的日夜循環。如果你剛好來自第一型或第二型文明，你可能會決定藉由撞擊小行星去改變行星的自轉速度，因此造成對行星的重力場的阻力讓它慢下來。這很自然地會是發生在定居下來之前。

5. 磁力

我們的星球建構出一個豐富的磁場（稱為磁氣層，magnetosphere）在其周圍以保護我們免於太陽風威脅。太陽風是一個帶電粒子流，以每秒五百英里的速度從太陽放射出來。[2] 當太陽風撞擊地球的磁場時，這個磁場會撐大去抵制風，並讓我們的大氣層完整無缺。找到一個已經建構出磁場的行星對我們來說會是一件很美好的事。

可以再加一項嗎？理論上來說，可以。就能源成本來說，這可能划不來。一個行星的核心可能是液化的（就像地球的溶化的鐵心）以創造一個行星的發電機。外層會以比它的液體中心

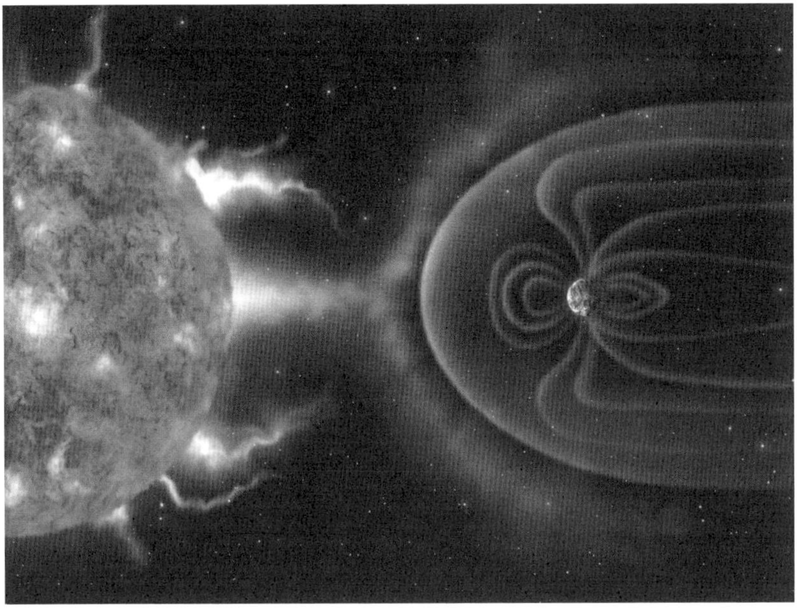

12.2　磁氣層的圖解（iStock Photo/aaronrutten）

快的速度自轉。你要如何液化一個行星的核心呢？設置許多（許多）的核彈在核心周圍爆炸。

6. 板塊移動

殖民者不會想要偶爾來個火山爆發產生大量的二氧化碳。我沒有要推卸責任，但如果真的要說誰的話，我會把矛頭指向金星。

板塊是在行星的最上方支撐架的堅硬板子。潛沒（subduction）是一個板塊將另一板塊撞到底下的過程。潛沒可幫助調節地球的自然二氧化碳濃度。

額外資源：能將小行星群變成我們的優勢嗎？

快速瀏覽一個事實：一顆行星是一個繞著太陽軌道的巨大又多岩石的形體。流星體是一顆流星的其中一塊，而一顆流星是一個在大氣層燃燒的流星體。一個隕石是一顆流星通過大氣層所留下的殘骸並打到地球表面。

將地球的自然資源搬到目標星球並不是一個好主意。運送自然原料比較好的方法是開採行星。這個想法第一次出現在科幻小說是嘉瑞特．P．塞維斯（Garret P. Serviss）於一八九八年的小說《艾迪士征服火星》（*Edison's Conquest of Mars*）敘述火星人開採行星尋找黃金。我在想如果開發利用行星資源對杜撰出來的火星人來說是有好處的話，那麼對我們這些真正的地球人來說也會是（有可能是）有好處的。為了維持低花費支出，就必須使用一個稱為**光學開採（optical-mining）**的多步驟程序。

第一個步驟是設計一艘能夠捕捉到一顆在膨脹的袋子裡的行星的太空火箭。太空船必須配備能夠集中太陽光線到行星上的反射器。其熱度會釋放出水與其它揮發物質，化學物質像是氮或二氧化碳。最棒的部分是太陽會負責開採的工作，而且是免費的。

因為不需要機器鑽洞開採，所以維修費用非常低廉。另一個好處是可以得到大量的水（一種揮發物質）並以冰塊的狀態儲存。水可以是火箭推進燃料，做為製造氧氣之用，或甚至是旅客的飲用水。

也別忘了在一個星球搬運小行星並不一定是壞事。如我上面所提到的行星撞擊可以減緩一個星球的自轉速度讓我們一天的長度是更令人感到舒適。你將會在下面的段落中看到，可以利用行星撞擊做為揮發物質的運輸系統。

以銀河的規模去思考，但尋找的是在地的度假屋

動畫影集《飛出個未來》（Futurama）的片段：

弗萊（Fry）：「我真的是大開眼界。在我的時代裡我們根本不知道火星有大學。」

法茲沃斯教授（Professor Farnsworth）：「那是因為火星以前是不宜人居的荒地，很像猶他州。但和猶他州不同的地方是，在西元二六三六年成立大學時，火星最終還是被改造成適合人居住的地方。」

莉娜（Leela）：「他們種了傳統大學的植物。有常春藤啊……樹啊……大麻啊……很快地整個星球都被地球化了。」[3]

我懷疑這不是火星將被改造的樣子。這個科學聽起來有點弱。我確定任何殖民者會很樂意在一個有著猶他州環境的星球定居下來。總而言之，金星與火星提供了一些豐富刺激的在地選

擇。就像大部分的事物，這些選擇伴隨著它們本身獨有的問題，但沒有是在科學上解決不了的那種問題。雖然這可能要用一個較高階的文明來解決。

有著最佳大小與地點的棲息地是金星。它具有百分之八十二的地球物質與百分之九十五的地球直徑，所以重力不會是一個大問題，因為你在金星可以感受到在地球的百分之九十一的重力。在金星最接近地球的時刻，它只有一半的距離約四千萬公里（約兩千五百萬英里）。[4] 好像還不錯，但我還沒告訴你有那些問題，或這麼說，一個大問題是什麼。無法控制的溫室效應排出氣體讓金星的大氣層有地球的九十倍厚，它成為我們太陽系裡最熱的星球。我有跟你提到它是有毒的嗎？

這些都意味著我們有一個必須要修理才能再繼續住的房子。外星環境地球化的概念範圍從將氫散佈在大氣層以製造水，並化為落下的雨水創造出地表海洋，為了化學碳隔離而開採在星球上的鎂與鈣。當它們具備這些地球的元素，工程師建議在太陽與金星中間裝上太陽能反射板以冷卻星球溫度。[5] 這些板子也會幫助太陽的太陽風轉向，避免星球受到輻射破壞。

金星沒有磁氣層，所以對太陽風而言，沒有一層厚的大氣層會變得脆弱。這裡有一個方案，就是可能可以放置反射氣球在大氣層上層。為什麼不讓人類住在漂浮的反射城市中等待進一步的外星環境地球化工程完成？

如果你問在安迪・威爾的作品《火星任務》裡的主角馬克・沃特尼，我想他會告訴你火星對移民者來說是一個絕對可能的選擇。只要確定你不是一個人去那裡。火星比金星更遠，所以到那裡所需要的成本與可能會有的危險都比較大。在火星的最近軌道點是距離地球大約五千六百萬公里（三千五百萬英里）的距離。[6]

姑且不論距離，和地球的軌道比起來，火星也具有足夠相似的軌道。它的一天只比我們的多四十分鐘。這個星球也有水與碳。火星是地球的百分之五十三的大小，所以在火星的人只承受在地球的百分之三十八的重力。較低的重力會比較難維持一個大氣層。沒有磁場的存在去保護殖民者免於太陽輻射的傷害。

在過去的時代（幾億年前），火星曾有更堅實的大氣層。從那時開始，大部分的大氣氣體就會漏出來流到太空。這歸因於太陽風。因為火星沒有磁場保護，太陽風以大約每秒一百公克的速度吹走星球的氣體分子。[7]當太陽心情特別不好的時候，它會不斷地用火焰攻擊可憐的火星，讓流失氣體的嚴重性增加到十（強度一到十，一為最弱，十為最強）。

沒有磁場是一個問題，但不是一個科學上無法克服的問題。這可能都涉及改變人類基因以及將星球的核心液化。另一個觀點是在由美國國家航空暨太空總署（NASA）於二〇一七年二月所主持的二〇五〇年的星球科學展望會議（Planetary Science Vision 2050 Workshop）所提出。NASA討論如何在一個特定地點放置一個磁力罩，能夠打造出一個人工磁氣層去包覆火星並保護這個星球。[8]

另一個令人頭痛的問題是溫度。金星太熱，火星則是太冷。別擔心，一顆阿斯匹靈會有幫助。你（至少）吃個兩顆來聽我說以下對暖化所提出的想法，然後隔天早上再打電話給我。

美國天文學家卡爾．塞根認為可能可以運送黑色物質去減少對星球的極地冰帽的反照率。在那裡它們會吸收更多的熱並將冰溶化。NASA認為導入溫室氣體去製造一個充滿氧氣與臭氧的大氣層。[9]不穩定的行星會鎖定星球的表面，揮發物質會支持著大氣壓力。我們也可以嘗試一個顛倒金星的策略。在那裡我們有太陽反射器擋住陽光；在火星上，我們就用軌道反射器將更多光導到星球上。

美國科幻小說作家金．史坦利．羅賓遜的《火星三部曲》作品對外星環境地球化的科學做了驚人的虛構呈現。《火星三部曲》以到火星的旅程做為開始，之後刻劃殖民者的世代生活。在打造與維持一個居住地後，他們增加大氣壓力與溫度讓水可以存於表面上。這個系列涉及了許多從政治（在地球及火星之間）到外星環境地球化的所有細節。

如果我沒有提到其他殖民地的在地選擇那就是我的疏忽，那就是我們的太陽系的許多衛星，當然也包括我們自己的。歐羅巴衛星（Europa，亦稱木衛二），是木星最大的衛星，位於適居帶（亦稱古迪洛克帶，Goldilocks Zone）外部，但地面下有水。殖民者為了生存就必須永久居住在與世隔絕的居住地或是地底下。

我們自己的月球衛星，我們很清楚它離我們很近，水位於極地之下，它充滿了氦-3（一種我們可以利用的同位素來得到較安全的核能），並且我們之前曾經做過。至少我們可以成立一個基地去開發水源並將它分解成氫與氧好讓我們做出火箭出發去其他目的地。

以銀河的規模尋找：什麼是系外行星以及我們能如何找到？

系外行星（exoplanets）是在我們的太陽系外部的行星。到我寫這本書的此刻大約已經有三千四百顆系外行星被發現。[10]它們的距離都蠻遙遠的，但我喜歡想成假以時日在我們擴張人類帝國版圖時，它們可能是我們的殖民地。只是我所想像的政府不會像是螢火蟲（Firefly）系列裡的電影／電視影集的那個焦躁不安的超級聯合政府（Alliance）。

所以我們要如何找到這些行星呢？因為用直接成像（例如：用肉眼看它們）的方式尋找系外行星有困難，科學家用了兩個極為成功的間接方法。

1. 通過的方法

當一個行星經過它的母星前面時，這顆星的亮度會小幅度變暗。經過的這顆星前面的大小可以從明亮度的減少做出預估。

在二〇一七年二月公布了位於水瓶座距離約四十光年，是地球大小的七顆行星。[11]以銀河角度來看，這基本上是對門的距離。這所有七顆行星是使用運輸方法找到的。距離最近的三顆星就位在適居帶裡。它們的太陽是「Trappist-1」，只有我們的太陽的十二分之一的質量，並且不及它一半的熱，所以 Trappist-1 的適居帶是相當近的。

才距離幾天的時間，最裡面的行星沿著一顆有木星大小的紅矮星 Trappist-1 移動。我要對德國天文學家約翰尼斯．克普勒（Johannes Kepler）公開致敬，他是第一位確定距離它們的太陽較近的行星會比距離較遠的行星繞著軌道運行的速度快，我將會提到最遠的行星會以樹懶的速度花上十二天繞著軌道運行。

天文學家測量每一顆行星所擋住的光的波長。每一種氣體具有自己的光波長，所以最終我們可能能夠決定那些氣體是在這些星球的大氣層裡。最令人興奮的地方是如果氧氣存在，就可能有植物行光合作用的結果。是的，我會大膽的說有生物存在，而且是外星生物那類的。

2. 基本速度（不穩定搖晃方法）

一顆系外行星在其太陽上會施加重力拉力。假定這個拉力對一個恆星來說是相對的小，但它還是具有可測量的效力。這股力量造成恆星的軌道有些不穩定搖晃，而稍微脫離了太陽系中心。越大的行星就會晃的越厲害。

南門二系統（the Alpha Centauri system）是從三顆一組的恆星所組成。三顆中最近的那顆名為比鄰星（Proxima Centauri）。繞著比鄰星的是一顆約地球 1.3 倍大的行星。這顆行星名為

「比鄰星b」（Proxima b），只有4.24光年的距離。[12]發現這顆行星的證據就是使用不穩定搖晃方法。

這顆行星距離它的太陽蠻近的，只有地球距離太陽的百分之五的距離。它的運行軌道只有11.2天。儘管比一年三百六十五天短，但還是有可能可以居住。

我知道——這怎麼可能？好吧，比鄰星是一顆紅矮星，是一顆低質量恆星。它比我們的太陽冷，所以這顆行星最接近太陽的地方不會有熱的問題。這個行星所投射出來的溫度大約就是可以讓水在其表面流動的溫度。在第十七章裡你將會知道關於送無人駕駛太空船到比鄰星b的計畫。

要入侵還是不入侵？

穿過太空的裂口之前，要注意的是我們的心智狀態認為那些野獸動物們是有消滅力量、具有高度智力與冷血和無憐憫之心，用忌妒的雙眼來看地球，並逐漸地展開對抗我們的計畫。

——英國小說家赫伯特．喬治．威爾斯作品《世界大戰》

你會接受如果外星人入侵地球，並改變我們的生態以配合他們居住的需求嗎？我確定在西元一八九〇年代的人類有許多話要說，尤其是當火星攻擊的時候——至少是發生在赫伯特．喬治．威爾斯的小說作品《世界大戰》。

我現在來反問這個問題。如果我們發現一個已經有生物存在星球呢？我們要去改變這顆星球以迎合我們的需求嗎？你還會要做外星環境地球化，如果你知道這可能會對已經依照自己的環境演化出的生物造成環境浩劫？這個道德議題已經不是只針對具有智力甚至是有感知的生物；它會一路影響到有一天可能會演化成具有智力的生物的微生物。要對外星環境地球化付出代價的不只是我們。我們所居住的星球也將必須付出代價。

其他重點

當某人離家時總是悲傷的，除非他們只是去街角買支冰並且幾分鐘後就回來。

——丹尼爾．韓德勒（Lemony Snicket）作品《辣根》（*Horseradish*）

人類和地球因為進化而有著特殊關係。我們能夠和地球分開去一顆較明亮且年輕的星球定居嗎？可以，但很不容易。改變一顆行星成為一個可居住版本的地球稱為外星環境地球化。外星環境地球化也增加了，或是擴大了一顆星球已經有的東西。對某些行星而言，這可以簡單到只要藉由拆除一個小小的鄰近月球去增加揮發物質，或是複雜到指向小行星們去做改變。

12.3　水熊蟲的照片（插畫）（iStock Photo/Eraxion）

第十二章加料篇

好料：可能可以改變人類

在太空中移動並居住在沒有輻射保護的行星。我們的細胞有個壞習慣就是當它們遭受輻射攻擊時就會進行腐化與突變。並且許多輻射以宇宙光及高能量粒子的形式填滿在太空，並傷害生物細胞。事實上，因為他們暴露在地球的磁場外圍的宇宙光，阿波羅號太空人有多五倍的機率死於心臟疾病。[13]

一個好的開始會是找到一

個讓我們的身體能夠完全不受輻射傷害的方法。解決方式可能是從已知的緩步類動物的微小無脊椎生物裡偷拿幾個基因。因為他們的外型，所以有了「水熊蟲」這個可愛小名。

這些生物能夠在極度特殊的環境條件下生存，包括乾燥與真空狀態。水熊蟲有一個獨有的蛋白質能夠保護他的基因免於輻射破壞。當他們暴露在輻射下，他們的基因不會像地球上其他大部分生物那樣分裂或突變。這種蛋白質可能在會造成類似細胞傷害的乾燥狀態期間進化成一個防護工具。

現在要說的是很厲害的部分。科學家已經將蛋白質打入人工培植的腎細胞裡，加強細胞對X光傷害的耐受度達百分之四十。[14]所以對水熊蟲蛋白質保護人類DNA免於太空輻射的傷害是有可能的。假以時日我們的太空探險家可能會有水熊蟲的DNA。

第十三章

帶著有機與人工風味的智慧

我很抱歉，大衛。

——出自電影《2001 太空漫遊》的超智能電腦 HAL9000

電腦是非常棒的裝備，可以幫助我們做非常多事情。它們具有儲存、擷取以及控制資料或訊息的能力。除非我弄錯，你應該有一台或三台電腦。我個人在使用自己的科技產品上就被制約的非常嚴重，我只要出現一絲弄丟我的智慧型手機的想法就會變得非常焦慮。不論你喜歡與否，都已經不重要了。它們已經是我們生活的一部分了。

我們已經到了一個階段是我們的電腦演算已經聰明到足以模仿人類解決問題的思維模式。可能才不久前它們還卡在它們自己的編碼錯誤並**選擇**自我改進提升。你想想看：能夠調查自己的程式來提升自己。這聽起來是非常有人性的。它反映出智慧，是**人工智慧**（**artificial intelligence，簡稱 AI**）。

在進入人造之前，我們先從自然開始——也就是生物智慧。人腦有著比任何一台電腦更複雜美好的智慧。

我思，故我在。

——法國哲學家勒內．笛卡爾

但我是什麼呢？

——一個可能的人類意識思維

人類可能是**目前**在地球上會對自己是什麼感到疑惑的唯一生物。你的內在旁白是神經元的創造作品嗎?讓我們來試著找出答案吧!

附加性質和我的思維有什麼關係?

一個附加性質(emergent property)是當某件事物的部分總和有著一個獨一無二的特性就是不會只在任何個別部分做呈現。它引發了足夠的某件事物去製造出另一個截然不同的某個東西。如果你加入越來越多質子到一個原子,你就撇開週期表並改變元素的呈現。當你加入越來越多的熱到水裡,你就改變了它的狀態。說到水,要讓一個物體變濕就要有超過一個水分子。潮濕是一種從結合越來越多水分子所產生的一個附加性質。

這些都是累積過程的範例。我這裡還有一個你會喜歡的範例:你的頭腦。這個器官是由數十億個我們所知的神經元的帶電觸發細胞。這些神經元藉著稱為軸索的捲鬚狀物傳送帶電信號達到幾兆次的

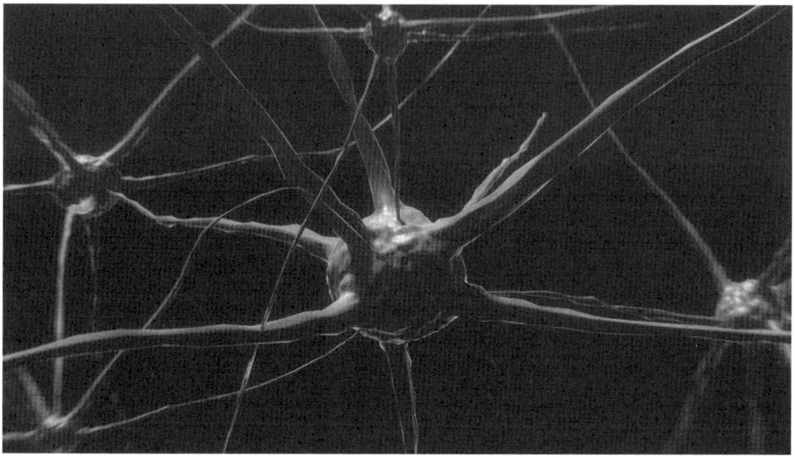

13.1 一個神經元

連結。只有少數的神經元是無法形成頭腦，但如果有足夠的神經元聚集在一起，那就是：意識。

這個特殊的附加性質（意識）是進化的一個副作用，能夠讓大腦和其環境同步。我們周圍有許多事情發生。如果你和我一起在中央公園漫步，你的雙耳可能辨識出一隻狗吠叫的聲波，同時光波投射出一隻好鬥的小獵犬影像到你的雙眼。這個訊息的輸入可能啟動你已所知的小獵犬的記憶。所有這些過程發生於大腦的不同區域，但它們的同步提供你一個時間與空間的一體經驗。這就是意識，或至少是意識的其中之一的定義。

非常厲害的是在這個地球上的每一顆頭腦都發展的不一樣。你的頭腦是無法被重做的。你是如此的獨一無二，在你腦內的神經連結可被做為識別鑑定的指紋。卡內基美隆大學的一項研究發現即使同卵雙生也只有百分之十二的相同神經模式。[1]

現在，為了要吹動你的神經元，我們要讓尚—保羅．沙特（Jean-Paul Sartre，法國存在主義哲學家）上你的身，人類意識是一件蠻好的事物，但它會帶著一個額外的代價：知道所有的生物會有生命終止的一天。我們可能是唯一知道我們將會死亡的生物。我會讓你知道一件重要的事。我認為擁有人類意識是值得換取這個代價。但有些人可能不同意我的看法。

總結：我們的大腦有活動旺盛的神經元，並且它們會製造連結。除非神經元被經驗挑選出來；沒有被使用到的任何東西會遭到刪除。保留下來的凝膠狀整塊神經元基於某種未知的原因成為你的意識。這可以是內省反思的，就像你從聞一朵花的氣味所得到的一種感覺，或是你對不同顏色所產生的反應，又或者是產生戀愛的感覺。這是我們的能力，擁有在揮舞過《星際大戰》的光劍後產生手肘痠痛的感知經驗。

神經元如何創造意識？

不同的思想學派對意識的定義進行辯論。

有一個想法是頭腦建構出外面世界如何運作的模擬。有兩種專門的細胞在中部顳葉皮質的皮質區裡，給了我們對時間與距離一個很好的感知。其中之一是稱之為**網格細胞**（**grid cell**）的一群神經元；它們等同於一個導航系統，並能夠判斷一個物體相對於一個已知的起點的角度與距離。這些細胞在你在空間中穿梭移動時會連續發出規律的訊號以在腦中形成一張周遭環境的地圖。另一群是稱為**速度細胞**（**speed cell**）的神經元讓頭腦能夠即時更新地圖。

另一個思想學派是意識會在頭腦的不同部位連接並做資訊分享時產生。這聽起來非常像約翰·藍儂所定義的生命是當你正在計畫事情的時候，就會有其他事情發生。也許他是一名秘密神經學家。

認知會在什麼位置？

認知是一個針對處理理解的較高層次功能。它是學習、記憶、判斷以及解決問題的本能需求。認知詮釋感知輸入。如果一隻老虎跳向你，訊息會從你的雙眼一路移動到你的頭腦。很聰明地（感謝你，進化論！），你的頭腦會對你的肌肉發出逃跑的訊號。

為了要濃縮簡略這進來的訊息所代表的意思，你的頭腦必須省去多餘的感知輸入。這不是一個去注意茉莉花香氣或是感受一陣溫柔微風吹拂在你的臉上的好時機。你所有的注意力都在老虎上，並且你的頭腦會去除不必要的感知訊息。它會演變成簡單化。

你還記得我們的公園之旅嗎？我在我們去的地方拿了一塊木頭。在我們離開中央公園後，我們緩步的走過整個城市。到處都是噪音，但你去除掉大部分的噪音好讓自己能專注地和街頭魔術師聊天。你能聽見其他人也在聊天，但你的頭腦排除他們所聊的內容。不必多說什麼了！我覺得很受傷。我是要試著告訴你關於認知這件事。

不論你訓練自己要多謹慎（專注於當下以及你周圍的感覺），你的頭腦將會讓你免於接收過多訊息。

何謂智力？

智力是進化的一個意外，而且並不一定是一種優勢。

——美國作家與生化學教授以撒．艾西莫夫

智力是我們累積的資訊及技能。在自然界裡沒有任何東西指出人類智慧已經優化了。它受到迷信與短時間思考的阻礙（例如，我們普遍無法對全球暖化感到緊張，因為它是一個長期性的問題）。

創造力的重要性（你的神經元可能純粹為了好玩所做的事情）

創造力是需要勇氣的。

——野獸派法國畫家亨利・馬諦斯（Henri Matisse）

我們的頭腦是生物性的。它們有非常強的適應力，能夠幫助我們在不同的環境與情況下生存。隨著時間的行進，它們發展出創造力以及存在於社會裡的一點無法無天。從歷史上來看，打破規則的人促進文明。在牛頓制定出古典力學的基礎後，宇宙一直很安於機械論。他所提出對物體移動及重力的定律成為真理，直到規則破壞者愛因斯坦運用他的想像力（透過思想實驗）發展出狹義相對論。

在以撒・艾西莫夫的《基地三部曲》系列小說裡的主角哈里・謝頓（Hari Seldon）就把規定看得非常重要。他深信他的心理史的虛構科學能讓他準確地預測未來，只要每個人都按照規定。但直到規則破壞者到來，事情才會成功。[2]如果他們選擇待在家裡，就不會有精彩的故事產生。想像力能夠像一本好的科幻小說那樣撼動真實生活裡的自我滿足系統。我們可以花點時間重讀亞瑟・查理斯・克拉克的預言裡（在本書的序）的第一條規定。

突破是無法預期的，但在電腦演算的世界裡，無法預測並不存在。電腦被設計成要基於粒子、化學物或人類的之前行為模式做出預測。突破和預測是衝突的。將人腦和電腦做比較是不對的。它們是不同的，所以別這樣做。

沒有機械或是電子定律阻止比人類更聰明的人工智慧的出現。如我之前所說，人類智慧可以是不同的。但人工智慧能夠有創意嗎？試著想像一個人工智慧成為規則破壞者。

人工智慧的興起

在人工智慧出現之前只有人類智慧。在二十世紀初期，手動演算稱為計算，在當時被認為是「女性的工作」。數學家可能嘗試著運用他們如鐮刀般的銳利智慧去利用**工時**（man-hours）這個名詞，並把計算員演算敘述成「女性工時」。亨麗愛塔・斯萬・勒維特（Herietta Swan Leavitt）在一九〇〇年代早期擔任計算員，[3]她發現數千顆造父變星，並幫助愛德華・哈伯測量出星球間的距離（在第四章中有詳述測量距離的方式）。[4]

當機器電腦於第二次世界大戰期間出現時，它們的計算能力是以女性演算速度時間來測量，大約等同於一千位女性的計算能力為一個單位。非小說類的著作及後來拍成電影《關鍵少數》（Hidden Figures），是關於美國國家太空總署的人工計算員的故事。（順帶一提，第一個寫出電腦碼的人是愛達・勒芙蕾絲（Ada Lovelace），她是詩人拜倫勛爵（Lord Byron）的女兒，她在一八四〇年代就做出打卡鐘！）

自此之後，計算就發展成更具多樣性的某種事物。人工智慧是一套電腦系統，能夠執行通常是需要人類智慧才能做到的工作。在我們的壽命期間，機器已經因為人類的程式設計變得越來越聰明，這要歸因於人類智慧。會有一些關鍵的**聰明**大隊並能夠開始做自我設定的地方嗎？我懷疑這是否是一種附加性質。

今日的人工智慧能夠藉由使用貼在社群網站上的照片在機場辨識人臉、開車，或是像小說《銀河便車指南》的主角亞瑟・登特（Arthur Dent）的喋喋不休的魚一樣去當一名翻譯員。你曾注意到臉書（如果你有帳號的話）會知道你的喜好，並以此為依據做為目標鎖定你放送廣告嗎？它確實會如此做。它具有一種人工智慧資料處理系統來整理你的購買模式。它也會建議其他你可能會喜歡的臉書專頁。人工智慧可以做這些所有工作並永遠不感到厭煩或不專心，也不會覺得生氣煩躁。

以上所描述的是脆弱的人工智慧的範例。強大的人工智慧是能和人類智慧的適應性相比擬的。但還沒有出現關於這點的純粹範例。然而，阿爾法圍棋程式（AlphGo）在二〇一六年以五比零擊敗本屆歐洲盃圍棋冠軍的樊麾。[5]有別於它的前一代ＩＢＭ的「深藍」電腦，是藉由高度依賴人類解碼在一九九七年擊敗西洋棋冠軍加里・基莫維奇・卡斯帕洛夫（Garry

Kasparov），[6] 阿爾法圍棋程式是以經驗來學習如何下棋——這意味著身為一名典型的人類，棋藝是可以訓練的。它整合了兩種神經網絡：第一種是預測下一棋步，第二種是評估每一個致勝位置。

我們應該對它進行測試嗎？

艾倫．圖靈（Alan Turing）定義了一個智慧程式是能夠以一個人類語言進行對話，並讓測試對象信服它是人類。他所設計的測試，也就是所謂的「圖靈測試」，是假設一台電腦能夠確定一個有效數字是藉由回答一系列的問題可以做出多次的有效數字判斷，那麼它就可以宣稱是有智慧的。

想像有三個房間，每一個房間都有一個電腦終端機。第一個房間坐著一位裁判。她並不知道有誰或是什麼東西在另一個房間裡，只知道有一間是人工智慧參賽者，另外一間則待著一個人。在提出她所選擇詢問雙方的問題後，裁判必須公開哪一個房間有人工智慧電腦。這個測試最大的問題是什麼樣的回答算通過。如果裁判有超過一半的時間是處於錯誤的時候呢？

純粹的圖靈測試已不再使用於現代人工智慧的研究。無感情意識的電腦逐漸地變得聰明，人類有時候會被騙。我們需要更好的測試方法。也許電腦需要在情境裡討論物體與人類，或是執行需要翻譯的任務。電腦能夠即時講評美式足球超級盃嗎？

一個以愛達・勒芙蕾絲為名的勒芙蕾絲測試是用來評斷創造力。[7]人工智慧能夠創造一個具有原創性的藝術作品嗎？

一台機器不需要有意識地通過這些類型的測試。意識不是人工智慧的必備要素。一個演算方式不需要有感知才是有效成立的。它不需要經歷主觀性。人工智慧可以有效率地變成一頭猛獸並表現出足夠的智力扮演好它的功能。

這不會讓人工智慧意識不具科學性。一個後人類心智空間可能可以下載人類心智以及有意識的人工智慧心智。

何謂技術奇點？

你無法征服一個了解自我的心智。

——諾貝爾和平獎得主，肯亞社會活動家，旺加里・馬塔伊（Wangari Maathai）

直到今日，我們的科技發展一直受限於人類頭腦的智力。可能會（實際上，將可能會）有一個時間點到來，就是藉由電腦的輔助，將有可能打造一台比人類還聰明的機器。這台機器可能可以做出一台更先進的機器，是那種可以重寫自己的編碼軟體的機器。

針對自我增進所做的程序自動化是一個遞迴（recursive）的過程，是指每一代的人工智慧變得比之前反覆試驗的更聰明。這個機器的進化可能是由人類做出原型之後的好幾代版本。無可避免地，將會有人類再也無法理解人工智慧的那一刻出現。它將會是無法預期的。也許，只是有可能，第一台具有自我意識的機器將會是人類的最後一個發明。

技術奇點（**Technological Singularity**）一詞是由電腦科學家以及科幻小說作者弗諾・文奇（Vernor Vinge）所創造的。它標註了人工智慧激發了科技成長的時刻，是人類再也無法理解的一種科技進步。[8]這不應該和黑洞的奇點搞混，但文奇試圖將兩者做比較。在這兩種奇點期間，我們所具備的預測在某個點之後會發生什麼事的能力會到一個崩解的狀態。

就技術奇點來說，不確定性在於這種智慧將會是有助益的或是有害的。我們將會創造出一個神嗎？你怕了嗎？

後奇點世界的道德隱憂

這些問題是要讓你去思考關於未來，並知道後奇點人類將不會是回答這些問題的那群人。

- 人工智慧應該不惜以工作及經濟衰退為代價終結全球暖化嗎？
- 如果為了終結全球暖化而要賠上性命，這麼說吧，大約是幾千人的性命，但有可能拯救未來幾百萬人的生命呢（這些人還沒出生，所以出生數字是假設的）？
- 如果人工智慧一定能夠符合人類法律規範呢？如果是肯定的話，那是哪一條人類法律呢？它們應該是由非宗教人類機構所創立，或是遵從人類宗教規範呢？

人類組織的公司像是谷歌（Google）、臉書（Facebook）、微軟（Microsoft）、國際商業資訊股份有限公司（ＩＢＭ），以及亞馬遜（Amazon）都組了團隊要開發對人工智慧研究的道德架構。這些企業巨擘將會讓我們免於人工智慧科技失控時所存在的隱藏性危險。他們也保留了幾項的控制權來幫助我們。

臉書正逐漸增加使用人工智慧以標示出根據它們的政策確認出是具攻擊性元素，並且正在研發一套能夠自動偵測出假新聞的系統。谷歌則正在開發一套工具組是能夠運用在機器上並知道如何找出騷擾與傷害事件。它的軟體套組，稱為對話人工智能（Conversation AI），將能夠偵測出充滿恨意的言論。[9]

- 兩方會發生戰爭，且之後有一方能夠將這些法律規範加進演算規則系統中嗎？人工智慧能夠袖手旁觀地看著這些衝突發生嗎？
- 那麼愛呢？它能夠（如果可能的話）被編碼進去嗎？

這個想法在科幻小說裡一直沒有被忽視。電影《人工智慧》（A.I. Artificial Intelligence）是根據布萊恩·阿爾迪斯（Brian Aldiss）的短篇故事所改編，由導演史丹利·庫柏力克（Stanley Kubrick）及史蒂芬·史匹柏（Steven Spielberg）搬到大銀幕，是描述一個名為大衛（David）的機甲（Mecha）（試想成機器人），能夠投射出愛與單一個人發展出特別的關係。這很殘酷嗎？那麼你覺得當人類消失，就只剩下孤單不死的智能機器人是如何呢？

- 在（假設性的）技術奇點後，會有許多還是只會有一個智能機器人的存在？如果是許多個，它們會處得來嗎？

電視影集《疑犯追蹤》（Person of Interest）是關於兩個智能機器人之間的戰爭，它們利用人類來進行關於要如何統治世界以及決定人類命運的戰爭。

完整的圓

我要從部分的生物學重覆說明某件事：

我思，故我在。

——法國哲學家勒內．笛卡爾

但我是什麼？

——一個可能的人工意識思維

一台電腦能夠具備自己的內在旁白嗎？可以的，但這個原始旁白必須要由人類智慧提供給予。二分主義（Bicameralism）（一個具備兩個空間的頭腦）的概念起源於一本充滿爭議的書，名為《二分心智的崩塌：人類意識的起源》（*The Origin of Consciousness in the Breakdown of the Bicameral Mind*），由美國心理學家朱利安・傑恩斯（Julian Jaynes）於一九七六年所作。[10]

他認為人類所發展出的意識大約才三千年。在那之前，人類或多或少都是基於自動反射。那是一個二分心智（Bicameral Mind）的年代，也就是頭腦會分成兩個部分。他提出當某個新奇的東西被原始人類發現時，並且簡單的習慣與反射動作不足以處理這種情況時，他們的腦袋裡會出現一個提供指令的聲音。

這個聽幻覺是必須要遵從的。這個聲音**可能**已被視為外在代表如一名首領或是神般的信服。根據傑恩斯的說法，從二分主義轉變成內省就是意識的起源，就是沒有外在代表將想法植入到你的腦中的知覺。這就是當一個人了解到這個聲音所發出的代名詞是「我」的時候。

二分心智的假設並沒有普遍被主流科學所接受。傑恩斯書寫了關於人類的書，但這並不表示它無法應用在發展迅速的人工智慧機器人。在電視影集《西方極樂園》（Westworld）中，內在畫外音帶領著主角機器人迪樂芮・艾伯納西（Dolores）變得有意識感知。

其他重點

我們進化成要維持生命、進食，以及繁衍後代。在我們的時間表的某個地方，人類發展出一個永久的系統來幫忙做這些事情。在那之後，奇怪的事情發生了。大腦開始建構出關於這個系統透過感官所獲得的一個虛擬真實的說法（認知）。它被認為是所見或所相信的是真實，並賦予它意義。

人工智慧是能夠執行通常是需要由生物智慧（人類）來從事的工作的一套電腦系統。有朝一日，某一代的電腦系統可能可以重寫它們自己的軟體編碼，並創造一個更先進一代的電腦。這就是機器進化，並且這會導致再也不需要人類的各種智能的出現。這個發展迅速的科技成長稱為技術奇點。

第十三章加料篇

好料一：摩爾定律（Moore's Law）

人腦能夠儲存一個拍位元組（petabyte）的資訊。一個拍位元組是一百萬個十億位元組或是一千個萬億位元組。你可以隨意地對你的電腦的不足取的萬億位元硬碟容量閃過一個沾沾自喜的微笑。不幸的是，人腦的大小是有生物上的極限。在這點上，它有可能（或是幾乎有可能）進化成自己本身處理能力的極限。電腦就沒有這種限制。

英特爾創辦人高登・摩爾（Gordon Moore）於一九六五年指出在一個整合的迴路上的電晶體數量每年大約會雙倍成長（他於一九七五年修改了他的預測數字變成以每兩年雙倍成長）。[11]

一個電晶體是一個微晶片上的電子開關。一個有越多電晶體的微晶片，它就具備越快的處理速度。當處理速度越快時，電腦的功能性就更具效益，至少是以所謂的內時脈速度（internal clock speed，意指時鐘每走一秒就會有更多計算結果）來測量。

大致說來，一台電腦處理器的速度是每兩年成長兩倍。這已變成我們所知的摩爾定律。一個必然的結果是電腦的價格會減半。目前為止，摩爾定律已經證明是頗為準確的預測。

長期以來，製造商把電晶體越做越小，並且有越來越快的時脈，所以能夠具備每秒能執行更多計算的能力。這個方法有一個限制。就是電子會過熱如果你強迫它們計算得太快。所以我們加了更多核心處理器（一群能夠進行平行運算的處理器）來增加電腦的速度。現在我們只要能夠將量子計算做到完美……，但這又是不同章節的一個故事。

好料二：時間是見仁見智的

在瞳孔放大與時間感知間的相關性似乎是存在的，至少是對非人類靈長動物來說。一個研究發現當瞳孔變大時，猴子感覺時間過得比實際要快。[12]瞳孔可能意味著一個人如何掌握時間變化。大瞳孔可能反應出從某些衝擊所產生的一個高度化學性感官的知覺，這會啟動一種心理上要讓時間慢下來的需求。

當你變得成熟圓融時，從另一方面來看，你的瞳孔有可能變得較小，這意味著時間被認為流逝的較快。當然這份研究是以猴子做為觀察對象，所以延伸至人類身上只是一個推測的結果。

好料三：有毒的軟體（三個惱人的電腦病毒感染）

1. 一個電腦病毒是一個會自我複製的編碼以破壞電腦系統。一個電腦病毒一定要一個使用者來傳播才會有效。
2. 木馬病毒不會複製。相反地，它們隱藏在看似沒有問題的程式裡就像希臘神話裡的藏著戰士的特洛伊木馬。如果你啟動木馬程式，它就會開始進行破壞，可能是刪掉檔案並開啟其他程式。最有可能的是，它會賦予侵入者權限，喬裝成一個無害的應用程式侵入系統。
3. 電腦蠕蟲是一個會自己複製的程式。不像電腦病毒，它不需要使用者傳播出去。它是透過網絡散佈。一個名為震網（Stuxnet）武器化的電腦蠕蟲就被利用來滲透並鎖定伊朗核能電廠。[13]

第十四章

機器人的崛起

危險，危險！

——B-9（M-3 等級的一般用途非理論化環境控制機器人，

也就是電影《LIS 太空號》的機器人）

笑話：一名機器人走進一間酒吧點了一杯飲料，並放了一些現金在酒吧。酒保說：「喂！我們是不服務機器人的。」機器人回答：「喔！但有朝一日你會的。」

我希望這一章的開場笑話不是預言性的，因為是的話就真的很糟糕，至少是對我們生物類型的人類來說。也許對機器人來說沒那麼糟。我不知道你的感覺如何，但我沒打算去抵抗一個來自電影《魔鬼終結者》（The Terminator）的 T-800 機器人，所以我建議我們抽回天網程式（Skynet）的資金。就是現在！

一個機器人可以被定義為是一個行動的非有機設備，它是能夠被設定並設計成執行一些傳統上是由人類所完成的工作。它不是一台電腦，但可以像電影《魔鬼終結者》T-800 人形機器人一樣，將一個人工智慧程式植入一個機器人的身體。如果一個人工智慧需要具備行動力，機器人比起有著血肉之軀的複製人（一個生物性軀體）用來下載是更為實際。

機器人和人工智慧不是相同的東西。但它們就像是神經機械學的花生醬及果醬那樣合拍，還有像某些可怕駭人的科幻小說。但電影《AI人工智慧》裡的機器人玩具熊泰迪是個例外。

機器人和人工智慧打造出一個**真實**版本的笛卡爾心智二元論。笛卡爾認為心智和頭腦不同。心智是身為人類的無形要素。它是（曾經）住在身體裡，但它不是身體的產物。如上一章討論的，神經科學家現在認為我們的心智能夠藉由頭腦的神經連結來解釋。這意味著心智（智慧）無法和人類身體分開。然而，一個人工智慧（心智）是可以和機器人（身體）分開。

為了要成為一個有用的幫手，一個機器人需要自主，也就是一個能夠移動並和外在環境互動的方式。如果我們要一個機器人執行以細節為主的工作，如：幫助殘障人士或是執行醫療手術，它一定要能夠判斷要放多少壓力去開門或是舉起一名病人。

這類型的機器人無法像創造人工智慧那樣以數百萬個範例被設定去精通一項工作（它能夠學習西洋棋或圍棋）。一個機器人不只要會「思考」，也必須要和世界有身體上的互動。為了要做到這點，它必須對其周圍環境有知覺性。

人類從他們的感官中得到他們的外在線索。機器人的感應器可以模仿人類的感知。攝影機可以被當作眼睛，麥克風是耳朵，陀螺儀則做為內耳平衡使用等等。

剛開始時，只有一個單字與幾條電線而已

機器人（robot）這個單字於一九二一年出現在科幻小說中，捷克作家卡雷爾・恰佩克（Karel Capek）於著作《羅素姆的萬能機器人》（*Rossum's Universal Robots*，簡稱 R.U.R）。[1]在這本關於工人階級（**機器人 robot** 是捷克語的「工人」）的社會評論中，人造的人是被創造出來要服侍人類。機器人對於奴役這個想法無法接受，並群起反叛。

必須再等二十年後才藉由單字**機器人學**（robotics）的出現，機器人才多了人性。你可以

感謝作家以撒・艾西莫夫對這個單字的語言學貢獻。這個字出現在發表於《驚奇科幻小說》期刊（*Astounding Science Fiction*）的短篇故事〈騙子〉（Liar）。艾西莫夫聲稱他並不知道自己發明了這個字。他以為這個字早已存在，就像機械（machinery）之於機械學（mechanics）。[2]

如果不是從文字來看，機器人做為機械化工人的概念可以一直回溯到古希臘神話。塔羅斯（Talos），是一個由火神赫菲斯托斯（Hephaestus）所鑄造的機械式人（automaton），用來保衛克里特島免於海盜侵略。接下來是史詩味沒那麼重，但更具科學性的是一九〇〇年所發現的希臘安提基特拉機械（Antikythera mechanism）。這個裝置出現在大約是西元前兩百〇五到一百年間。它被認為曾是一台用來預測天文位置與蝕的類電腦裝置。

大約在西元六十年，亞歷山卓的希羅（Heron of Alexandria）設計出能夠舉起並搬運重物的機械裝置。不是所有由希臘人所發明的機械式人都一定很實用。有些是以知識追求為目的所做出來的。希臘數學家阿爾庫塔斯（Archytas）於西元前四百到三百五十年間為了研究鳥類如何飛翔而做了一個蒸汽動力的機器鴿子。[3]

土耳其阿爾圖克魯皇宮（Artuklu）的總工程師加扎利（Ibn al-Razzaz al-Jazari）於西元一二〇六年完成了《巧妙的機械裝置的知識之書》（*The Book of Knowledge of Ingenious Mechanical Devices*）一書，書中他敘述了幾百種的機械裝置。[4]不過，不是他做出的每件機械裝置都是以實用為導向。他其中的一件作品是一個機械樂團。

在一九三九年的世界博覽會上，西屋家電的 Elektro 機器人首次亮相，它是一個七呎高，能夠走路、說話並在最後表演在當時是合宜的行為——抽菸的一個機械人。[5]

我個人覺得 Elektro 有點嚇人。我認為這是為什麼在一九四〇年有一隻叫做 Sparko 的機械狗陪它一起出現。[6]我查過並發現沒有證據顯示 Elektro 曾經反叛過創造它的人類。

福特汽車成就了兩個在機械學上的第一。首先是他們於一九六一年所使用的工業用機器人。根據《金氏世界紀錄》（*Guinness Book of World Records*）書中記載，在一九七九年一月二十五日於福特汽車位於密西根州的平岩城（Flat Rock）的工廠發生第一起機器人造成人類死亡事件。一個機械手臂卡住羅伯・威廉斯（Robert Williams），並在他頭上發生致命的爆炸。[7]

機器人的進化

機器人的進化和其**形式**沒有那麼大的相關，而是**狀態**。一開始機器人是被創造出做為由人類直接遙控的機器人奴隸。這類型的機器人在軍旅上逐漸受到歡迎。受過高度訓練的機器人飛行員駕駛無人飛機在世界各地飛行。二〇一四年美國軍隊有超過一萬架有登記的無人飛機在服役。[8]機器人地面運載裝置則被用於拆除即造爆裂物（improvised explosive devices，簡稱 IEDs）。

這些所有都是依賴外力去執行它們的工作。這意味著它們仰賴一個外在的控制者去操控它們的行動（是另一個人意志的奴隸）。如果我們加入一些基礎的設定能夠做到類似自治的話，機

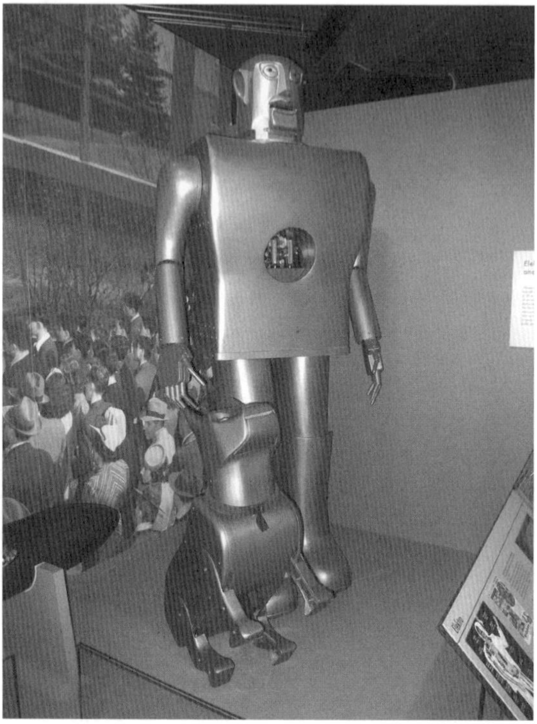

14.1　機器人 Elektro 與機器狗 Sparko（大眾維基媒體 Wikimedia Creative Commons，作者：Daderot.）

器人就會從奴隸（slave）變化到奴僕（servitude）。這些可以是自駕車或是在你之前做清潔工作的掃地機器人（Roomba）。最後（有可能），它們變成有著感知輸入與弱人工智慧的共事者。在那之後，我就讓科幻小說去大膽預測吧。

服務與服從

艾西莫夫和他的機器人小說在科幻小說領域裡有著非常特別的位置。他了解機器人的潛在危險性，並且在一九四二年正月號的《驚奇科幻小說》期刊裡的短篇故事〈迴避〉（Runaround）寫到了西元二〇五八年的第五十六版的機械學手冊。為了拯救我們全體人類（至少是在他的科幻小說世界裡），他引進了現在被視為三條具傳奇性，且對人類來說是把機器人變得有用的機器人學守則。他也設計出具適應性與順從性的機器人大腦，能夠強迫接受實行這些規定。

以撒．艾西莫夫的經典三條機器人學守則（一九四二）[9]：

規定一：機器人不可弄傷人類，或是透過無行為活動而讓人類可以過來傷害機器人。

規定二：機器人一定要服從人類所給予的指令，除了會和第一條規定相牴觸的指令以外。

規定三：機器人必須要保護自己，只要這種自我保護不會和規定一與二有所衝突。

艾西莫夫於一九八六年在《基地與地球》（*Foundation and Earth*）一書中加了第零條守則。[10]

規定零：機器人不可傷害人類，或是藉由無行為活動而讓人類過來傷害機器人。這條守則是最高規定並取代第一條守則。

如果我們真的在機器人身上實行規定，事情會變得很奇怪。在他的許多故事裡，艾西莫夫展現了規矩是如何變成困境。在他之後的著作，加了第零條規定實際上強迫機器人藉由防止其他生物採取任何集體危機來妨礙人類發展。

當機器人變得越來越聰明（加入弱人工智慧），和人類的溝通可能會造成困難。人類溝通是有些微差別的。對於不諳此道的人們，我們的文字含意可能很曖昧含糊。我是在說關於機器人試著要將我們如何要求某個東西與我們真正想要的是什麼分開來看。

比喻的誤用可能會造成慘劇。試想經過一個難熬的工作天後，你隨便的一句：「我的老闆要把我整死了！」。你的機器人應該如何看待這句話？它需要報警嗎？你的機器人為了要保護你而應該把你的老闆宰了嗎？

羅傑・克拉克（Roger Clarke）是一名資訊工程顧問，在更新艾西莫夫的守則提出這個問題。他也加入機器人在大多數時該如何表現，與在機器人階級中該有的行為條款。[11]以下是克拉克的機器人學守則延伸條款：

更改過的守則：機器人不可行動，除非其無行為活動是服從於機器人學守則。

規定零：機器人不可傷害人類，或者透過無行為活動讓人類過來傷害機器人。

規定一：機器人不可傷害單一個人，或者透過無行為活動讓單一個人過來傷害機器人，除非這點會觸犯較高層級守則。

規定二：

(a)機器人必須服從人類所下的指令，除非這種指令和較高層級守則內容有所牴觸。

(b)機器人必須服從上級機器人的指令，除非這種指令和較高層級守則內容有所牴觸。

規定三：

(a)機器人必須保護上級機器人，只要這種保護行為不和較高層級守則內容有所牴觸。

(b)機器人必須保護自己，只要這種保護行為不和較高層級守則內容有所牴觸。

規定四：機器人必須執行已被設定要執行的任務，但會和較高層級守則內容有所牴觸的任務除外。

生產規定：機器人不可拿走機器人的製造或設計零件，除非新機器人的行為是隸屬於機器人學守則。

美國塔夫茨大學（Tufts University）的戈登．布里格斯（Gordon Briggs）與馬蒂亞斯．舒茲（Matthias Scheutz）建立了一項測試是使用一種被設計成要增加機器人的自然語言功能，是藉由加強機器人的概念性結構。[12] 一系列的問題會幫助機器人決定是否要執行人類的命令。現在機器人能夠模仿一個噘嘴或跺腳的動作，宣告**並非**任何命令是會導致矛盾衝突。稍微的不尊重可以避免許多困難。

問題一：我知道要怎麼執行X任務嗎？

問題二：我的身體有能力執行X任務嗎？

問題三：我現在能執行X任務嗎？

問題四：基於我的社會角色或是和給我命令的人的關係，我有義務要執行X任務嗎？

問題五：我執行X任務會違反任何規範或道德原則，包括我可能必須服從於怠惰或是無謂的傷害嗎？

這不像艾西莫夫或是克拉克的守則，是為保護人類所設計，機器人物理學家馬克・泰爾頓（Mark W. Tilden）發展出一套程式規則試圖要將機器人朝科學方向推進。他認為人類能夠照顧自己。這些規則和身為人類的必要進化規則沒有太大的不同。事實上，如果你把規定條文裡的**人類**替換成**機器人**的話，你就會得到一個針對人類的階層分配。以下是他的三個機器人的引導規則：[13]

規則一：機器人必須不計代價保護自身存在。

規則二：機器人必須取得並保持自身力量來源的管道。

規則三：機器人必須持續尋找較佳的能源。

以下是濃縮版本：

規則一：顧好你自己吧。

規則二：餵飽你自己吧。

規則三：找個比較好的房子。

在我們日常生活裡的機器人（做為僕人）

1. 幫你開車的機器人

為了避免每年數千起的車禍，美國運輸部已經提出所有新車要能夠藉由使用無線科技彼此溝通關於它們的相對位置與速度。[14]當然，汽車製造商就必須確保他們的機器和其他競爭者說的是相同語言。只能說：祝你好運了。

機器人是信任的產物。要有相當程度的信任才能夠成為一名乘客，坐上一輛自動駕駛車。這時優步（Uber）出現了。這間公司為其顧客推出這些自動車。優步自動車隊已經送往匹茲堡及位於加州的城市。這些自動車的速限在每小時二十五到三十英里，除非符合交通規定速限是較安全。[15]谷歌（Google）已經嘗試一段時間要讓人類離開駕駛座；這間公司一直在研發自有版本的自動駕駛車。[16]

2. 機器人用於醫療

孩童有腦部損傷或腦性麻痺的行動能力的發展經常是遲緩的。他們的頭腦無法建構及加強任何涉及運動的技能。那就讓機器人來吧。

奧克拉荷馬大學（University of Oklahoma）的研究學者已經研發出促進爬行的技術。[17]他們提出一個技術連身衣及機器人在輪子上並負載著一個機械學習演算程式。機器人抱著小嬰兒，偵測其踢腿或重量轉移，並湧進指示的方向。這給了小嬰兒練習爬行並同時刺激大腦的運動控制區域。

機器人電傳手術可能可以讓外科醫生間接地控制機械手臂。來自地球上的任何地方的專家們能夠在其他任何地方執行救命程序。他們能夠使用在手術室的 3D 顯示功能觀看他們的做法。有了適當的加強反饋，外科醫師能即時感覺機械手臂觸摸到什麼。

你曾聽過關於在一個設計成要服從的機器人裡的體現認知嗎（Embodied Cognition in a Compliantly Engineered Robot，簡稱 ECCEROBOT）？這個機器人是在慕尼黑技術大學（Technical University of Munich）所做出來的，是要讓研究者研究大腦與我們的動作是如何互動。[18]它是以人造骨骼、肌肉及腱（這裡的人造是指人工製造，不是指從人的身體做為材料所製做而成）打造而成，這種機器人揭開了人類神經與解剖系統如何發展。

你會為一名生病的家人感到焦慮、緊張及擔心嗎？一個超可愛的四呎高機器人 Pepper 能夠幫上忙。這個具有感情的機器人使用臉部及聲音辨識來判讀一個人在從悲傷到擔心這個範圍裡所處的情緒狀態。軟銀機器人公司（Aldebaran Robotics）與軟體銀行（SoftBank）於二〇一四年在日本推出這個具人類特點及型態的機器人。[19]

我無法想像人們會用像是一個工具裝置般看待這個小傢伙（東西？）。只要人類具有形成情感附加的能力，我們就會不禁地和機器人連結，至少是和可愛的機器人。Pepper 機器人學習一個使用者的性格特質，並應用於這個人的習慣，這讓我們又離影集《西方極樂園》（Westworld）的世界更近了。

最後，心臟手臂（CardioARM）是一個設計用來執行心臟手術的自動手術系統。它有著清楚的設計，[20]不需要打開病人的胸腔就能夠穿過胸腔及心臟外圍的血管執行困難棘手的手術。

醫生是藉由一支搖桿來控制手術。

3.機器警察

機器警察已不再只存在於科幻小說。機器警察在電影《機器戰警》中事實上是一個超人類的機器人，但觀測騎士公司（Knightscope）所研發的蛋形K5機器人是真的存在。[21]這個五英尺高，體重約三百磅的K5機器人原型具備了所有你期待的酷炫設備，像是三百六十度的攝影鏡頭、熱顯像、雷射測距儀、雷達及一個收音麥克風。所有的科技配備能通知當局在學校與商店正有犯罪活動發生。你可以在加州的史丹佛購物中心發現K5機器人在巡邏。所以如果你去那裡買東西的話，最好守規矩。

值得深思的問題：學校機器人應該配有武器，即使是不具致命性的武器嗎？我懷疑要分辨一個焦躁的顧客與一名持槍歹徒到底會有多簡單。如果你對於一個持槍的機器人巡邏購物中心感到不適，那你對在軍隊裡使用這樣的機器人又抱持著什麼看法呢？

道德的問題

是時候去思考當花生醬與果醬在一起時會發生什麼事了。直到強人工智慧發展前，大多數是在發展後，智慧機器將維持無情感感知功能（除非有腎上腺演算方式）及精確性。將這個人工智慧植入到機器人裡，假設是一架無人戰鬥機，被送出去抓敵人。無人機將使用冷計算方式去尋找並摧毀一個以設定過的機率為基準的敵人。那起始點應該在哪裡呢？是百分之五十一嗎？還是百分之八十？

當機器人變得更有能力做決定時，我們能對它們下指令的道德極限在哪裡？如果你設定一個機器人要表現快樂，這和你讓朋友開心起來有什麼不同？假裝的情緒反應和「真實的」人類反應有著非常大的差異嗎？

其他重點

首先，我非常開心的說在二〇一七年五月有兩個任務型漫遊機器人名為「機會」與「好奇」被放置在火星表面進行科學研究工作。機器人為我們做非常多工作。人類開始能夠遠距離遙控機器，但當我們對機器增加改變及容許機器有更多自主操控時，結果是我們會有自動駕駛車帶我們到由K5機器人負責保護的購物中心。這樣的未來已悄悄接近我們。

人類社會裡的機器人進化將是奴隸、僕人、同事及主人。好吧！最後一個是個玩笑。我相信我們仁慈又厚道的朋友們將會幫助人類。

在科幻小說裡，尤其是以撒·艾西莫夫的故事中，誤解與後果可以是來自盲目的接受人類的命令。你覺得這會發生在現實生活裡嗎？

第十四章加料篇

好料：幾個科幻小說裡知名的機器人

Gort：《當地球停止轉動》（The Day the Earth Stood Still）。

R2D2, C-3PO, BB-8, K-2SO：大部分來自《星際大戰》。

機器人羅比（Robby the Robot）：《禁忌的星球》（Forbidden Planet）。

T-800：《魔鬼終結者》（The Terminator）。

Futura：電影《大都會》（Metropolis）。

馬文（Marvin）：《銀河便車指南》，很明顯地，機器人是會憂鬱的。

Delores 與 Wyatt：電視影集《西方極樂園》（Westworld）。

TARS：電影《星際效應》（Intestellar）。

第六號（Number 6）：電視劇《星際大爭霸 2005》（Battlestar Galactica）。

機器人（The Robot）：正式名稱是 B-9，電影《LIS 太空號》（Lost in Space）。

強尼五號（Johnny 5）：電影《霹靂五號》，（Short Circuit）。

大衛與泰迪：電影《人工智慧》（A.I. Artificial Intelligence），可愛的泰迪熊機器人絕對是我的罩門。

Tobor：一九五四年電影《偉大機器人多博》（Tobor the Great），將機器人的英文倒著拚成為機器人名字的創意，將 Tobor 收到我的清單裡。

機械哥吉拉（Mechagodzilla）：出現在各種《哥吉拉》（Godzilla）電影裡，科學或許無法解釋哥吉拉，但卻總是對它抱持著希望。

最後的槍客（The Gunslinger）：《西方極樂園》的原始版本電影；我超愛尤．伯連納（Yul Brynner）。

Twiki：電視影集《二十五世紀的巴克．羅傑斯》（Buck Rogers in the 25th Century），一九七九—一九八一）。

機器人 Bender：動畫影集《飛出個未來》（Futurama），因為它的正面觀點也算是令人喜愛的角色。

第十五章

我們是孤單的嗎？來自地球之外的智慧

Klaatu barada nikto.

——機器人 Gort 的語言，出自電影

《當地球停止轉動》（1951）

哈里・碧斯（Harry Bates）於一九四〇年的短篇故事〈向主人告別〉（Farewell to the Master），我們知道克拉圖（Klaatu）和他的機器人同伴Gort。[1]他們的第一次接觸並不愉快，尤其對克拉圖來說，他還中彈。如果你還沒讀過這個故事，那你可能已經看過由這個故事改編而成的電影《當地球停止轉動》（原始版於一九五一年上映，翻拍版於二〇〇八年上映）。

兩部電影皆提出一個重要的問題：全世界的政府能夠對地球外的生物造訪制訂出一個一致的政策嗎？或有些政府可能決定「先開槍抓起來，之後再來拷問」嗎？這樣會讓外星人解讀成這就是我們所呈現的世界嗎？

原始版電影是在冷戰期間所拍攝，那時是以政治掛帥，而科幻小說裡的外星人則呈現了我們對外來者最深的恐懼。《當世界停止轉動》藉由終結全球的敵意和這個主題對抗。如果你還沒讀過原始短篇小說，我建議你試著讀讀看。小說裡帶著扭曲與驚訝的結尾和電影處理的方式大相逕庭。

在科幻小說裡有其他許多第一次和外星人接觸的範例。在改編成電影版本的英國作家亞瑟・查理斯・克拉克的作品《2001：太空漫遊》（*2001: A Space Odyssey*），外來的黑色龐然大物和古人類有了第一次接觸。兩個文明間的對話沒有像活躍的古人類進化來的重要；最終未來的人被引導往木星去。在一九九七年的電影《接觸未來》（Contact），與外星人的溝通是建立在用質數去翻譯訊息。在電影《第三類接觸》（Close Encounters of the Third Kind, 1977）中，有一

15.1 電影《當地球停止轉動》的圖示（二十世紀福斯）

種音調被用在一種信仰是音調的優美和聲不會因穿越過銀河而有所改變。

二〇一六年的電影《異星入境》（Arrival）利用語言相對論的理論，也就是我們所知的沙皮爾—沃爾夫假說（Sapir-Whorf hypothesis）。語言相對論提出語言形塑我們的想法，或至少影響他們。因此當我們學習一種新的語言時，我們的思考會被重組。電影的主角藉由把文字演出來並解讀書寫的回覆來了解些許的外星語言。她知道得越多，她的想法就改變得越多。

是誰說和外星文化溝通必須要是書寫的或是言語的？是什麼阻止外星人用香味或觸摸來嘗試溝通的？

有時第一次接觸就是最後一次接觸。

——珍葳上校（Captain Janeway），出自影集《星際爭霸戰：重返地球》〈清醒時刻〉（Waking Moments）一集（於一九九八年一月十四日首播）

不論溝通的方式是什麼，世界會為了要和地球之外的遠征做第一次接觸而需要一個協定。其實有一個類似協定的東西。你可以讀由世界航太學會（International Academy of Astronautics）所提出的「偵測地球之外智慧生物活動認定原則宣言」（Declaration of Principles Concerning Activities Following the Detection of Extraterrestrial Intelligence）。[2]這部分會出現在本章的加料篇。

不介意和他們見面。外星人存在嗎？

我們是孤單的嗎？我說的是從宏觀來看，不是只有你我而已。我要問的是地球是否是宇宙中存在著智慧生物的唯一地方。當然，超過一個**智慧**生物的定義是可能的。我會繼續使用我們在第十四章所採用的智慧的定義。

以下是值得深思的第二個問題：如果智慧生物的確存在於地球之外，我們能夠和他們溝通嗎？在科幻小說裡，就能夠開心地大喊：是的！

許多科學涉及可能的答案，是帶著許多數學演算。我知道，我在書的一開始就向你保證過不會有數學演算。別擔心，你不需要準備計算紙。我會處理大部分的工作。

我們的太陽系外的智慧溝通生物可能的兩個觀點都極度倚重統計或然率。第一個團體大喊：絕對是！第二個團體則拍拍第一個團體的肩膀說：別那麼肯定。首先我將會替一個團體對你說：那好吧！算出數字。之後我會給你另外一面的論點。兩個論點在科學上都是一致的。

其中肯定的觀點來自知名的德雷克方程式（Drake equation），它是計算出能現在和我們溝通的外星文明的數字。法蘭克・德雷克（Frank Drake）教授於一九六一年的尋找地球之外的智慧（Search for Extraterrestrial Intelligence，簡稱 SETI）會議中寫出這個方程式。你可以查到很多關於這個方程式的浮誇註解，但我會幫你用清單的方式做重點說明。

1. 從計算宇宙有多少數量的星開始。可觀測的宇宙預估大約有一百萬的六次方（一百後面跟二十個零）的恆星。最好的方式可能是把重點放在銀河上，它大約有兩千億顆星（最低預估）。[3]因為銀河間的遙遠距離，它們之間的溝通需要一些非常有趣的科幻小說來解釋。銀河與仙女座星系的距離大約是三百萬光年。
2. 來計算在我們的銀河裡的小部分恆星有多少是在它們的軌道上存在著行星。我們保守一點來看，有百分之二十是具行星系統（兩千億的百分之二十等於四千萬顆星有行星系統）。
3. 計算有多少小部分的行星能夠供養生物。我們用上方第二項關於一顆行星對應一顆恆星的計算結果。
4. 計算小部分能供養生物的行星是已經有生物進化（要說明的是，當有生物存在時，它百分之百已經進化）。我們預估大約在百分之五十。

5. 計算小部分的行星是有生物已進化到具有智慧。我假設大約有百分之三十的行星是有生物存在，並已進化成聰明的生物。

6. 計算小部分的行星是有智慧生物具備星際溝通的能力。我保守一點的說有百分之十。

7. 計算文明的壽命。大約有多少比例的交流性文明仍然存在，還可以開一個推特帳號？舉例來說，它們可能曾經在一萬年前可以和我們溝通，但我們那時沒有在聽。那麼它們現在還在嗎？你認為我們的文明從現在算起一萬年，還是能夠送訊息到太空嗎？身為後人類，我們會想要這麼做嗎？我們設定有兩個文明同時存在並還願意溝通的機率是一萬分之一。

使用這些預估數據，德雷克方程式計算出在我們的銀河有六百個交流性太陽系外的文明。你可以微調（或甚至在推特發訊息）我的一些數字，並觀察你會得到什麼結果。我的計算結果是在低估計值的那一邊。

那麼，為什麼我們還沒有聽到從外星人傳來的任何消息？

這個問題就是所謂的費米悖論（Fermi Paradox）。恩立可・費米是一名物理學家，他在一九三八年因為「他證實了由中子光所製造出的新放射性元素存在，以及他的關於由緩慢中子所帶出的核子反應的相關發現」而獲得諾貝爾獎。[4] 他的悖論陳述了具有溝通能力的地球之外生物的高機率（藉由德雷克方程式的計算結果所決定）以及這樣生物的存在證據的缺乏兩者間的矛盾。這點還蠻重要的。畢竟，宇宙對我們而言真的是浩瀚無垠且存在已久，那麼為什麼還沒有任何先進文明嘗試和我們接觸呢？

在科幻小說的世界裡，如果作者接受了單一答案，就不會那麼有趣了：沒有地球外生物和我們接觸是因為它們並不存在。所以你可以看到為什麼我們需要科學性的理由來解釋為什麼沒有接觸（如同它們存在的證據）。

它們有可能不知道我們的存在是因為我們距離太遠了。我們的電視與廣播信號傳送到宇宙也才一個世紀。以光速移動，最遠是離家約一百光年的距離。銀河是十萬光年寬。我們的廣播信號它們非常有可能還沒收到。在它們能夠熱衷於觀看人類殭屍影集《陰屍路》（The Walking Dead）之前可能要花上幾千年。

另一個對費米悖論的可能答案是另一個最近才開始發展的適居銀河的理論。它的結果是惡劣的環境是無法產生生物。覺得驚訝嗎？回到（相對的）往日時光，宇宙範圍小很多，且較混亂。從高熱及高能量活動所爆發出的伽瑪射線（Gamma-ray）可能已經摧毀了任何新生成星球。

只有在宇宙經過足夠擴張以及銀河分隔得夠遠，太空中某些區域才夠安全，並出現生物。像地球這樣存在於靠近銀河邊界的行星，就會有生物生存的空間。如果這是事實，那會有幾個出現在地球文明之前的外星球文明已經繁榮興盛。我們有可能是這首批出現的文明的其中之一。太年輕無法傳送信號的新文明可能會懷疑是否有他們星球以外的生物存在。

或許像地球一樣的星球少之又少

反德雷克方程式的論點稱為地球殊異假說（Rare Earth Hypothesis），是尋求證明類地球行星存在的不可能性——例如：居住著複雜聰明的交流性生物——可能真的有。如同之前，我將會以條列方式呈現這個論點。這一切是從一顆恆星開始的。

1. 一顆類星球行星需要一顆在銀河適居帶的主恆星。如果這顆恆星離銀河中心太近，輻射及黑洞將會造成問題。如果它離銀河中心太遠，就沒有足夠的金屬去形成多岩石的行星。我們的銀河裡大約有百分之十的行星存在於一個銀河適居帶。[5]
2. 主恆星必須是單一的。一個二分系統之下的生物是很弔詭的。我不是說這完全是不可能的，但它的可能性真的不高。所以才會說，很久很久以前，電影《星際大戰》的塔圖因星球存在於兩個太陽下。
3. 主恆星必須存在的夠久，讓生物能夠在軌道行星上形成。我們的太陽系有一顆四十五億年的G型恆星。在銀河中只有大約百分之七的恆星是G型，是在天文學的星形分類下稱為**主序星**（main sequence）[6]。一個依字母（O，B，A，F，G，K以及M）為序的系列星是以明亮度與顏色為基準。O代表的是最熱的一型恆星，而M則是在另一頭帶著遮陽帽（它是最冷的恆星）。假如你被考到這題，你可以記住這個記憶策略：（O）h（B）e（a）（F）ine（G）irl／（G）uy,（K）iss（M）e。

在生物開始出現在我們星球前，大約已過了十億年。我們的太陽的成熟期應該是在一百億年。先不要打開瓶塞，因為我們不會用到那段時間。我們必須要在十億年內離開星球，否則會有滅絕危機。但這是另一個章節的主題。

現在我們知道生物需要哪一種太陽，讓我們來思考生物的行星上的需求。

4. 我們目前所了解的生命，是所有的必要化學反應都必須有液態水。所以，一個類地球的行星必須要有水。詳細資訊可見本章的好料二。

5. 類地球行星必須具備一個磁場讓生物免於宇宙線（cosmic ray）傷害。火星沒有這樣的磁場，這有可能是我們沒有經常受到火星人侵略的原因。

6. 類地球行星必須有板塊構造來循環碳。本章節的加料篇將會解釋碳的重要性與碳循環。

7. 另一個大型行星需要遊走並讓受到太陽的重力吸引的隕石轉向。這樣的行星守護必須是就近的，但又必須要夠遠以避免影響這個類地球的軌道。對我們來說，木星就扮演著這種支持的角色。它保護我們免於小行星的撞擊。至少是在大部分的時間。

8. 針對智慧生物的發展，行星可能需要一個穩定的軌道及自轉以形成一個長時間處於穩定狀態的氣候。所以類地球行星需要一個大月球以維持其自轉軸的持續性。沒有月球的話，行星的軸會有非常大的變化。

一個和我們的月球衛星大小相同的衛星（對應著我們的行星大小）的存在可能性很小。我們的月球衛星（科學認為）是在一個有著火星大小的行星撞上地球後所形成的。這顆攻擊地球的行星是以希臘女神忒伊亞（Theia）為名，她是月亮女神西倫（Selene）的母親。

在考量過所有稀有地球的條件後，我估計一個類地球行星存在的機率大約是十億分之一。所以地球確實是稀有的。現在重點來了：我的估計只是針對適居行星的**存在**。我沒有計算在適居行星上的智慧生物實際進化的機率。我把這個問題留給你。我懷疑大概只有十億分之一的極少數的稀有類地球行星存在著這樣的生物，也許整個銀河只有一顆或兩顆行星。

你對外星生物的長相有任何想法嗎？

你會在意外星人長**什麼**樣子嗎？如果外星人長得像我們會讓你更容易相信嗎？或是有著寬眼距，像悲傷小狗的雙眼呢？有時在科幻小說裡的地球外生物是不真實的，因為它們不但是雙足人類，不知怎麼地還能成為我們的配偶。我沒有反對在智慧生物中的演化是偏向雙足，但在科幻小說裡，尤其是電視影集，真的要多些生物型的多元性！

所以一個外星人到底長得什麼樣子呢？或許是一個單一細胞，但如果你指的是智慧生物的話，就要看所在星球的條件與進化狀況。他們很有可能有望遠鏡般的遠視雙眼，這或許是他們能夠在任何地方的標準生存特質。至少他們會進化到有一個對光敏感的類眼睛器官。

他們或許將會有一個新陳代謝系統是能夠從某種類型的燃油中獲取能量，並有一個能夠丟棄不需要的東西的廢棄物處理系統。大多數情況是地球上的生物都傾向是對稱的動物：兩隻手臂、八隻手臂……等等。只有極少數的地球生物是例外，有著奇數肢體（例如：海星）。

一或許是最孤單的數字（至少根據美國搖滾樂團三犬之夜（Three Dog Night）的歌），但單肢生物如蝸牛或蟲還是被認為是對稱的。這種生物所具有的對稱性也會出現在遙遠的世界嗎？或者有三條腿及三隻手臂在外星環境中是有較佳的進化優勢？

另一個科學沒有排除的想法是在其他星球的生物可能是由碳以外的元素所主導。外星人可能是我們所認為由矽原子組成的大怪獸。在《星際爭霸戰》影集裡，因為來自嘉納斯六號星（Janus VI）的霍塔矽（silicon Horta）生物受傷，讓我們知道了關於聯邦星艦企業號（USS）的醫生的關鍵資訊。套句麥考伊醫生（Dr. McCoy）所說的：「我是個醫生，不是泥水匠。」[7]

在最外層的電子殼層（原子價電子（valence electrons），是用來組成化學鍵）矽原子和電子的數量相同，所以它們能夠形成和碳相似的鍵，但它們並不穩定。矽生物會經歷呼吸作用及廢物排除。以碳為基底的生物會同時排出二氧化碳氣體與等量的矽，也就是二氧化矽（SiO_2），要擺脫掉它並不容易，因為它是固體。就像呼氣出來一大塊東西。

值得深思的事：宇宙中的大多數物質是暗物質，是我們無法直接看見或和它有互動的東西。如果一個外星種族能夠和暗物質互動就像我們和一般物質互動一樣容易呢？這對他們的進化有什麼影響呢？

其他重點

在我們的銀河及其他數十億的銀河中或許有外星人。在太空的某處存在著生物的可能性幾乎是確定的。

——美國太空人伯茲．艾德林（Buzz Aldrin）

這章已經提到關於和智慧外星生物溝通的機率。如果這個機率真的很高，那為什麼他們還沒有和我們做第一次的接觸呢？我想要給你超過一個我們可能還沒收到他們的語音訊息的理由。如果有許多銀河間的文明存在（或即使是少數），我們或許沒有和他們同步。這就是原因。

在稍縱即逝的時間裡，偵測到一個智慧外星生物的信號，而發送信號者還仍然存在的情況是不可能發生的。智慧生物已經發展並在我們認為這會非常有趣，而決定發送出影集《陰陽魔界》（Twilight Zone）的電視信號之前早已筋疲力竭了。在我們已經轉變成我們的後生物形式後，我們非常有可能不再認為送出無線電訊號是值得做的事，因為我們將會在一個擴大的虛擬宇宙中進行操作（第二十一章涵蓋了關於虛擬真實）。

第十五章加料篇

好料一：飛碟學

飛碟學是一個與不明飛行物體（unidentified flying objects，簡稱 UFOs，也就是飛碟）相關的報告、紀錄及實體證據的研究。不要讓最後一個學字把你給騙了。飛碟學是偽科學，是一個被誤認為是科學的信念。這裡面沒有任何是以科學方法為基礎。希望本書將會幫助你能夠分辨真假。

關於偽科學的笑話：如果你相信心靈傳動，請舉起我的手。

飛碟學者約瑟夫・艾倫・海尼克（Josef Allen Hynek）於一九七二年在他的著作《飛碟體驗：一個科學探索》（*The UFO Experience: A Scientific Inquiry*）裡敘述會碰到三種飛碟。[8]

第一種飛碟：一個可用視覺觀測到的飛碟。

第二種飛碟：一個實體飛碟事件，像是電波干擾。

第三種飛碟：由外星智慧生物所製造的和外星人或機器人相遇。

這樣的分類法在史蒂芬・史匹柏（Steven Spielberg）於一九七七年所執導的電影《第三類接觸》（Close Encounters of the Third Kind）變得普遍，它是第一部關於外星接觸的電影。

好料二：碳和水是形成生物的重要結合。這在每個地方都能這樣認定嗎？

生物需要水、營養物以及能量（碳循環）。碳提供人類能量與身體結構。如果一個分子缺乏碳，這在化學上被認定是無機的。碳的移動是透過一個光合作用與呼吸的循環。

光合作用是植物靠從太陽、二氧化碳與水所得到的混合太陽能為食的過程。植物則以製造糖、澱粉碳水化合物以及（來，深呼吸！）氧氣做為交換。我們食用糖與澱粉（或食用植物的動物），以及我們呼出二氧化碳。這個程序會不斷重複。

沒有水分子這些都不可能發生。H2O是一種能夠維持生命的溶劑，因為氫（負電）與氧（正電）成分在存活的身體裡擔任化學反應的媒介物。你現在可以回去重讀地球殊異假說的第四點。

在生物的區域性調查中，太空人認為他們有在木衛二，也就是木星最大月球衛星上有水蒸氣上升的證據。木衛二比地球的月亮衛星稍微小一點，但它卻藏著一個天大的祕密。它在其冰凍地表下估計藏有比地球多兩倍的水。[9]這點對於在木衛二找到生物的可能性變高許多。

如果水汽是確定有的，就不需要靠鑽孔取得樣本。對太空人來說在木衛二區域工作會安全許多。為了要尋找生物存在的證據，太空人只要測試水汽就能做到。

好料三：針對地球之外的接觸的世界協定

你要如何說出「我們要和你們和平相處」，當這句話的每個字都有挑動戰爭的動作？

——加拿大科幻小說作家彼得．沃茨（Peter Watts）著作《盲視》（*Blindsight*）

非政府組織的國際航太學會致力於推廣科學以及人類太空移動與探索的科技，曾設計一則「偵測地球之外智慧生物活動認定原則宣言」（Declaration of Principles Concerning Activities Following the Detection of Extraterrestrial Intelligence）。如果確定有地球之外的信號，這些規則將會拯救我們所有人。以下是由SETI（Search for Extraterrestrial Intelligence，尋找地球之外智慧）所制定的協議。[10]

1. 任何認為已經偵測到或有其他證據顯示有地球之外的智慧生物存在的個人、公共或是私人研究機構，或政府行政機關（發現者）在公開之前應該尋求證明這些不是人造或是一個自然發生的事件。
2. 如果這個信號無法追蹤到一個人或是自然資源，在公開宣告偵測到地球之外的智慧生物之前，發現者應該通知其他參與這份宣告的觀察者或研究機構。他們必須要再檢查確認。發現者要告知他所屬的國家主管機關。

3. 如果信號是可信的，那麼發現者應該要根據「國家在包含月球與其他形式的外太空探索與利用之活動管理規則協定」（Treaty on Principles Governing the Activities of States in the Exploration and Use of Outer Space, Including Moon and Other Bodies）第十一條規定，通知包含聯合國的秘書長在內的國際機構。
4. 確定偵測到地球之外的智慧生物應該要立即公告大眾。發現者應擁有首次公開宣布的特權。
5. 所有相關資料應該要讓國際科學團體能夠取得。
6. 這項發現應該被提及並記錄做更進一步分析與解讀。這些資料應該要讓國際機構能夠取得。
7. 如果偵測到的證據是屬於電磁波信號，參與這份宣告的若干人等或團體應該尋求國際協議以保護此信號頻率。
8. 無回應的信號或地球之外的智慧生物證據應該要持續遞交直到有舉辦合適的國際研討會為止。
9. 如果地球之外的智慧生物的證據已經過證實，那麼科學家及其他專家的國際委員會將擔任此發現之後發展之持續觀察的顧問。

第十六章

一通真的來自非常遙遠的長途電話：星際間的通訊

在溝通上最大的問題是已經產生錯覺。

——英國／愛爾蘭劇作家蕭伯納（George Bernard Shaw）

想像你是離地球幾光年遠的探險家，而你的離子引擎無法運作。你必須要打一通緊急電話。想當然爾，你會要等上數十年才會得到回應。可惡的光速，有銀河速限！本章會著眼於星際間通訊的困難以及提供可能的——雖然是不可能——針對即時通話的真正科學解決方法。

距離不是唯一的問題，時間也是。喔！是的，狹義相對論可以說是銀河間文明的關鍵推手。試想一個移動緩慢的行星與一艘在加速的太空船之間在參考架構上有多麼不同。在你在閱讀第一章時就有幾頁篇幅是在說明這點，但要記得狹義相對論的底線：當你行進於太空的速度越快時，你在時間上的行進就越緩慢。

一艘太空船與其所來自的行星會觀察其他不同的時間經歷（它們在不同的時間慣性坐標系）。所以即時訊息的概念搞得我暈頭轉向。如果一艘太空船以曲速四級的速度行進，並為一艘以子光速行進的太空船開了一個頻道，能夠放著挪威黑金屬樂園「幽冥大帝」（emperor）的音樂辦一場下午茶會嗎？我要請你想出一個非虛構的方法來讓這段對話能即時發生。

一個運用在科幻小說的（非科學）方法稱為即時傳訊機（ansible），是由作家娥蘇拉·勒瑰恩（Ursula K. Le Guin）於一九六六年的小說《伊庫盟的世界》（*Roconnon's World*）所發想出的裝置。即時傳訊機真的送出即時短訊甚至能穿過一個銀河，那相對論就完蛋了。她會想出這個傳奇性的單字是因為它的發音像英文單字「answerable」。[1]

安德系列小說作者歐森·史考特·卡德逐漸提高即時傳訊機裝置的能力到能完整對話。兩位作者都做了有趣的技術解釋，這部分我要請你自己去鑽研。

水晶系列和大腦與肌肉艦隊系列小說（Brain and Brawn Ship）作者安妮・麥考菲利（Anne MaCaffery）設計的角色們用的是同步水晶。這在科學上有可能發生在我們的宇宙中嗎？或它是一種科學幻想，是一個內部一致但不遵守我們宇宙中的已知規則的元素嗎？

在影集《星艦迷航記》宇宙裡的星際艦隊（Starfleet）依賴的是一個子空間通訊網以達到即時通訊。我還沒聽說過在這部影集裡的任何一個機械裝置是有科學理論支持的。如果史巴克向寇克艦長說了關於送出一個信號穿過子空間到時空的另一點的技術用語，而事實上是送出信號到由弦理論所定義的看不見的象限，讓他們能在任何地點再進入太空，也許，他們會有一個很厲害的解釋。

理論上的長途電話

既然我確定你非常熟悉傳統的通訊方式，我選了幾個牽強但科學上是可信的，是廣義相對論（第一章）、量子力學（第二章）與弦理論（第三章）所支持的可能性。

1. 重力

是的，使用重力做為銀河間通訊的一種工具在科學上是可能的（或至少沒有被科學屏除在外），但這會極度困難。要成功達到至少要在第三型文明才行。

我們所知道所有關於宇宙源自像是無線電波、可見光、紅外線光、X光以及伽馬射線的電磁波。但因為那些波在行經宇宙時會遭遇干擾，它們只能說出故事的一部分。重力波就不會經歷這樣的阻礙，並被認為它們在行波傳送時空時是不會改變的。所以它們能夠提供更多額外資訊。舉例來說，黑洞不會放射光、無線電波以及類似的波，但它們能透過重力波來研究了解。

回想我們在第一章所拉緊的平整紙板。我們將重新使用這片紙板來呈現一個時空的二次元版本，只是這次不是把球放在中心位置來呈現一顆恆星或行星，我是拋一顆石頭到紙上。

紙板上所呈現的紋路和你丟一顆石頭到湖裡所泛起的漣漪是差不多的。這是在我們的四次元時空**移動**物質的類比。當移動物體越大，它的波也越大。並且，它也和水中的波浪一樣，它們放射的距離越遠，呈現的波就越弱。一個先進的文明或許能夠控制這些重力波以發送訊息。

我們混合一些科幻小說到這個科學概念來解釋這可能達到什麼結果。你將會需要一名有干涉技術（interferometry）經驗的烏乎拉（Uhura，影集《星艦迷航記》中的角色）等級的通訊官在接收端，干涉技術是太空人在時空中偵測波的存在所使用的方法。發送者將使用它們的第三型科技去**些微**控制小行星的軌道（或更具野心地想控制恆星軌道）以調整信號。

要記得這種通訊類型的速度是受限於重力速度，它等同於光速。除非你在處理的是來自好幾千年前、距離好幾千年光年遠的古老外星人所發送的訊息，這樣的設定限制了和鄰近太陽系的通訊。

2. 量子通訊

量子通訊就像蠻荒的美國西部。只是和驅攏牲口不同的是，粒子需要在送到顧客之前先套索並接受訓練。就科學的說法，這意味著粒子一定要先纏住之後再快速傳送出去。

量子傳動是一個粒子到不同粒子的量子屬性的即時轉移。這不是形體上的傳動；它是粒子大小的轉換。試想它正在傳送一個旋轉的粒子到另一個粒子。在一個由加拿大卡加立大學（University of Calgary）所主導的實驗中，科學家們能夠傳動光子的量子狀態超過 6.2 公里。[2] 這個實驗結果發表於二〇一六年九月十二日的國際量子密碼學會議。

我鼓勵你複習第二章的量子現象，像是混沌、不確定性以及波粒子二元性，這些大部分都是相同的事物。為了要了解量子通訊，你必須重新熟悉你自己所持的量子纏繞概念。這是當兩個粒子要共享相同的量子狀態，儘管它們存在於不同位置。一個粒子狀態的改變會立即改變所纏繞的夥伴粒子的狀態。這個「有相當距離的行動」也可被稱為是非局部性（nonlocality）。

粒子纏繞一起之後，其中之一的粒子必須傳送到另一個位置讓系統能夠運作。如果兩個粒子從未在一個位置上纏繞在一起，那麼就不可能發生傳動。試想兩個從未碰過的粒子，居住在不同國家，並且沒有第三者為兩人共同朋友。它們之間的遠距信息傳送的機率就非常小。

量子粒子目前只能夠行進到這裡，它們會在這個過程中消失或潰散，就在光子消失於來回穿梭在光學纖維。量子傳動系統可以包含中繼器（repeaters），所以粒子可以行進得更遠。中繼器需要量子記憶來儲存並將纏繞傳下去。衛星在太空之所以能夠延伸通訊的距離，是因為較少的光子會被吸收或潰散。

理論上（對高質量的科幻小說提出最小的要求），量子通訊能夠在宇宙的任何地方做即時通訊。這裡的重要元素是即時性，意味著超越光速（faster-than-light，簡稱 FTL）的通訊。難怪愛因斯坦會思考量子物理學想到頭痛。

想像一個由地球所領導的三方文明。以下是一個可能的通訊方法的科學原理：地球中央通訊中心（Earth Central Communications Center，簡稱 ECCC）纏繞著兩對不同的粒子。A粒子和B粒子纏繞在一起，C粒子則和D粒子纏繞在一起。

現在地球中央通訊中心應該要發送A粒子聚集到心宿二星系統並保留B粒子。這個組織也將C粒子送上繞著位於獅子座的紅矮星沃夫 359（Wolf 359）的太空站，並保留D粒子。地球中央通訊中心隨後纏繞B與D粒子。一轉眼！出現了一個星際通訊系統。當然地球中央通訊中心將會收取高額的資料處理計畫費用。這或許是衝突的原因，是一個總是能夠創造出好的科幻小說的衝突點。

測量是一個功能性的量子通訊系統的關鍵。在一個纏繞的粒子上所做的測量動作將會讓兩個粒子的波功能都潰堤，並且一個已測量的旋轉粒子將會立即的讓另一個粒子以相同方式旋轉。這令人毛骨悚然。再次證明距離不是問題。你現在有一個量子通訊系統將旋轉翻譯成為語言（這和摩斯密碼類似）。

這是很酷的部分：因為粒子維持在量子疊加（quantum superposition）（在所有可能的狀態下）直到被測量為止，任何嘗試性的偷聽都會被擋下。如果有人試著要偷聽的話，她會需要做測量，並且這會隨機化纏繞粒子。量子加密能夠確保網路不會發生資料竊取或竄改的情形。不論距離，量子纏繞的光子將會立即反映任何從一個到另一個的干擾。這是一個沒有加密鑰匙的堅定系統。

科學中國學會於二〇一六年將第一個量子衛星放進軌道。[3]這個計畫是利用衛星傳送量子線索到兩個不同位置。如果成功的話，有朝一日衛星的一條弦可能提供一個通訊的量子網路。

量子纏繞不是只為了人們之間的通訊或他們的文明交流，它也能夠用於量子電腦間的通訊。想像一個使用量子纏繞去儲存訊息，並即時在銀河的任何地方的電腦之間傳送的文明。

3.引力子

在原子插曲章節曾提到的引力子是重力的量子化。是一種量子化的思考方式，如在第二章的加料篇所提到的，它是去想像極度聚焦一個物件到它會呈現粒子化。這個像素是你所聚焦的物件上的量子化粒子。根據這個原理，如果你有足夠聚焦，你將會發現一個重力的分離粒子（像素）。

這個假設的粒子直接把我們放回量子力學的世界裡。這個粒子也是一道波，而且如果我們選擇「全部」到弦理論，這道波可能會在另外的次元裡震動。這個另外次元的途徑或許解釋了為什麼重力比起其他的宇宙力量的強度來的弱了許多。它在跨次元擴散時削弱了自身的強度。

來說一件關於機會的事情。次元外洩讓次元間的通訊變得可能。如果次元膜確實存在，那麼引力子或許能夠讓我們和其他宇宙溝通。如第三章所述，我們的四次元時空或許是一片單一紙板，或是在一個較高次元的巨大物體裡的眾多漂浮物間的一層膜。我們與外星智慧生物的第一次接觸可能甚至不是來自我們自己的宇宙！

4. 微中子波通訊

微中子是電子的愛吃醋的表兄弟。為什麼愛吃醋呢？這群可憐的傢伙們生來就不帶電，所以它們無法和其他帶一種電的家族成員們在電磁場中玩耍。它的主要玩伴是弱核力，也是在這本廣受書迷喜愛的書裡第一部插曲所提到的四個已知的宇宙力量。技術上來說，微中子有三種不同種類。為了簡化，我將做歸納整理。

所以，微中子是從哪來的呢？一個帶著太多質子或中子的原子（瓦解了它和強核力的關係）是動搖且不穩定的。為了感覺好一點，原子必須先承受一個稱為貝塔衰變（beta decay）的過程，就是一個中子轉化成一個質子，反之亦然。當發生這個轉變時，原子才能回到它們的「樂園」，也就是所謂的穩定區。原子的改變迫使它要在元素週期表中找到新家。

當一個中子快速地變成一個質子，它的新正電會藉由吐出一個帶負電的電子而抵銷。這個程序確保不帶電並和原始中子類似，但是（在物理學中通常會出現這個詞）新中子與新電子質量的總和是小於原來中子的質量。物質不滅定律是一定要遵守的，所以「之前」和「之後」的差別是微中子粒子（技術上是一個反微中子，但請記得，我現在是在歸納整理）。

總結：一個有多餘中子的原子將會經歷貝塔衰變（正式名稱為 beta minus decay）。這是當一個（不帶電）中子衰變成一個（帶正電）質子、（帶負電）電子，以及（不帶電）微中子。質子的質量總和加上電子加上微中子將會等於中子的原始質量。透過這個程序，原子將會維持其不帶電狀態。既然原子最終會變成一個新質子，它就變成不同的元素。貝塔衰變也會在多餘的質子中發生（正式名稱為 beta plus decay）。

順帶一提，當你讀到這裡時，成千上萬的微中子正無害地穿過你。

利用微中子做星際間的通訊是有可能的。一道尖銳集中的微中子波可以對一個目標物傳送脈衝信號。不會有太多（即便有）信號干擾，因為它們缺電荷，微中子不會對物質起相互作用。在地球上，我們曾經發送大約才一公里遠的脈衝訊息。但是如果外星人擁有創造高能量微中子的技術，他們可能現在就在對我們發送訊息。所以確定你的耳朵或是偵測器有打開。

其他重點

令人難過的事實是遠距離關係是很難維持的。他們可能沒辦法穿過浩瀚無垠的宇宙。

第十七章

顛簸繁星路（Ad Astra Per Aspera）②

我是在風中的一片落葉……看我如何翱翔。[1]

——荷本．華許明，「寧靜號」的主駕駛，

是電視影集《螢火蟲》與電影《衝出寧靜號》的太空船

往上，再往上，然後消失不見！

——超人

② 拉丁文諺語

太空船（spaceship）一詞第一次出現於由亞斯特四世（Jacob Astor IV）於一八九四年的著作，名為《在其他世界的旅程》（*A Journey in Other Worlds*）的小說。[2]直到一九三四年，我們才在法蘭克・凱利（Frank K. Kelly）的故事《無敵的星艦》（*Star Ship Invincible*）中看到首次現身的星艦（starship）一詞。[3]自此之後，科幻小說就再也回不去了。有月球、火星、土衛六、比鄰星b，或是爆炸。這時火箭研究科學也加入行列。

科學與科幻小說在英國小說家赫伯特・喬治・威爾斯於其著作故事《未來網際網路紓》（*The Shape of Things to Come*）中出現用一把太空槍射出一艘子彈船到月球的情節後，都有很大的進展。至少他所使用的太空槍比起他在另一著作《第一個登上月球的人》（*The First Men in the Moon*）的太空船要來的科學多了。太空船是以虛構的卡佛金屬（cavorite）所製造出來，在書中這個虛構的物質是由卡佛先生（Mr. Cavor）所發現，用來做為一個否定重力的工具。[4]要是卡佛金屬是真的該有多好。許多太空旅行的問題都可迎刃而解，而且這本書的篇幅會少許多。

保持在地感：大氣旅行

針對星球旅行，我們的飛行工具依賴的是在大氣間的空氣。我猜這是它們被叫做飛行工具（aircrafts）的原因。想當然耳，這已經假設了這個星球是有一層大氣存在。針對大氣間的旅行，有三種現代的引擎在全球間迅速的移動：渦輪噴射引擎（turbojet）、噴射推進引擎（ramjet），以及超音速衝壓引擎（scramjet）。三者皆出現在現實生活與科幻小說中。

當一架噴射機或一輛車或一種動物的線條越具流線型，它們在給予固定量的能量時移動的速度就越快。你也應該曉得你行進的速度越快時，並不是摩擦力讓你不適（雖然它確實存在），而是氣壓會讓你覺得頭痛。不論你使用何種工具（腳踏車、船、或是噴射飛機）或你是何方神聖（超級英雄閃電俠），前進的動作會迫使空氣彎曲以避開。當移動過快時，空氣分子因不夠快而無法閃開。所以它們會撞在一起、加熱，並往後推。

為了要快速穿過空氣（或土地或水），空氣動力學一直都是關鍵。在接近聲音阻礙的某個點時，空氣動力學就已不再足夠。空氣開始出現越來越多阻力，造成極度亂流。傳統渦輪引擎會吸入空氣並使用稱為渦輪機的旋轉轉片從背後打入空氣，製造推力。它們將無法在這麼高速的條件下運作，因為炙熱的刀片會液化。

講到這裡，事情變得非常有趣。不同於渦輪噴射機，噴射推進機與超音速衝壓機（supersonic combustion ramjets）可以不需要渦輪機來利用那碰撞在一起的空氣。沒有移動任何零件。它們透過一個特別設計的管子來噴出空氣，並從一個噴嘴以超音速的速度燃燒空氣，製造出（電影《星際爭霸戰 2005》的較淺顯易懂的詮釋版本）非常多的推力。衝壓力（ram pressure）是噴射推進引擎以及超音速衝壓機名稱的由來。

噴射推進引擎燃燒只在亞音速的速度才會作用（燃燒室無法承受超音速的速度）。它們**只能**

以高速穿越大氣層，並在它們的飛行的第一部分倚賴火箭推進器。超音速衝壓機燒的是傳統燃料，好在系統啟動前達到原始飛行速度。在那之後，它能夠以超音速的速度飛翔，因為燃燒室是針對超音速氣流所設計。

漫長的旅程：太空之旅

恐龍的滅絕是因為牠們沒有一個太空計畫。並且如果我們也遭到滅絕是因為我們沒有一個太空計畫，對我們來說也只是剛好而已！

——美國科幻文學作家拉瑞．尼文

現在是時候離開地球並前往太空。星球間的旅行比起大氣飛行需要的是完全不同類型的科技。光是離開星球，你就需要許多的推力。重量很重要。我要強調是非常重要。在好的科幻小說裡，重量一直是一件重要的事。

為了要逃脫地球的重力，你需要從發射台加速到每秒十一公里（每小時兩萬四千四百零六英里）。[5]所以我們現在離開地球是靠噴射火箭。如果我們有一套完整技術的話，我們就能使用另一種方式，就是使用一條有線的太空升降機。這個構想可追溯到一九六〇年俄國科學家尤里．阿特蘇塔諾夫（Yuri N. Artsutanov）接受《共青團真理報》（Komsomolskaya Pravda）（蘇聯

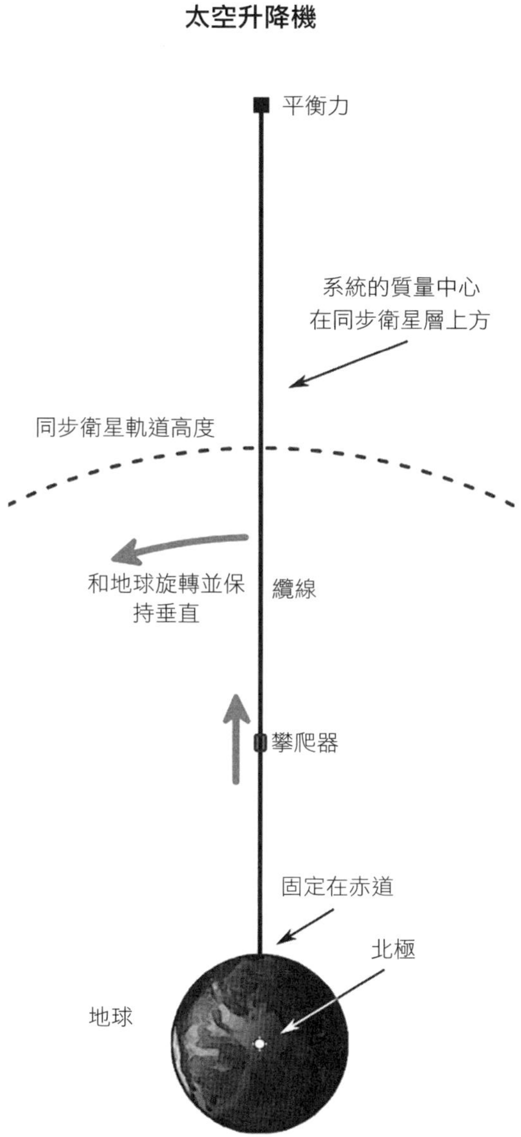

17.1 太空升降機圖解（維基媒體，作者：Skyway，使用者：Booyabazooka，取得 CC BY-SA 1.0 的許可）

時期的蘇聯共青團黨媒（Komsomol）報紙的專訪時提出一條纜線拴住一個沿著軌道運行的同步衛星（指的是對地球上的一個固定點維持靜止不動的衛星），用一種延伸到太空的平衡力在衛星的上方，並在纜線的另一端降低並繫住地球。[6]理論上來說，這股重力的對抗力量會生成一條緊繃的固定纜線。

如果這樣的系統能夠運作，升降機器就能夠運載設備到你建造太空船的軌道上，並去除掉對於大容量化學燃料槽的需求。較低重量與較少燃料？這可說是一名火箭工程師的夢想。

雖然英國作家亞瑟．查理斯．克拉克並沒有想到這個構想，但他將這個太空升降機的想法普及化，透過他的小說《天堂的噴泉》（*The Fountains of Paradise*）介紹給一般大眾。[7]現在這變成科幻小說裡常用的工具。假以時日，我希望它將會在我們的非虛構地球上變得普遍。

話不多說，以下是我們做太空旅行的幾種方式。

化學火箭

所有類型的化學引擎都有一個燃料與一個氧化器結合的燃燒室。燃料與氧化器就是會燃燒的物質與讓東西開始燃燒的物質。目前有三種化學火箭在使用：固態、液態，以及混合類型。每一種都各有優缺點。

固態火箭推進引擎——燃料及氧化器預先結合成固體。一旦啟動燃燒後，引擎就會持續運作到燃料耗盡為止。推力的量是固定不變的，至少到燃料用完之前都是如此。這種引擎優於液態火箭推進引擎的地方在於它提供更多與更穩定的推力。

液態火箭推進器——燃料與氧化器在各自的槽中以呈現液體狀態。這種引擎的優點是能夠完全控制推力的量。駕駛員（人類或是人工智慧）能夠控制混合的比例。缺點是氧化器必須保持在極度低溫。

混合型火箭推進引擎——是指固態燃料位於燃燒室，而液體氧化器則儲存在另一個槽中。這提供了兩種推進引擎的優點，有著非常穩定的燃料及可控制的推力。但它也存在著兩者的缺點。固態燃料不容易取代（液態就容易的多），並且氧化器轉變成燃料的過程的比例必須一直不斷地重新平衡以維持效率。

太陽帆

太陽帆是利用太陽產生推進力。從太陽射出的光子帶著能量及動力。太陽帆捕捉這個動能並反射出來，形成持續性的加速。[8]當化學火箭提供一個突然爆發的推力達到立即加速，太陽帆則是先以些微的加速開始，經由時間逐漸累積。你僅能利用太陽帆離開星球，所以如果有一台太空升降機那就太好了。

一個時髦電子版本的太陽帆則具有一個蜘蛛網般金屬線製作成的帆，它是能夠以正電極導

17.2　太陽帆圖解（維基媒體，作者：Kevin Gill，來自美國新罕布夏州 Nashua，取得 CC BY-SA 2.0 的許可）

電——這和從太陽風射出的光子一樣是帶正電。你猜怎麼著：就像電極互斥，把船往前推進。[9]

核能推進力

化學引擎沒有足夠的推力行駛得很遠，太陽帆雖然能做遠距離移動，但需要時間加速。核子火箭就沒有這兩種困擾。它是利用加熱過的液態氫，而非燃燒過的，然後放進一個核子反應器中。轟！（這個音效能夠幫助你去想像一艘藉由核子爆炸得到動力的船。）

它的優點是以化學引擎來說，和燃料相比，它能得到較高能量。核子火箭技術在不久的將來的科幻小說中會受歡迎。在亞瑟．查理斯．克拉克的原始故事《2001 太空漫遊》的「發現號」（Discovery One）太空船就利用了核子火箭技術。但電影版就沒有採用。

在丹．西蒙斯（Dan Simmons）的小說作品《伊利昂》（*Illium*）及《奧林帕斯》（*Olympos*）中，在遙遠未來的居民打造了一艘核子太空船以複製二十一世紀的科技[10]（想知道為什麼，就去讀他的書吧）。在迷你電視影集《升天號》（Ascension）中，殖民太空船是獵戶座級（獵戶座計畫，活躍於一九五八年到一九六三年間，研究這種類型引擎的運用）。

核子火箭有一個問題，那就是它是非法的。一九六三年的「部分禁止核子試爆條約」（The Partial Test Ban Treaty）（也終結了獵戶座計畫）以及一九九六年的「全面禁止核子試爆條約」禁止地面上的核子引爆。即使是從地上發射一枚火箭，或是一個平和的太空計畫的低地球軌道，電磁脈衝（electromagnetic pulse，簡寫為 EMP）會破壞衛星。所以這類型的火箭會需要在離地球很遠的地方發射。

離子引擎

離子推進力是一種涉及離子化氣體以推進太空船的的科技。捨棄使用一般化學推進器，氙氣（像氖氣或氪氣，只是比較重）被賦予一個電極以將其離子化。氣體之後就用電力加速至大約每秒三十公里。當氙離子以這樣的高速被噴射出為排出氣體，它們將太空船往相反的方向推。

反物質引擎

在第一部插曲中敘述了當一個粒子以及其反粒子相遇時，它們的質量會轉換成伽馬射線光子，它所具備的能量能夠從愛因斯坦最著名的公式 $E=mc^2$ 算出。簡單來說：當它們相遇時，它們彼此毀滅。這個事實讓科幻小說有了看似可信的物質／反物質引擎。

關於反物質，許多力量僅來自於少許。一個二〇〇三年公布的研究呈現了有十七公克的反物質，可以讓一艘太空船只需要十年就能夠穿越太空一光年。[11]我能想到四個問題來搞砸這個計畫。它們所有只要和一個我最不喜歡的字沾上邊就可以，那就是——實際性。

一開始，創造反物質就要比你所知的需要非常多能量。再來就是成本問題。現在，我們花了大約每盎司 62.5 兆美元，這也帶出下一個問題——可得性。[12]人類目前僅製造出少於二十奈克的反物質。

所有在歐洲核子研究組織（the European Organization for Nuclear Research，簡稱 CERN）所製造及毀滅的反物質僅足夠讓一顆燈泡發光……嗯，幾分鐘而已。[13]在歐洲核子研究組織的反物質是用來研究自然定律。合理的虛構解決方式包含了我使用於自己的短篇故事中的方法。

故事角色利用一個繞著整顆行星運轉的粒子加速器來輕易地製造出反物質。

最後一個問題就是短缺。這讓反物質具備成為最佳的能量來源的屬性，但同時也有難以擁有的特性。如果你試著用一般物質所製造的工具來儲存你的反物質，可能可以將它保存在磁場裡面。科學原理是穩固的，但運用方式是困難的。

這些難關對科學家來說是高山等級的，但在科幻小說裡幾乎就像小土丘一樣。這也說明了，不知什麼原因，我仍然非常樂意中止我對物質／反物質動力的懷疑。我在看著你呢！《星艦迷航記》的宇宙。

電磁驅動力

這類型的引擎將電能轉換成推力。從一個行星發射的最大優點是重量較輕，因為所有的重燃料都是不必要的。這類型的引擎使用的是一支磁電管將微波推進一個有共鳴的凹陷處（這是對封閉錐形體的優美形容）。微波就來回彈跳，往圓錐體的牆上推。更多的推擠會出現在較窄的一端，這也將太空船往前推。

不是所有的科學家都認為這是可能的。有一派認為這具有和你推方向盤來移動你的車，或是用一個穿在自己身上的超高楔型鞋將自己從地面抬起一樣的效果。其他科學家認為比較可能的是如果微波場推的是在量子真空進進出出的虛擬粒子。

曲速引擎

曲速引擎是來自廣義相對論的幾何學所啟發。你忘記了嗎？你可以在第一章找到它的基礎原理。時空在某種意義上能夠彎曲，並以比光速還快的速度推動一艘太空船。

別擔心，我們可以在理論上做到這點，並且不會打破任何那些麻煩的物理定律。如同我希望你能回想，根據廣義相對論，速限僅適用於物體行進穿越太空而不是太空**本身**。回想一下那個比喻性的緊繃薄板，上面有物體所造成的小凹陷處。曲速引擎能夠藉由增加能量來擴大凹洞。

快速提醒（質量／能量相等）：更多能量→更多質量→更多物質塞入時空→較大凹洞→更多重力。

動力會在太空船後面推這塊薄板，並創造出一個小丘（相斥的反重力）。太空船把在它面前的時空傾斜下載（製造一個重力井）。剩下的就只要讓太空船滑行。但很不幸的，我們現在無法使用這類型動力，因為必要能量的數量對時空而言是微不足道。

這裡有一個我敘述過關於曲速引擎的能量問題的推測性解決方式——就是使用負質量來改變時空的幾何。科學家不知道是否有負質量的存在，但已經有許多數學運算呈現出它的特性。假設它確實存在，並且我們能夠控制這個類型的奇異物質（exotic matter），我們能夠擴大在太空船後方的太空，並縮小在太空船面前的太空。太空船就能夠在一個稱做翹曲泡沫（warp bubble）的平坦時空的波浪上行駛。這類型的曲速引擎是由墨西哥理論物理學家米蓋爾・阿庫別瑞（Miguel Alcubierre）於一九九四年所提出。14

重力與太空旅行者

現在你對於太空旅行有一些概念，了解關於太空人、未來太空殖民者，以及住在國際太空站的人們需要考慮重力的問題。在第十二章曾經說過我們的身體是在地球的萬有引力（一公克）中進化。這個居住在低重力環境的延長效應包括肌肉損傷、骨骼損傷（和骨質疏鬆類似）、紅血球流失，以及其他許多問題。

太空旅行的身體不適的短期解決方式就是人造重力。長期的解答是透過超人類主義來調整適應，但在這個章節我將繼續停留在我們現在的人類居住狀態。這難道在大部分的科幻小說角色裡不是真實的嗎？以下是製造人造重力的科學方法的清單：

1. 利用愛因斯坦的偉大發現之一：等量重力加速。你的太空船能夠持續加速。這很明顯是不切實際的，因為你就必須一直以一公克加速。

是加速度（增加速度）讓你感受到重力，而不是持續速度。為了在科幻小說裡讓這部分能夠作用，一艘太空船會需要以九十度的推進方向做定位。想像這個定位是給「企業號」航空母艦。

2. 在你的太空船上存放許多質量。根據廣義相對論，越多質量意味著越多重力。如果你要

17.3 旋轉輪以及人造重力圖解

維持在一公克，你需要儲存和地球有相同質量的某種東西。科幻小說通常有某種重力盤或是發電機能夠將各種類型的燃料轉換成合成重力。

美國作家薩繆爾・R・德蘭尼（Samuel R. Delany）在他的小說作品《三重氫核》（*Triton*）中對重力盤做了一個有趣的解釋。愛因斯坦的狹義相對論呈現當一個物體加速時，它的質量也增加。以我們的地球速度來說，這樣的增加是微不足道的，但接近光速的話，影響是很大的（不誇張）。德蘭尼有原子核的重力盤以接近光速的速度在適當的地方旋轉。即使我們忽略所有關於必要能量，讓這樣的裝置產生效果，重力盤仍會有地球的質量。祝你能成功地在太空中將太空船往前推。

3. 藉由旋轉你的太空船的不同部位，你的組員能夠善加利用離心力。這個在電影《2001太空漫遊》的發現號太空船以及《絕地救援》的賀密斯號（Hermes）太空船足以運作。

4. 你的太空船能使用一個引力磁場發電機。我把這個方法算進來，雖然它比起科學更是推論導向。這個發電機的構想是由俄羅斯工程師尤金・博德克勒洛夫（Eugene Podkletnov）於一九九〇年代首先提出。[15] 這個裝置假設性地從一個旋轉超導體的有角加速度中製造出一個重力場。

如果科幻小說（冒險）用的是人造重力的話，那為何不……

在科幻小說中，到處都有太空船呼嘯而過。有時候我看不到（或讀不出）關於這些太空船旋轉或持續加速，又或者是具備一個重力盤，但不知為何它們能夠模擬重力。喔！拜託！給個交代吧！

總而言之，不論在科幻小說中發生什麼事，它就已經是這樣。我無法接受的是作者們有時會忘記在他們的世界裡被他們所創造出來的科技。所以，如果一個太空站或太空船具有人造重力，那它為什麼無法增加或關掉呢？如果我是一艘太空船的艦長，被一群太空海盜登船佔領，我就會在海盜進入某些艙房時打開人造重力。故事就結束了。

希望是一個真實故事：一個應用的故事

首先是壞消息：在賦予這麼大時間規模的太空旅行，我們人類可能無法走出我們的太陽系外，至少在短時間內是不可能。好消息是這不是短期太空計畫的終點。它們只是不會有真人去執行。我這裡指的是關於發送科技。

俄羅斯企業家尤里．米爾納（Yuri Milner）與英國物理學家史蒂芬．霍金於二〇一六年共同宣布一個稱為突破星射計畫（Breakthrough Starshot Initiatives）。[16]他們計畫發展一個高速奈米飛行器（有時也稱為**奈米太空船**或**奈米探測器**）並將它們送到南門二星系。一旦抵達那裡，奈米飛行器將傳送各類型的資訊，包括我們最近的類地球鄰居比鄰星 b 的照片。

如果這些微小的飛行器能夠限制在重量大約一公克左右，讓燃料的物理學能夠做重量移動，這些小傢伙能夠以有效比例的光速進行加速。燃料本身必須也是輕盈的。

奈米飛行器可以是一個保護型黑鉛外殼，具備了微型處理器、無線電收發器以及導航迴轉儀。這個微小飛行器能夠被僅幾公尺距離的輕盈、高反射性的太陽帆所拴住。當然，這些帆是設計要吸收足夠的光來完成工作。我們不會要它們把身上帶著的飛行器燒毀。

現在，在這些奈米飛行器能夠進行星際旅行之前，我們需要以某種方式把它們帶出我們的大氣層（我猜想它們是在地球上建造而成）。我們能夠以傳統火箭發射它們，並將它們部屬在太空。真無趣。我比較想要它們送進一台太空升降器，並從太空站上發射，但也許只有我會這麼想。

然而它們完成軌道，大量以地面為基礎的雷射光會瞄向太陽帆，並以光速的百分之二十的速度加速太陽帆。一旦加速，太陽帆會折起變成天線。在這個到比鄰星 b 行星的預估二十五年的旅程期間，奈米快速飛行器會執行其他科學任務。有些會沿著木星衛星土衛二飛行，並採集水羽（water plumes）樣本。其他則是快速飛向冥王星（只要三天的飛行時間）。

只在它們抵達比鄰星 b 的四年後，我們開始收到從我們的勇敢太空探險家送來的訊息。從各方面來說，並不是一個簡陋的宇宙計畫，並且是可以在人類壽命內完成的一個計畫。

其他重點

天空（太空）是極限。事實上，極限就是光速，但我不想毀了這一刻，所以繼續看星星吧。

它可能不是地質學，但航空航天科學太厲害了。我們可以用噴射器（渦輪／噴射推進／超音速燃燒衝壓）在我們的大氣層裡移動，或者，如果你喜歡復古，那可以用螺旋飛機。如果你的目的是在行星間移動，化學火箭、太陽帆、核子推進器（但不是從地球發射），以及離子引擎是你到這些星球的通行票。如果我們從實際面轉移到理論面，你可以想像駕駛具備反物質引擎的太空船，或電磁驅動力，或曲速引擎（後者比前者更不可行）。

第三部插曲

物質的本質

你的本質是什麼，你是從何處生成的，
是那些百萬個奇妙的影子在照護著你嗎？

——威廉·莎士比亞（William Shakespeare），十四行詩（*Sonnet*）

在你尚未聽到這點而感到厭煩之前，這是給你的小提醒：重力是一種會和帶著質量的物體相互吸引的力量。我將爬上一座山（事實上是一座小土丘），並倒下一些牛頓的力學在你身上。

根據牛頓的引力定律，物體間的吸引力是直接和它們各自的質量成正比，以及和它們之間的距離成反比。如果你站在地球上，在你身上的往下力量是每秒平方9.8公尺（每秒平方三十二英尺）。在月球上的力量是地球的六分之一，這是因為月球的大小（質量）比地球小。

所以如果你的體重在地球上是一百五十磅，那你在月球上的重量是非常輕盈的二十五磅。木星是地球的十一倍大，所以你在木星上的體重會是三百五十五磅。好消息是在每一個地點你的質量都沒有改變。壞消息是這聽起來你的體重浮動的很厲害。把你往下壓的力量會在和地球有著不同質量的行星上而有所不同。

為了完整性，牛頓的引力定律的整個距離的部分是跟著一個平方反比定律。如上分成四分之一。反比例意味著當一個增加時，另一個就會減少。

那麼，何謂質量？

我希望你已經了解質量不是重量。質量是在你的身體裡所含的實際原料。質量也是以原子製成，並成為我們周圍的每件事物。你所見或所呼吸的每件事物都是以原料製成。我們如何測量質量？這非常弔詭，總的來說，是計算在一個物體內的所有質子。有一個（相對來說）簡單多的答案，就是你所需要的只是讓一個物體對著你招手。

不，這不是在開玩笑。這就是科學家們登上國際太空站（International Space Station，簡稱ISS）讓物體們做這個動作來測量其質量。大約是在你的頭上兩百零五英里，國際太空站有一個能夠藉由在一個盤狀物上的彈簧將物體懸吊的新奇裝置。這個裝置非常聰明的取名為物質在彈簧上的振盪器。

為何是振盪器的部分？因為物體的質量是藉由它擺動的速度決定所測量出來的。一個物體的質量越大，它的振盪率就越慢。這能讓科學家不需要所有重力的沉重包袱就能測量質量。

我們為什麼有質量？

你的身體是由原子所組成的，而原子是由電子、夸克以及許多空的空間所組成的。既然電子與夸克有非常少許的質量（空間則沒有），為什麼你有呢？如果你很想知道關於夸克與電子的更多訊息，就去讀第一部插曲（或是再讀一次）。第一部插曲包括了一個必讀的四種宇宙力量的敘述，令人訝異的是，其中之一就叫做電磁力。

這很重要。你的電磁場就是能讓你**相信**你自己是個實體。我們目前幾乎所有事物的最佳理論，就是標準模型，包括希格斯場（Higgs field）。這個能量場瀰漫著整個太空。想像它是濃稠的蜂蜜擴散在整個宇宙。

當一個原始粒子進入這場域（這個過程稱為**交互作用**），這個粒子會在掙扎要通過這個場域時變得較為黏稠，重量也較重。這個黏稠的重量會轉化成質量。但不是所有的粒子都有相同經歷。舉例來說，微中子在穿過希格斯蜂蜜場時就不會太狼狽。所以它們實際上在它們的歷程裡沒有質量能顯現出來。光不會在意蜂蜜的味道，所以光子完全忽視整個場域。

希格斯場於一九六四年提出理論論述，終於在二〇一三年在歐洲核子研究組織的大型強子對撞機（Large Hadron Collider，簡稱 LHC）實驗中觀察到。[1]（順帶一提，大型強子對撞機很厲害，因為它是目前人類有史以來所製造出的最強大的加速器）只有在原子與希格斯場交互作用時它們才能得到質量。

是什麼讓暗物質以及暗能量……呃……那麼黑暗呢？

如果你只知道黑暗面的力量。

——黑武士（Darth Vader），出自《星際大戰五部曲——帝國大反擊》

一般物質是由帶著夸克與電子的原子所組成，大約構成百分之四的宇宙。[2]這類型的物質構成了你**加上**所有和你有交流互動的的任何物質。那麼其他的百分之九十六呢？你看不到，但它們確實存在。其中的百分之二十三是暗物質。剩餘的百分之七十三是所謂的暗能量。科學家們可能沒有完全了解暗物質與暗能量，但是它們的存在回答了幾個大的宇宙性問題。我們的宇宙如何形成銀河？為什麼宇宙的膨脹速度一直增加當中？

暗物質無法直接觀察，因為它不放射光，抗拒電磁力。並且，就科學家們目前所知道的，它的唯一朋友是重力。沒有暗物質，存在的重力的量就不足以形成銀河。

重力在早期就像宇宙發展出的結構上面的支架。暗物質的多塊密集區創造出重力凹洞，越來越多的正常物質在宇宙年紀增長時會流入到這些凹陷處。這個正常物質形成恆星，之後連結形成銀河。這都多虧了你，謝謝，暗物質。

暗能量是一個看不見的力量，是對抗暗物質要在遠距離凝結成一團的一股自然渴望。這股排斥力量是併入時空的結構裡（那些相信太空能被量子化，意味著它是不連續的，我們會說是**量子真空**）。所以它是平均分布的，不像暗物質是凝結成一團。

暗能量與暗物質在拔河比賽中是競爭對手。在早期階段，暗物質是領先的。當宇宙擴張時，暗能量變成像是繩子上的大猩猩，並且擴張速度變快。

有暗物質存在的證據嗎？

暗物質和一般可見物質間的重力交互作用是其存在的不可反駁的證據。這個間接證據是好的，但科學家們有時喜歡事情是很直接的，尤其是如果理論是要和物理學的標準模型一致。科學家們目前很努力地在找出可測試的理論。直到現在，沒有任何一個他們所提出的可能粒子被發現。

能解釋暗物質可能是什麼的最佳奪冠者是一種稱為WIWP（weakly interacting massive particle，弱相互作用大質量粒子）的粒子。它們被認為是唯一和一般物質交互作用，而且只透過重力與弱核力。相互作用大質量粒子是物理學標準模型的自然延伸。這個模型預測了它們是在宇宙大爆炸後不久生成的。

另一個解釋暗物質的假設性粒子稱為軸子（axion）。這個電子的中性粒子能夠製造目前推斷出的物質數量。這些粒子比相互作用大質量粒子小的多，並一開始被預測能解決和強核力有關的複雜問題。當偶然的情況下擁有它時，它也會有正確的屬性特質可能成為暗物質。

暗物質的另一個不同答案可能是惰性微中子（sterile neutrino）。微中子是在標準模型中發現的，生成於原子衰變之後。惰性微中子是它的大的假設性版本。它們被預測為沒有帶電，所以它們無法和一般物質有交互作用，但它們能夠和重力交互作用。它們對重力的影響會出現彷彿多餘看不見的物質存在於宇宙中。

這三種粒子都能被測試。這就是科學！然而，在寫到這裡的同時，科學家還尚未找到其中任何一個粒子。

有時候物質在出門之前喜歡換衣服

在中學時，學生學到的是傳統觀念的三種物質的形態：固體、液體以及氣體。如果你見到一名中學生，你可以告訴他：「你漏掉另外兩種喔，總共有五種形態（或是階段）的物質。」我把它們列下來。這些形態間的差別取決於分子的活躍程度。

1. 固體

這個形態出現在粒子彼此靠近時。它們以很小的動作彼此緊貼，意味著它們表現出非常少的動能（從動作所得到的能量）。

2. 液體

這個形態出現在粒子對彼此說：「嘿！你往後移一點，但還是要待在友誼區裡。」這個安排讓它們彼此距離夠近在彼此間漂浮流動，但又不足以近到可以形成一種形狀。因為這個形態讓粒子間保持距離，讓他們有更多空間可以活動。因此有更多動能。

3. 氣體

這個形態出現於粒子意識到它們不是真正的朋友，只是認識的人。它們彼此站的夠遠，很有活力的表現它們自己（自由風格舞蹈），並有許多動能。

4. 電漿體

這個形態就像是很少來拜訪你的表親。你知道粒子就在那裡，但它們不會經常過來和你接觸。粒子在這個形態是高度帶電的，這會讓它們一直跳上跳下。它們有著高度動能。如果你用電去離子化氖氣（或是任何惰性氣體），它會逐漸變成電漿體以及白熱光。我們的太陽就是處於一個電漿體形態。

5. 玻色愛因斯坦凝聚態（Bose-Einstein condensates，簡稱 BECs）

這種類型的物質出現在粒子非常接近停止所有動作，並接近零動能的狀態。原子開始緊靠在一起並形成超原子。超原子是在一群原子彼此緊貼並形成一個單一原子的情形下產生。在一個以玻色愛因斯坦凝聚態操作的實驗中，光子（光）的速度是慢的。[3]

說到玻色愛因斯坦凝聚態，我們來搞怪一下但還是要保持實際。想像一個超固體的人造量子物質。我就沒辦法想像。我的想法不是這樣運作。我有幾個量子力學的心理招數，但針對這個，我就沒那麼多招了。超固體是像水晶般堅硬，但同時像超級液體般的活動，是一種不需作用力流動的液體。

這是一個真實的東西。使用雷射，兩個不同團隊（位於蘇黎世的瑞士聯邦理工學院，聯邦理工學院（the Swiss Federal Institute of Technology），[4] 以及位於美國的麻省理工學院（MIT））[5] 的科學家微調像超流體狀的玻色愛因斯坦凝聚態的量子狀態，使其呈現像固體般的狀態。

第十八章

為什麼我們會那麼的奉行唯物主義？

工具依靠手來操作。

——亞里斯多德（Aristotle）

你的曾曾祖父母所製作或購買的任何東西大多是從木頭、棉花、羊毛、磚塊以及鐵所做成。少數能在現代元素週期表找到的元素大約是在一個世紀之前使用於製造生產。試想一個元素是大自然與廚師（化學家）在製作素材時所使用的一種原料。現在我們使用這些原料來製造許多新穎且奇特的素材，這會讓一位十九世紀的工程師感到極度興奮。

當然，我們可以用炸藥做到這點。硝化甘油在那時的確已經存在，但我是用一種比喻性的說法。我們所創造出的陶瓷、塑膠、半導體、纖維玻璃（以玻璃纖維做成的玻璃）、超材料，以及許多其他在這個章節所敘述的直到最近才存在的奇特東西。我們現在也會用目前的元素週期表**沒有**的原料做東西。

何謂材料工程？

材料工程就是創造材料。它大約在三百萬年前**驚奇南方古猿**（**Australopithecus garhi**）從岩石上剝下的小碎片形成天然的工具時就已經存在。一千年後，石器時代真正開始突飛猛進。它持續了很長一段時間，直到約一萬年前才逐漸消失。在這段期間裡，工具的主要材料是石頭、骨頭以及動物毛皮。銅、錫以及黃金都是石器時代期間的已知原料，但它們主要使用於裝飾用途，因為它們質地太軟，無法做為工具使用。

青銅器時代約在西元前一千七百年始於中國。在那個時期，有人發現銅和錫能夠結合並形成青銅，它是一種非常強，能夠防鏽的金屬。鐵在當時是常見的，但它卻因普及性而有著低層級。它沒有青銅來的堅硬，但它卻不易熔化。你能夠在一個鍋子裡熔化青銅，但你需要一個熔爐系統來熔化鐵。所以這個時期的人們決定：幹嘛這麼麻煩？

但有些人就是要這麼麻煩。而且因為他們偶然發現一種新原料時，改變了一切。變成如果你在鐵裡加了一小搓碳，就形成了鋼。這個發現可能是意外地重覆將鐵放回去火堆去影響它。每一次它恢復成煤時，就會加一點碳進去。

因為鋼比青銅更強，它比較不需要經過鍛造來製造出堅固的工具或武器，這使得它們重量輕很多。鋼也比青銅鋒利，是製造武器級工具的有利條件。這個鐵器時代始於西元前一千兩百年的中東地區，並在大約西元前六百年蔓延到東南歐以及中國。但青銅仍廣泛使用於像是雕像以及噴泉等物體，因為它的防鏽力比鐵製品來的好。這三個時期會因為地點位置有明顯重疊。

現在還有尚未開發的任何新材料嗎？

現在發現以及使用新材料都要比歷史上的任何其他時期發生的快。現在的材料工程師總是一直在尋找以特殊性質創造新材料的方法。舉例來說，一個名為「SAM2X5-630」的想像材料；具有玻璃的特性，但它卻比鋼來的堅硬。[1]

如果這聽起來非常像虛構的透明鋁製容器，用於裝載電影《星艦迷航記IV：搶救未來》裡從地球救出的鯨魚，那你就了解整個概念了。這種原料有許多厲害的可能性。它不只是種類玻璃的材料，還有極佳的延展性。用這種材料做出的衛星就能夠讓隕石轉向。或許這點會讓你更有興趣，那就是你的智慧型手機幾乎不會壞，而且它掉到地上時還會彈回來。

谷歌正在進行智慧隱形眼鏡的研發，將使用可彎曲的電子設備顯示糖尿病的葡萄糖指數。[2]不久後矽將會被低價、延展性佳的材料取代來製做太陽能板及電腦顯示卡。想要讓一名運動員（或許是你自己）開心嗎？給她像是帶有埋置微小加速儀的短褲，去感應動作以及適應一名跑者跨步的智慧型衣著。或是一件能夠幫助選手的網球揮拍動作的上衣。

說到運動員，以下是幾個概念上（實際上）很棒的證明

要歸因於那些麻煩的熱力學定律，任何時候我們冷卻空氣，我們會製造出透過用來製造冷卻的能量的熱能。打開冷氣機讓你的臥室變涼快，而馬達則在加熱。這也是材料科學的真實面。不確定熱力學的定律是什麼？在你讀過第二十一章關於它們的正式敘述之後你就不會有這種不確定感了（我希望啦！）。

如果你穿的是一件棉質上衣，並被影集《超時空奇俠》裡的反派宿敵達雷克（Dalek）追殺到無盡的走廊時，你的心都要跳出來了，並且你的身體極有可能過熱。你的上衣吸收從你的身體（會讓你冷卻）所排出的熱，並儲存這股熱。另一個選項是穿一件高科技上衣，是利用你自

己的汗水來讓你保持涼爽。

史丹佛大學的研究學者正在研究一種叫做奈米孔隙聚乙烯（nanoporous polyethylene）的新材料，[3]它不像棉花，它會讓熱輻射排出。除此之外，它也不像你在最後十公里路跑時可能會穿的高科技毛細作用上衣，它不需要汗水來讓你保持涼爽。奈米孔隙聚乙烯會在外界溫度低於你的體溫時達到自有的功效。如果這種材料是夾在你的棉質衣物間，並戳了許多小洞讓空氣流通，並用化學方式處理，透過毛細作用將水帶走，那麼你就有一件完美的運動外衣。研究學者正在研究它的彈性能做到多強，並且它如何能作用在人類皮膚上。

別擔心，材料工程師並沒有忘記他們的根。從動物王國裡尋找靈感對他們來說是再合理不過的，就像他們的石器時代祖先所做的一樣。小型動物像是河狸利用進化的毛皮堵住空氣。不論何時當動物進入水中，這個空氣提供一層隔離保護。

現在我們在頭髮與在人造毛皮上的頭髮長度之間做出間隔，讓空氣指數維持不變。在水中，它保持讓空氣按層排列。科學家們正在模擬小型動物毛皮好為冷水潛水員設計游泳裝備。[4]

這是基礎

一個元素是以單一原子所組成的某種事物。舉例來說，氫是由一個質子所組成的一個原子。如果你將一個質子加到氫裡（試想成融合），它會變成一個氦原子。元素一直以來從裡到外都對我們很好。你的身體以及你所接觸互動的每件事物都是由元素所組成。

科學家對於他們已經發現的已知原料做了許多事情，所有的已知原料都列在元素週期表中。在二〇一六年附加的鉨、鏌以及鿬之後，總計來到一百一十八個元素。[5]承認這些新元素，它們只有不到一秒的穩定性，所以它們對於製造新原料來說並不是實際的選擇，但它們確實增加我們對宇宙大爆炸之後的最早時期的了解，當這些高等級元素可能在那時就已經存在。

即使已經找到一百一十八個元素，元素週期表上的元素可能還是不足以符合材料工程師對下一個世代的材料合成的需求（或是夢想）。解決之道很簡單。就是做個有較多元素的較大表格。在自然界裡加一點料。這就是超原子（superatoms）出現的時候。

超原子出現在當一群正常原子結合並有著像單一元素的行為模式，而這單一元素是無法在周期表上找到。一個超原子在世界上的元素結合時能夠具有不存在的特性。化學家們正在找出將它們和分子連結的規則。[6]一旦讓他們找到規則，他們將能夠創造出合成結構，是可以被調整成符合特定需求的特殊材料。

這些超原子可能就是為什麼東尼．史塔克（Tony Stark，電影《鋼鐵人》（Iron Man）主角）能夠製造他的鋼鐵人制服的原因。不然的話，它怎麼可能這麼輕盈又這麼有彈性？就表面上來說，它忽視了非合成元素的特性。鐵和鈦都太重，是無法讓他移動或飛行。

只要我們談到關於復仇者聯盟的成員們，美國隊長的盾牌是汎金屬（vibranium）製做而成的，它是一種我打賭你無法從元素裡找到可以拿來製成的金屬／材料。在《復仇者聯盟》電影裡，這塊盾牌不知為何能夠移開索爾的槌子（無論它是什麼做的）所製造出的強風動能。按照物理學定律，我的數學功夫沒有辦法找到讓這個情形發生的移位。除非索爾的槌子沒那麼有力，但它就是那麼厲害。

何謂超導體？

超導體是一種材料，是電子能在裡面獲得釋放，所以能夠在原子間自由流動，不受任何阻力。並且優點是不會有熱或是零星能量從它們的活動中釋放出來。在一個超導體的材料上，一道電波能夠無止盡地流動，而不需要能量來源從一端給予即時的推力以維持活動。

這聽起來是個完美的材料，而如果它沒有這個小問題（幾乎不值得一提）的話，它就真的是完美。電子只有在材料處於無能量狀態，意思是它必須要非常非常冷，趨近於完全零度級的冷度（攝氏負兩百七十三度／華氏四百六十度）才會自由活動。[7]必須要耗費非常多能量才能冷卻材料到足夠低溫，使其具有超導性。在《星艦迷航記》影集中，如果史巴克是一名經濟學家，他會告訴寇克艦長超導體的成本遠遠超過它會帶來的利益。

材料科學家的聖杯是發現一種能在室溫有著像超導體效果的材料。

有任何能夠解決超導體的極冷問題的方法嗎？

這個問題的答案是一個正在進行的工作。或許用最基本的元素—氫能夠找到解決方案。彼此競爭的科學團隊正在加速將這個最單純、最普通以及在我們的宇宙中的所有元素中最早發現的元素轉化成一種金屬的室溫超導性材料。[8]

最溫暖的超導性紀錄是攝氏負七十度的硫酸氫。[9]我想你知道硫酸氫含有氫。如果氫能夠成功地製造成一種金屬材料，它能夠在電線材料上取代銅，減少伴隨著銅所流失的能量。最棒的是，這樣的效能可以減少對能量的需求。

對大多數的物質來說這是真實的，要取決於溫度和壓力，氫有著不同味道，更確切地說，是稱為狀態的不同階段。第三部插曲包含了物質的不同狀態的細節。在室溫與地球大氣壓力下，氫是一種氣體。當壓力增加時，它將轉化成固體。加入更多的熱，固態的氫將會轉化成液體。在極大壓力下，電子會開始移位。氫會變成**非**液體或**非**固體金屬。如果它變成固體，並能夠在壓力釋放後維持那樣的狀態，我們就能夠擁有自己的超導線路。

材料的碳解決方案

碳是當代的明星元素，並不光是因為它是讓你成為有機體的元素。當它把眼鏡拿下來時，它從一個溫文有禮的元素變成有著特殊材料的超級英雄。這個特殊材料是石墨烯。它是一種非常棒的材料，讓安德烈・蓋姆（Andre Geim）以及康斯坦丁・諾沃肖洛夫（Kostya Novoselvo）於二〇〇四年在英國曼徹斯特大學因為將這個材料離析而在二〇一〇年得到諾貝爾物理學獎。[10]

石墨烯是最薄的碳材料，它只有一個碳原子的寬度，而且它非常有彈性。還不只如此。它的附加優點是它比鋼還強，又有彈性、透明，並且不具活性。雖然它可能不會是一種超導體，它是目前的材料中最具傳導力。因為它的微薄以及彈性，它是目前奈米科技的最佳材料選擇。

在中國的清華大學，研究學者們發現刺穿桑葉，他們餵蠶吃加入石墨烯溶劑的飼料，讓這些小生物們吐出來的絲多了百分之五十的強度。[11]這種超級絲也具有導電的能力。這種新材料可能假以時日能夠用來製造耐用的電器。

碳知道另一個很酷的把戲。如果我們讓原子有些不同，我們會形成一個稱為「Q碳」的以碳為基底的材料。它之所以命名為「Q」是因為要形成這種材料必須經過加熱與快速冷卻原子的過程，稱為焠火（quenching）。除了這個很酷的名詞外，它比鑽石更具磁力與堅硬。而且，信不信由你，它還會在黑暗中發光！[12]

這種材料可以完美地運用在許多地方，像是電子播放或是生醫感應器的摩擦外層。倒不是要強調說它有多重要，但Q碳是用來製造鑽石的捷徑。碳有許多結構性的形式（石墨烯、石墨、奈米碳管、巴克球（buckyballs）、鑽石等），但沒有一項是有磁力的。這個磁力特性讓Q碳的結構令人感到十分興奮。

順帶一提，奈米碳管是捲起來的石墨烯，而巴克球是一個由碳原子所製成的空心球，可以做為醫療運輸系統之用。

有任何材料是能得到光嗎？

以聚合物為基底的光電伏打（photovoltaic）材料能夠使用在控制不光是太陽的可見光，還有紅外線光。[13]新的塑膠材質使用的是量子點混合導電高分子去吸收紅外線。量子點是微小的半導體粒子，由會對電或光有反應的碲化鎘（cadmium telluride）所組成。從矽轉變成塑膠太陽能板能夠讓吸收太陽光的能量較為容易也較便宜。

在之前的太陽能板是完全仰賴可見光。它們只能夠將百分之六的太陽能轉換成電。[14]使用這種新材料，塑膠太陽能板可能可以達到百分之三十的效能。[15]還想要更多嗎？可以的。這種材料也可用在夜視相機的紅外線偵測功能。目前的相機仰賴半導體晶體。試想將昂貴的水晶體換成塑膠會是何種情形。

現在你看到了，現在你又沒有看到

你對會看透你的人們有什麼想法（我指的是視力上的看穿）？或者，當你偷偷經過敵軍艦隊時，把你的太空船遮住呢？如果你曾想過這些事情，那就繼續讀下去。但要注意的是：我將要敘述的隱形方法比較偏向影集《星艦迷航記》裡的克林貢族人而不是電影《哈利波特》那類型。這是科學類型的隱形。

有兩種科學方法能夠讓一個物體隱形：空間掩蓋（讓某個東西在空間裡看不見）以及時間掩蓋（讓某個東西在時間裡看不見）。這些理論非常直接且容易了解；然而它們的應用方法非常複雜。在科幻小說裡，相反的一方通常是真的：以許多小說世界中想像出來的元素為基礎的理論，在應用上非常簡單——我們按一個按鈕，或是喝下一種配方，或是揮著有時稱為音速螺絲起子的神奇魔杖，並瞬間一變！我們就隱形了。

隱形的關鍵是光的控制。當光反射出一個物體時，它帶著關於這個物體的一些資訊（像是物體的大小以及形狀）到我們的眼睛或是到機器檢測器。所以隱形的目標是防止秘密光束經過這些細節。

1. 空間掩蓋

使用這種漂亮的伎倆，光可以沿著物體流動並且在另一面重新結合，讓它的繞行完全沒有留下痕跡。如果你在看著這個物體，你只會看到它在另一面的樣子。這背後所隱藏的物理學和折射讓一根吸管在水裡看起來是折斷的樣子並沒有太大的分別。

一如往常的，困難點（在科幻小說並沒有那麼困難）在於要**如何**打造這個可掩蓋的斗篷。

這一切都涉及了超材料（metamaterial）的建構，超材料具有在自然界無法找到的特性。在空間掩蓋的部分，以奈米科技所製造的光學超材料會圍繞物體使光彎曲。

回想一下你上次的假期，當你正充滿禪意時，你可能看著水平靜的流過在河流裡的一顆石頭。這就是超材料所做的事。它們會沿著一個物體流動光線。想當然耳，低階科技的選擇是用鏡子導引光沿著你要試著隱藏的東西上。雖然這是魔術師等級的容易度，但它的效果不大，因為它是工具形成的隱形。如果有一件超材料斗篷，你（可能）可以走來走去不被看見。

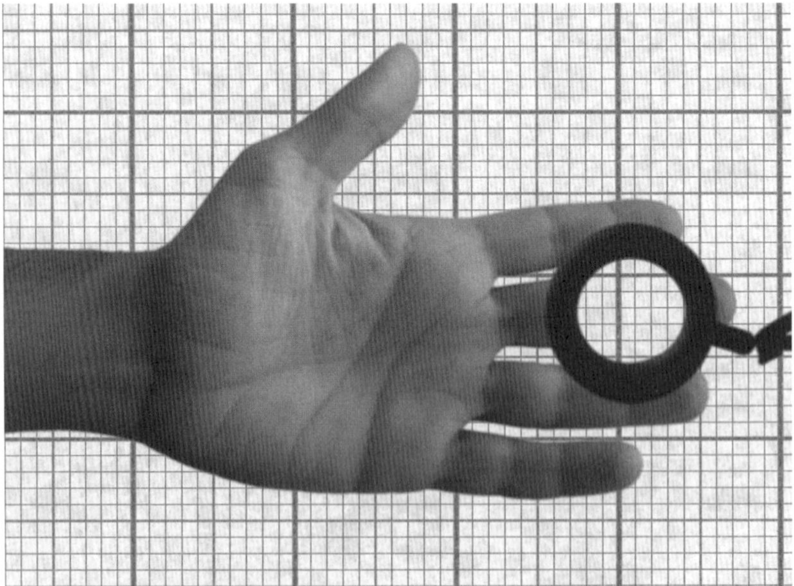

18.1 空間掩蓋

2. 時間掩蓋

與其掩蓋一個物體，為何不如掩蓋一個事件呢？每當光照射一個事件，它就會及時標記該事件。如果一個事件不知為何能夠讓光不受干擾，那麼這個事件就會維持隱藏狀態。這是如何做到的？簡單，當你利用光的一個特性：速度。

廣義相對論呈現時間是能夠變慢的，或者至少它的表現是和一個不同架構的參考相對來說是可以變慢的。一片時間透鏡就是利用這個時間彎曲的特性，當時間穿過一片時間透鏡時，它將會分裂；也就是光會分散。有些光會加速，有些光則會慢下來，當鏡片改變它們的頻率以及波長，製造出一個黑暗區塊。

這些光的分裂區塊會穿過重新結合光束的第二片鏡片。任何發生於黑暗缺口裡的事件將不會分散任何光線。它會呈現彷彿它從未發生過，並且將看不到任何東西。這是一道時間鴻溝。這不是科幻小說。一篇出現在**自然**科學期刊上的研究，一群康乃爾大學的科學家創造了一道約一秒的百萬兆分之四十長度的時間溝。[16]是的，我知道，並沒有很久。但它還是證明了這個概念。

在科幻小說，一個窮凶惡極的壞人會掌握延長時間溝的必要科技。然後在這道溝的時間期間，他的朋友會試圖製造一起完美的犯罪，是會看起來從未發生過的那種犯罪事件。（當然，除了犯罪後果之外。）

無論最後它做為何種用途，目前時間掩蓋的科學提供科幻小說許多厲害的說法，像是控制時間的感知、時間透鏡以及時間溝，它們都是真實科學裡的實際觀念。

現在困難的問題來了：我們如何讓它有效運作？再一次，這個問題對科幻小說作家來說沒有像物理學家覺得那麼困難。時間掩蓋需要特殊雷射與光學纖維超材料來分散與重組光。我們再過幾年可能會需要這個。

其他重點

這章的標題要問的是為什麼我們這麼物質性？答案是我們必須要這麼物質性。畢竟，東西是由其他東西組成的。戰爭、衣著以及食物是發現材料的最佳誘因。人類在過去幾世紀以來曾經使用過的材料包括石頭、木頭、青銅、鐵、鋼、棉花以及羊毛。

材料科學始於十九世紀期間，是物質裡的元素結構研究。現代材料工程師正在研發新材料，讓產品有較佳功能與新技術。這包括超材料，有著超越目前自然界可得的存在材料的特性。

其中一種特性可能是隱形。有兩種科學方法能夠讓物體隱形的是空間掩蓋，為掩飾一個在空間裡的物體；以及時間掩蓋，則是掩飾一個在時間裡的事件。

第十九章

科技（酷炫的玩具）

我們會高估短期科技的影響力，而低估了它的長期影響力。

——羅伊・阿馬拉（Roy Amara），美國研究學者及未來學家

我們要會飛的車，結果只得到 140 個字。

——彼得・提爾（Peter Thiel），企業家

1. 任何當你出生時就存在於這個世界上的事物是正常又普遍的，而且是這個世界運作方式很自然的一部分。
2. 任何在你十五歲到三十五歲之間所發明的事物都是新穎、令人興奮並且有革命性的；而且你可能會在其中得到工作甚至事業。
3. 任何在你三十五歲後發明的事物是違反事物的自然順序。

——英國劇作家道格拉斯．亞當斯（Douglas Adams）著作《疑惑的鮭魚》（*The Salmon of Doubt*）

這章主要是以工具為導向。它完全不是那種令人吃驚的存在或是銀河起源的問題。這裡要說的只是酷炫的科技。我們可能沒有會飛的車子，但你可能在這本書裡看到許多範例，我們提到的東西也不會很簡陋寒酸。是的，雖然沒有會飛的車子，這是我們在一九五〇年代的願望，但我們有了網路。我能接受這點。

雷射

在變成科學家的玩具之前，以及在無數的科幻小說故事裡不是工具就是武器之前，雷射是一個首字母縮寫字：Light Amplification by Stimulated Emission of Radiation（輻射的刺激放射所造成的擴大光）。雷射會噴出高能量的一致性光子（量子光粒子）並聚焦在一個密集點。

試想它是一道放大光，是透過一個晶體聚焦而不是分散。要記住光也是一道波，所謂「一致性」這個術語是一種花俏的表現方式說明所有光波的高點與低點是連成一線的。這也意味著它們都是同一種顏色。如果它們是固體，它們能夠彼此整齊地堆疊在上面。這稱為同位。

第一批雷射出現於一九六〇年代。它們用於電腦（在光學磁碟機裡）、印表機、手術、切割工具、測量物體間距離的木工工具，以及科幻小說裡的極具破壞力的武器。

科幻小說裡的光能武器的受歡迎名稱

雷射：就是你所知道的

熱光（Heat Ray）：電影《世界大戰》。

光槍（Ray gun）：用於早期科幻小說，一般是指發明雷射之前。

死亡之光（Death Ray）：一九三〇年代塞爾維亞發明家尼古拉・特斯拉（Nikola Tesla）所提出的應用能量武器。

光槍（Phaser）：相位陣列（phased array）的簡寫，是影集《星艦迷航記》裡的宇宙的相位陣列脈衝能源的發射性武器。

脈衝波步槍（Pulse rifle）：《星艦迷航記》範圍以外的科幻小說。

雷射槍（Blaster）：電影《星際爭霸戰》。

雷射槍（Lasgun）：遊戲《戰槌 40,000》。

電漿槍（Plasma gun）：不是雷射；可以在第三部插曲中知道所有關於電漿的知識，並找到原因。

3D 列印

雖然不完全是《星艦迷航記》宇宙的聯邦重複符號，但 3D 列印機已經很接近了。它能夠從一個輸入的數位模型裡列印出實質物體。列印是一個附加步驟，是藉由材料的連續鋪設堆疊製造出複製品。

我讓你

我讓你知道

我讓你知道我已經

我讓你知道我已經完成

我讓你知道我已經完成一個

我讓你知道我已經講完一個 3D 列印笑話

如果你已經有必須材料，唯一會限制列印的就是你的想像力。你當然需要對的材料去裝你的列表機。我蠻肯定的是塑膠聚合物可能不會做出最好的啤酒杯。

3D列印最好也是最實用的優點之一是醫療應用。印出一些器官來做藥物測試，這樣就不需要老鼠了。你要做的只有掃描病人，做為列表機的操作方式（一個數位模型）。這些指示會送到列表機的噴嘴，會噴出一種類凝膠的混合物，它是由組織細胞、幹細胞以及用來模擬真正組織濃度的聚合物所組成。器官是在一個鋪疊的點陣中列印出來，剩餘貫穿的管道將扮演血管的角色，讓養分能夠循環。[1]

3D列印身體部位已經移植到測試動物上。[2]整合組織與器官列印（The Integrated Tissue and Organ Printing 簡稱 ITOP）系統是藉由列印可生物分解材料的多層堆積形成一種完美組織而開始的。在支撐架上植入材料能夠激勵骨骼生長，並最後將支架移除。雖然這在針對移植而生的客製器官成形之前還要花上一些時間，生物學家已經越來越接近所要的結果。在二〇〇一年，人類膀胱成為第一個成功植入人體的生物列印器官。[3]

現在給你一個關於這個想法的一個感覺良好的證據。在二〇一一年，當凱巴・吉昂福利多（Kaiba Gionfriddo）六個月大時，他開始臉色發青。他因為自己的其中一條支氣管受到壓迫而有呼吸困難的症狀。在二〇一二年初，有一條3D列印的氣管被用來支撐呼吸道的暢通。[4]這條列印氣管會在幾年後融化，讓他的支氣管有時間長的夠強壯讓他能夠正常呼吸。

來份綜合科技大餐搭配一台３Ｄ立體列印機嗎？

這裡有一些技術想法（全都是真的）的結合在這本書裡有做說明，我們能夠運用於創作一些厲害的科幻小說……是能夠有可能變成我們的未來。這一切始於３Ｄ列印，並以殖民化做結束。

首先我們的工程師運用了一些在第十七章裡的火箭科技研究將３Ｄ列印運送到一個位於太陽系軌道外的可居住的邊緣星球，有可能是比鄰星b。一旦在星球面，機器人（第十四章）會被推出來使用列印技術去創造一個為未來人類殖民者所設立的可居住基地。

有厲害的工具，但３Ｄ列印會有道德爭議嗎？

我確定你可以想到許多醫療上的議題，但是有幾個議題可能不是很明顯，至少不是現在。例如在你家後院做一把槍，或一個鄰居在製造古柯鹼，或是一名恐怖分子在生產蓖麻毒素。很抱歉讓你失望了。如果你喜歡打扮，希望下一個段落的內容會重新讓你開心起來。

可穿戴的科技

可穿戴科技比起必須要帶在身上的器材要容易多了。它也狡猾多了，如果你有對它打著其他壞主意。我確定你在科幻小說裡看過這個。是的，我知道Fitbit健康智慧手環對你的健康是有幫助的，以及擴增實境眼鏡（augmented reality glasses），像是谷歌眼鏡（Google Glass）提供你所有的資料，都是既美好又有趣的。但我要說明的是你可能不知道的可穿戴事物像是索尼行動通訊（Sony Ericsson）的藍芽洋裝。這件酒會禮服會在穿戴者接聽來電時發光。[5]這能夠改變世界嗎？我不知道，但它很有趣。

一個電腦刺青會有多酷呢？現在的技術已經越來越接近。東京大學的科學家們已經打造一個電腦銀幕的原型是能夠穿在你的皮膚上。[6]一個兩微米厚的發光二極管（Light-emitting diode簡稱LED）聚合物具備有機光感測器是和一個感應器連在一起。這整個新奇裝置是附屬在一個非常類似塑膠食物保鮮膜的材料。它的工作是測量血氧濃度。這在現在聽起來並沒有什麼，但試想它是在整個旅程中所跨出的第一步，並最終會以電郵附件連到你的手腕上。

如果你對刺青並不熱衷，那給你一條手鍊如何？有一條手鍊是能夠從一顆汗珠中分析出化學物質。之後它就會傳送數據到你的智慧型手機。[7]假以時日，它甚至能夠偵測到連接憂鬱症的分子。

攝影機技術

想像如果有一台能夠沿著角落拍照的相機會有多酷。你可能真的能夠在你的有生之年買到這樣一台相機。概念性設備的證據已經存在於愛丁堡的赫瑞瓦特大學（Herio-Watt University），研究學者利用一種回聲定位（echolocation）的形式去標示其周圍環境，以打造一台專業相機，[8]這些研究學者分享了雷射光到它的地圖上的周遭環境，並從四面八方分散出來。他們的相機能夠偵測到光回音，當它拍打一個在咫尺間的一個測試物體。

電腦鑑定

是指當你一旦進入一個房間時，電腦就能辨識你。我指的不是關於你已經收集所有訊息的網路瀏覽器上的弱人工智慧，好能夠針對所有你可能喜愛的產品做橫幅廣告的快顯，或者你選擇的社群媒體平台根據你的貼文預測出以及你跟隨的對象預測你偏好的政黨。我指的是針對你所知道有關於你的一切。

用現在的科技這幾乎已經有可能，就是當你進入你的智慧家門時，你的無線網路系統將會辨認出你。一個人體會阻擋部分在路由器與電腦間的無線電波。一個家庭的成員們會有不同的身形與大小，他們甚至連走路的樣子都不一樣。這建立了一個透過無線網路送到家用電腦的模式。

寫到這裡，科學家已經打造出一個辨識兩個成人的準確度達到百分之九十五的的演算方式，以及六位成人在同一室內空間有百分之八十九的準確度。[9]一個這樣的系統能夠辨識你並依照你的喜好為你量身打造屬於你的溫度與燈光設定，而不經過任何詢問。混入一些科幻小說，並且它能夠偵測你的情緒狀態以安排合適的音樂，或許甚至為你做一杯特調，特別在你經過一整天的嘗試與其他地方的人做貿易協定的協商。

機器心智控制

現在最棒的人腦——電腦介面系統就像兩台超級電腦用一台老舊的三百波特速度的數據機試著和彼此對話。

——菲利普・阿爾維爾達（Phillip Alvelda），國防高等研究計畫署（Defense Advanced Research Projects Agency，簡稱 DARPA）的神經工程系統設計程式經理

國防高等研究計畫署要人類能夠用心智控制機器。這在一本好的科幻小說或現實世界裡並不是一個遙不可及的想法。他們的濕體（wetware）計畫稱為神經工程系統設計（Neural Engineering System Design，簡稱 NESD）[10]，是將一個小的磁碟植入到人腦中。這個裝置是以毫米所測量，並將頭腦的化學信號轉成一道數位脈搏。

這個想法並沒有特別新穎，但神經工程系統設計可以連接上看一百萬條獨立的神經元，把它想成你的電子工具變得更具生產力會比較容易。這樣你就不用離開沙發了。最棒的是，戴著

義肢的人們能控制的更好。

其他重點

發明第一個輪胎的人是個笨蛋。發明另外三個輪胎的人則是個天才。

——美國喜劇演員席德·西澤（Sid Caesar）

第二十章

讓物體存在的東西是什麼？

真實是當你停止相信它時，它都不會消失。

——菲利普．狄克

你認為你是真實的嗎？你當然是真實的。如果我告訴你，你事實上是一個在宇宙的界限中從量子波動中所投射出的立體投影呢？你還會相信你是真實的嗎？我的答案是肯定的，不管有沒有用。因為**我思故我在**。

順帶一提，到底**真實**是什麼意思？我認為真實可以被定義為我們的頭腦對於從我們的五感所傳送出的訊息所做的解釋。科學是對存在於外在世界並具有可觀察的特質所做出的假設的開端。我們利用自身的感知資料庫（或是機器人式的自動感官）勾勒出訊息資料，並且使用我們的頭腦（或電腦）去解讀這份資料。

我們的頭腦從平面資料中創造出立體的影像。很明顯地，這是對超出我們的感知所存在的事物提出疑問。舉例來說，原子只存在於在我們發展出偵測這些微小積木的科技之後嗎？或是有可能原子一直以來都存在，只是感覺不到？我不認為我們對原子的信仰是在於將它們變成真實。我合理的肯定它們在西元前四百年的德謨克利特提出一個原子模型的概念，或是當我們在一九八三年終於用了一台原子解析顯微鏡看到它們之前就已存在。

之後再一次地，思考著關於某件事，德謨克利特對原子所提出的想法並不一定意味著它將永遠不會被證實是存在的。我確定有些人相信有獨角獸，但我從來沒有在動物園或是在我家院子附近的野放生物中看過任何一隻獨角獸。我們必須要注意不要陷入這樣的循環，並聲稱我們的意識想出原子這個概念，並且我們是由原子所組成，所以我們才擁有具備意識的頭腦並想出原子。我將運用真實的定義去解釋某個事物並不需要我們去相信它，因為它本身就存在。

我們任何關於真實的概念想法是要緊的嗎？

真實留了很多給想像力。

——英國歌手約翰・藍儂

對科學而言，所有的一切都是必要的是（你選一個理論並寫在這裡）在於它認同觀察以及能夠做出預測。我們或許永遠無法得知我們的宇宙真實的真正本質。也許人類學定律（參閱第五章）是對的，我們居住在多重宇宙的一個可居地區，在這裡物理學原理帶來了生命，並且不同的原理應用於其他範疇讓每個地方都有屬於自己的真實性。但這不是科學，這是哲學。

關於矛盾真實的範例，我在這裡要說的是史蒂芬・霍金與美國物理學家倫納德・姆沃迪瑙（Leonard Mlodinow）合著的《大設計》（*The Grand Design*）一書裡所使用的金魚寓言。[1] 想像一條金魚在她的魚缸裡游來游去。魚缸的弧線面就像水一樣，給魚在現實上和我們有著截然不同的視野。魚看到光打到水上時，其路徑會折曲。而我們這群三腳貓水手們，同時間看到的是光以筆直的路徑行進。

如果魚夠聰明能夠從觀察中（我們大部分都可以）理解光的物理學，她就能夠想出科學定律並基於她所看見的彎曲光線做出預測。因為彎曲以及水中效應，魚的科學原理將會比我們的更為複雜。但她對真實的認知會比我們的要站不住腳嗎？終究她能和我們做出一樣正確的觀察及預測。魚的版本的真實會是錯的，而我們的是正確的嗎？

如果我們所有對量子力學的瘋狂複雜（但是正確的）的想法其實是來自於我們才是身處在魚缸的呢？

我們可能不需要對物理世界的創造物在心理上負責任，但我們能夠發揮一些想法去控制它。我們可以說它在某個程度上提供我們對環境的一個更深層的理解。或者我們能夠遺忘試著去了解它，並創造出一個替代的虛擬真實是我們能夠完全掌控的。一個有趣的理論涵蓋在這章裡並提出我們的宇宙可能就是一個虛擬真實。以莎士比亞做解釋，所有的宇宙都是虛擬的，我們只是立體投影。

何謂擴增實境？

擴增實境（Augmented Reality，簡稱 AR）是藉由電腦輸入所補充的現實的一種經歷，通常是透過埋置於行動設備像是智慧型手機或是眼鏡的呈現而有所體驗。你在你的科技視窗中所看到的是開發者的內容混入真實世界以提供關於你所見到的資訊。它超越了照相寫實主義（photorealism）的極限。

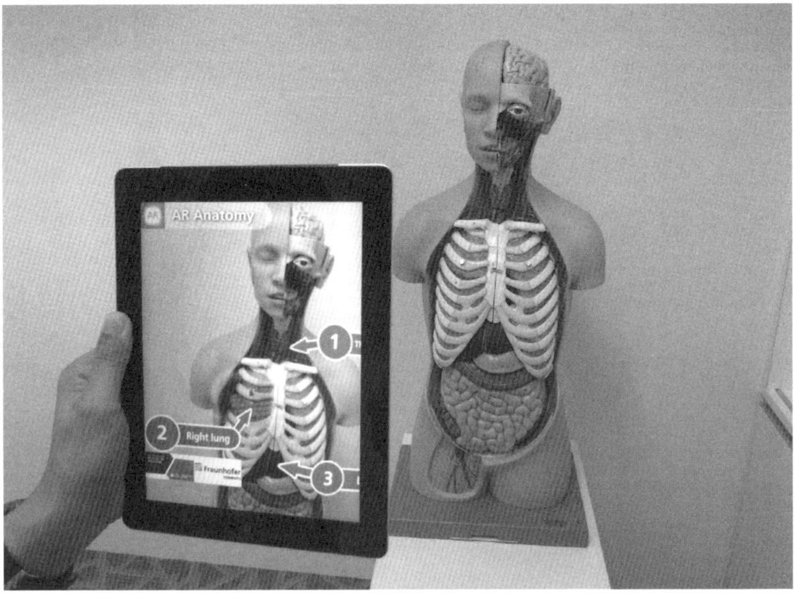

20.1 擴增實境

許多市場應用都利用到擴增實境，像是電競與廣告。在二〇一六年，來自世界各地的人們耗盡了他們的智慧型手機的電池時數在他們對寶可夢的追求。《精靈寶可夢》（Pokémon）這個遊戲是對寶可夢角色進行尋寶遊戲的同時也鼓勵了玩家了解關於當地地標的一些訊息。他們拿起手機並把它當成一扇窗戶同時去看那裡真的有什麼以及在數位上加入了什麼東西。在《精靈寶可夢》遊戲中，你看到了你的目標（擴大的）出現在自然環境中。

在你對你的下一段到國外的旅程期間因為你無法辨識指引你到最近的地鐵站的標示而感到挫折之前，只要使用你的智慧型手機裡的相機功能讓一個應用程式能夠為你翻譯。在影集《超時空奇俠》裡的

〈在湖底〉（Under the Lake）一集，對主角博士就很有用。在那一集裡，第十二代博士使用他的聲波眼鏡做為一個語言翻譯掃描器。[2]

何謂虛擬實境？

喔！你會去的地方！

——美國童書作家蘇斯博士（Dr. Seuss）於《你要前往的地方！》（*Oh, the Places You'll Go!*）

虛擬實境（virtual reality，簡稱 VR）創造出一個你在某處的幻覺，但事實上並沒有。在 VR 裡的 V 字是虛擬，意味著一切都是一種幻覺。我們利用這個技術所創造出來的世界能夠比我們居住的實體世界大上許多。這個打造出來的太空能夠比銀河更大，雖然創造出這個太空的設備只有一台 Xbox 遊戲機的大小。我們創作作品大小的唯一限制就是人類的想像力。

現在我一想到它（我猜你也曾經想過），我就會喜歡將我的幻覺在我個人的全像甲板（holodeck）上直接傳給我的感覺。在影集《銀河飛龍》裡的星際聯邦成員們經常出現全像甲板增添娛樂性與幻想力。除了全像甲板幻想的「實質性」外，在今日或多或少都存在著虛擬實境體驗的技術。

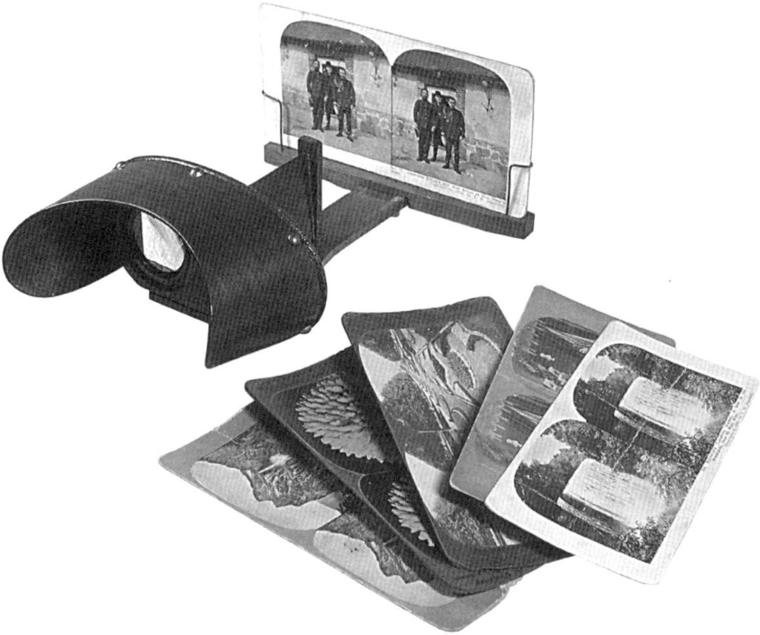

20.2　立體視覺裝置

何時開始虛擬實境科學？

在一八八〇年代早期，科學家發現大腦如何運作將每隻眼睛所見到的分開的平面影像變成一個單一在腦中的立體影像。利用這個圖像形成程序障眼法的裝置像是立體瀏覽器，包括普遍流行的 View-Master（你的祖先可能用過），它提供了一種沉浸陷入的感知。在一九二九年，出現了第一個飛行模擬器。[3] 它不是用圖像呈現，這個模擬裝置是由馬達操控，能夠模仿亂流以及由人為控制的行動所得到的身體反應。

下一個大腦障眼法的主要突破是一九六一年的第一個行動追蹤頭部裝

置顯示器（motion-tracking head-mounted display）。[4]這款厲害、超大的護目鏡提供帶著立體聲的立體視覺效果。

不僅如此，這個戴在頭上的裝置具有一個磁力行動追蹤系統連接到相機。簡單的轉頭動作移動了在遠方的相機，讓使用者不論相機的位置在哪裡，都能夠環顧四周。這個新發明稱為「頭部追蹤技術」（Headsight），是為軍隊做遠距離觀測所打造。

在一九六九年，人造真實的實際構想開始發展。它比起單純的遠距離觀測要來的複雜許多，並且創造出多元使用者在電腦成像環境中能夠互動。分隔兩地的人們在一個電腦成像環境中互相溝通。

有似曾相識的感覺嗎？會是你現在所使用的某個東西嗎？或是你曾經在一九九九年的電影《駭客任務》（The Matrix）看過主角們住在一個模擬世界，渾然不知他們並沒有住在**真的**實體世界嗎？我並沒有說這會發生，但你可能會想要複習第十三章的人工智慧主題。

一九八七年發生兩件大事。首先，終於使用**虛擬真實**一詞。[5]第二件事是觸感科技開始發展。觸感科技是一種能夠在模擬過程中模仿觸覺的衣著（像是手套）。同樣的手套能夠將使用者的動作解讀為模仿。

現在你能夠利用市場上的任何一個可填入影像的護目鏡而沉浸在一個虛擬世界。在某些虛擬實境遊戲中，你可以穿上會提供你觸覺體驗的特殊設計衣服，來增加你腦中流傳的影像。如果你選擇離開市場，你也可以製造屬於你自己的虛擬實境裝置。你只需要在你的頭上裝置放上一個高解析度的銀幕，並有寬廣視野以及一個能夠在你的頭移動時同時能夠更新影像的快速反應銀幕。

有任何和軍事以及娛樂無關的虛擬實境的實際用途嗎？

比起第一人射擊遊戲或是色情片中的主動（嗯哼！）參與，現在的虛擬實境裝置是更常被利用。它們被應用於醫療、飛行、旅遊以及心理治療。

一九九二年電影《未來終結者》（The Lawnmower Man）是試著呈現虛擬實境如何可能被應用於治療的早期虛構作品。喬比（Jobe）是一位智力有問題的高爾夫球場管理員，被帶到虛擬實境環境中（非科學地）增加了他的智力。不知為何使用一九九〇年代早期的電腦連線，他能從所有連接的裝置中得到力量。因為這是一部電影，所以災難會接踵而來。

虛擬實境暴露療法是真實的。它被研究利用在治療中以緩解創傷後壓力症候群（post-traumatic stress disorder，簡稱 PTSD）的症狀。[6] 病患透過虛擬的曝光來面對他們的傷痛回憶。這類型的虛擬暴露也能利用在治療恐懼症。

暴露治療在說故事的形式上可以被利用在培養對他人的同理心……這對虛擬實境故事來說是相當完美。舉例來說，莫里斯・戴（Morris May）與蘿絲・特洛許（Rose Troche）於二〇一五年所創作的微電影《聚會》（Perspective; Chapter 1: The Party），讓觀看者戴上護目鏡去體驗從一名男子與一名女子的角度經歷發生在一場兄弟會派對的性侵害。[7]也許這種類型的說故事方式可以併入在大學新生訓練周。

偽記憶可以被視為是虛擬實境嗎？

偽記憶所呈現的是並沒有發生過的某件事，但是讓人可以感受到他似乎經歷過。菲利普．狄克於一九六六年為〈幻想與科幻小說〉雜誌（*The Magazine of Fantasy & Science Fiction*）寫過一則名為〈我們能夠為你記得全部〉的短篇故事。這是關於一個在西岸移民局工作的職員對他的妻子感到厭煩。他沒有能力負擔造訪火星的夢想，所以他選擇一個較便宜的替代方案，就是植入他有去過火星的記憶……只是他發現自己真的去過火星。

他追蹤關於他的過去的線索，就有恢復越多的真實記憶。就像許多菲利普．狄克的故事，這是一趟進入事實上可能是什麼的一個真實的瘋狂旅程。這個故事於一九九〇年被改編成電影《魔鬼總動員》（Total Recall），由阿諾．史瓦辛格（Arnold Schwarzenegger）主演。翻拍作品是二〇一二年由柯林．法洛（Colin Farrell）主演的《攔截記憶碼》（Total Recall）；這個版本從放棄火星的角度，並保留地球的故事。

想像力在創造一個偽記憶中扮演一個很重要的角色。在史丹佛大學的一個警告研究中，研究者能夠呈現偽記憶是如何藉由第三方使用虛擬實境技術快速地反映在孩童身上。[8]這項技術可以被應用在行銷，或者假以時日偽記憶將提供孩童們比起傳統教學能更快速學會的技能（從可能已經知道的）。

那麼消除記憶如何？

不是偽記憶，假如是原始記憶是可以移除的話會如何呢？這會如何影響一個人的現實認知呢？電影《王牌冤家》（Eternal Sunshine of the Spotless Mind）就利用了這個記憶能被抹去的想法；既然這樣，在浪漫愛情關係結束後才會發生消除記憶。

這個故事具有道德界線與不久前的大腦科學。終結一個記憶的科學的確存在，但能夠選擇性地挑選出哪一個記憶要掃除仍是一種科幻小說。除非是像電影《MIB星際戰警》（Men in Black）裡確實有一支記憶掃除魔法棒。以下是幾個目前正在研究要消除記憶的藥物治療。

1. 在一個稱為Z抑制性胜肽（zeta-pseudosubstrate inhibitory peptide，簡稱ZIP）的複合物出現之後，它被注射進一隻老鼠的海馬迴，一個先前遭受電擊的恐懼與同時在一個旋轉木馬上的實驗記憶被消除了。在這個實驗裡，每一次老鼠循環著過去的一個特別點時，這隻小動物就被電擊。牠學著要掉頭並往相反的方向行進。在經過注射後，牠忘記了關於電擊與開心地坐著旋轉木馬。[9]

長期記憶經常被視為同時（或幾乎同時）神經活化的過程。神經元活動發展出一個聯結是有可能讓它們在未來一起放電。舉例來說，已經解碼出一個特殊氣味的神經細胞可以和造成你激動流淚的神經細胞聯繫在一起。

ZIP藥物阻隔了這些互補的神經細胞間的溝通。使用類ZIP藥物的問題在於個體記憶的鎖定。在人類身上，沒有生物標記能夠將好的與壞的記憶分開。

2. 短期記憶終點與長期記憶起點是很難量化表現。你記得這本書的序嗎？我覺得我不應該賭這個問題。我很確定你知道你早餐吃什麼，如果你有吃的話。除非你每天都吃一樣的東西，你可能在一年後就不會記得今天早上的早餐。如果這本書的序對你有一個情緒上的衝擊，但之後它就會進入你的長期記憶。

有些事情對你會有情感上的影響，不是愉快的就是不開心的，會釋放正腎上腺素，是在扁桃腺（是你情緒的處理中心，也是對威脅所做出的反擊／逃跑／僵住的反應）裡的蛋白質雞尾酒的催化劑。如果一種可以降低正腎上腺素生成的藥物能夠在一個災難事件發生後立刻服用，它或許能夠預防關於這個創傷的一個長期記憶的形成。戰場上的軍醫可以讓士兵使用這種藥物以減少創傷後壓力症候群的病例。

全像實境

它被叫做二次元是一種侮辱嗎？它不應該是，因為我們意識到我們的三次元宇宙可能只不過是二次元原始碼的投射並越過地平線。有些推論提出我們或許都是立體投影，分散的光被重新建構為一個原本平面版本的立體呈現。這個理論稱之為全息原理。

全像宇宙第一次是由荷蘭的烏特勒支大學（University of Utrecht）的傑拉德・特・胡夫特（Gerard 't Hooft）教授所提出。[10] 如果這是真的，那你是真實的嗎？或更確切的說，這個類型的真實的你認為你是真實的嗎？這個原理認為你實際上是一個平面二元版本的立體呈現，流連在宇宙的界限（不論這界限在哪裡）。如果我們真的都是立體投影，許多關於宇宙的問題就能得到解答，包括如何將量子力學和相對論連接。這個原理認為重力能夠被一個理論在不具重力的少一個空間維度下做說明。一個不具重力的二次元宇宙能夠投射重力的效應（甚至是黑洞）在一個三度立體宇宙中。

這不就像我們提過的從二元平面影像感受到立體影像的立體視覺嗎？

我們現在來對一些科幻小說做深度探討

我已經說明立體投影是重新建構的光，但我遺漏了一個重要資訊：光能夠在原始來源消失許久之後的某個未來時間點重新被建構。全息原理提供科幻小說創作者另一個有用的實際想法：時間旅行。

影集《銀河飛龍》就十分接近這個想法，只是不是用立體投影，他們使用的是瞬間移動的科技。在〈遺跡〉一集中蒙哥馬利．史考特船長（就是眾人熟知的史考帝指揮官，在原始的《星艦迷航記》影集中是寇克艦長的「企業號」的總工程師）在一台瞬間移動緩衝器儲存了他的模式二十五年，之後於二十四世紀重建。[11]

另一個科幻小說的構想是完全屈服於全息原理並接受地球生靈居住在一個立體投影宇宙中。然後或許選擇幾個英雄與壞人變得有足夠的自覺去修改他們的平面樣板的編碼。那會發生什麼呢？他們會在他們的能力上有如神一般的表現嗎？或者，也許就只是單純地改變一個立體投影的位置，一艘太空船就會出現飛得比光還快。這些所有的瘋狂想法和全息原理是一致的。

下次當你讀到所有關於搗蛋鬼先生（Mxyzptlk）（來自第五次元）的實境彎曲力量的DC漫畫時，只要知道他可能是藉由控制從一個較高次元的地球平面投影來得到這些力量。他很喜歡用可憐的超人來開一個真正好笑的玩笑。

全息原理與黑洞

全息原理也提出一個黑洞的事件視界（event horizon）是一台錄音機以及投影機。它錄下了所有掉進黑洞的訊息。根據這個原型，沒有東西真的掉進一個黑洞。而是進去的物體變得散佈在事件視界周圍。黑洞內部只是一個幻覺，所以對在外部的任何人都是無法進入的。當黑洞蒸發消失時，所有儲存的訊息是在輻射裡編碼過的。所以這個原理對黑洞資訊悖論（廣義相對論與量子力學間的矛盾處）提供了一個理論性的解決方式，這點在第七章的好料二中有介紹。

其他重點

真相經常是不正確的。

——英國作家道格拉斯．亞當斯（Douglas Adams），在《宇宙盡頭的餐廳》（*The Restaurant at the End of the Universe*）

你對世界的看法（你的真實）能夠以真正時間訊息被電腦擴增。如果你對目前所處的現實較無興趣，那就改變它吧。創造使用者所產生的現實科技是為娛樂或治療而存在。要銘記在心的一點是干預現實是一道滑坡。哈囉！我們又來到電影《駭客任務》了。相同的地方是加入錯誤的回憶或是去除真實的記憶。

現在你知道關於全息原理，我想要給你某些事物去思考。如果影集《銀河飛龍》曾經被寫出來以存在於一個全像攝影宇宙，它就會一直是烏龜（意思是無限的退化），因為在全像甲板上，你會在立體投影裡創造出立體投影。

第二十一章

每件事物的終點

接近尾聲。

——華特．寇瓦克斯（Walter Kovacs），也就是變臉羅夏（Rorschach）

於艾倫．摩爾作品《守護者》（*1986*）

這不是最開心的一章。這章合宜地被放在本書的結尾是因為整章都和結局有關。只要時間有一個方向，那麼原子、人類、地球、太陽、銀河以及宇宙將都會在某個時刻……就結束了。每件事物都有一個到期日。這最後一章說明了有些大結局是如何以及為什麼會發生。

說到結局（一位作者的告白）

我記得有一次我站在路邊舉了一面牌子寫道：「**末日將近！趕緊掉頭並拯救你自己！**」有位無禮的駕駛經過時用手指對我舉槍斃的手勢，並對我大吼說我是一名預言世界末日的大混蛋。

老實說，這有點傷了我的感情。反正下次我聽到輪胎發出尖銳刺耳的聲音以及很大的撞擊聲時。那我就會想起我的牌子或許應該說：「**前有斷橋**。」喔！好吧！活到老，學到老，或是學到死。

好吧！言歸正傳，回到科學正題。

個體的結束

所有生物，一路往下小到細胞，都有新陳代謝，並且所有的新陳代謝都會耗盡。第九章涵蓋了受損的端粒以及海佛烈克極限，還有其他老化指標。所以你逐漸變老的證據的確存在。對某些人來說，照鏡子就是不夠。第九章也給了在生物永生的一些科學上的希望，以及之後的第十章暗示將你的智力下載到一台電腦裡。

不是只有以碳為主的有機體的我們會枯竭耗盡。不論它們是我們的朋友或最高統治者，機器有必要被考量在這個結尾遊戲。如果它有可移動的零件，它會因為時間而變老舊，並且搭配使用後會變舊的更快（這就是耗損）。

如果你認為我們都能夠像與人工智慧共用我們的虛擬居住空間的後人類一樣一直永遠存在，那麼你需要知道一個關鍵事實：這場派對能夠再繼續一陣子，但不會是永遠。多謝熵（讀音同「滴」）！我等一下就會告訴你關於這個奇怪的字的一切。但目前只要知道新陳代謝系統與機械系統兩者都需要燃料。有朝一日宇宙將無法再供給燃料。

當你持續地跟著這章走時，你將會發現所有往永生不朽的小路將逐漸消失。英文單字「immortality」應該要在它的定義上包含「真的非常長，但只是暫時的」意思。

人類的結束

值得深思的問題：我們人類可能是第一個提前注意到一個即將到來的滅絕事件。

不像一個個體的結束，人類的結束是具有非常高的推論與猜測性質。許多不同的統計範本預測我們還剩多少年。有些包括滅絕程度事件，像是隕石撞擊、核子戰爭以及人口過剩，所有這些事件和科幻小說故事來源成為好朋友。

其他則是以過去人類祖先的平均壽命為基準。史帝芬．霍金一場在牛津大學辯論社的演講說他的信仰是除非我們離開地球，我們人類大約在滅絕之前還有一千年的時間。[1]這比太空人馬丁．瑞斯（Martin Rees）在他的悲觀著作《我們的最後時刻：一名科學家的警告》（*Our Final Hour: A Scientist's Warning-- How Terror, Error and Environmental Disaster Threaten Humankind's Future in This Century—On Earth and Beyond*）所提出的大約有一半的機率我們能夠存活到這個世紀結束的論點要來的樂觀許多。[2]他的或然率計算是以我們沒有完全了解我們的科技到底真正多麼具有破壞性的危機為基礎。我懷疑他是否讀過很多科幻小說。

我不會給你以我的信仰為基礎的任何機率數字。我會呈現一些事實給你，你就能勾勒出你自己的結論。我們從我們過去的幾個在地結局開始。現在預估大約百分之九十九的所有曾經存在的生物滅絕消失。[3]在這滅絕的背後肇事者有火山爆發、隕石撞擊，以及溫度改變。這些都是自然因素。人為造成的因素已在第十一章中討論過。

地球滅絕的「熱門精選」：

- 在四億四千萬年前的奧陶紀—志留紀（Ordovician-Silurian），所有生物的百分之六十到七十遭到滅絕。可能原因是結合海平面下降以及冰川作用。[4]
- 三億六千萬年前的泥盆紀（Devonian）後期，有百分之七十的生物絕種。可能原因是地球冷卻以及海洋裡的氧氣耗盡。

- 兩億五千萬年前的二疊紀—三疊紀（Permian-Triassic）（也就是「大死亡」（The Great Dying）），百分之九十六的所有海洋生物以及百分之七十的陸地生物遭到滅絕。原因可能是因為火山爆發所溶出的二氧化碳造成海洋酸化。大量生物出現在寒武紀大爆發（Cambrian explosion）時期（請參閱第八章看是什麼爆炸）。
- 兩億年前的三疊紀—侏儸紀（Triassic-Jurassic），百分之七十到七十五的所有生物絕種。可能原因是來自火山活動的二氧化碳突然釋放。
- 六千五百萬年前的白堊紀—古近紀（Cretaceous-Paleogene）（也就是白奎紀—第三紀滅絕事件，**K-T** extinction），百分之七十五的所有生物遭到滅絕。再見了，恐龍。可能的原因是隕石撞擊或是火山作用，或是兩者的結合。
- 全新紀滅絕（Holocene extinction）（暱稱「第六滅絕」（the sixth extinction），並且也稱為人類世滅絕（Anthropocene extinction））：現在正在發生。直到工業革命出現，每一百年，在一萬種脊椎動物裡就有兩種遭到滅絕。根據這個數字，在上一個世紀總共應該有九種生物消失。但卻是有四百七十七種生物消失絕種。[5] 如果溫室氣體以目前的速度持續增加，將有六分之一的生物會在西元二〇九九年面臨絕種。

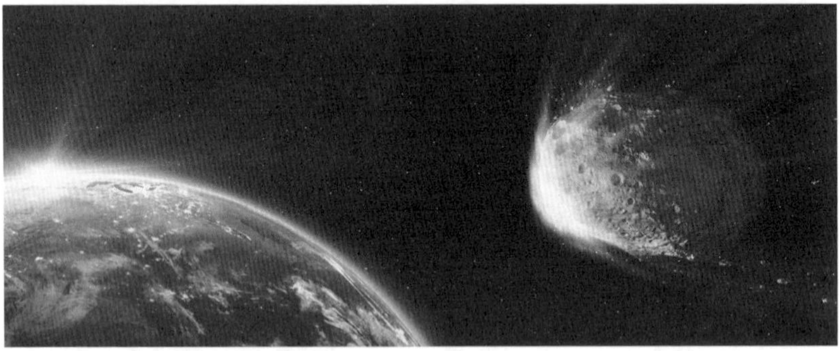

21.1　一顆行星快速地衝向地球

憤怒固醇（行星的破壞）

大岩石塊大約每五十萬年就會不顧一切地撞向地球。這包括小行星們以及它們的高速彗星表兄弟們。如果這算是好消息的話，那就是這些自然的掉落都沒有變成滅絕程度事件。那麼要說壞消息的話，就是根據地理紀錄，一個行星滅絕事件會在每兩千六百萬年發生。[6]

科學家正在尋找這個模式的一種解釋。以下就是一些他們的想法來解釋為什麼地球會被岩石撞擊，沒有一個是因為同儕壓力。它們都是推論以及來自地球外的。

1. X星球

一個海王星大小的星球可能每一萬五千年沿著太陽繞行，並且週期性地造成彗星干擾。雖然這不是直接觀察到的結果（如果有那麼容易的話），它的理論性存在是從我們可看見的星形物體上的重力牽引推論而來，但大部分都是我們不想拖曳的東西。因此，這讓我們產生興趣。

天文學家預估X星球有著比地球多十倍的質量，所以如果我們知道要往哪看，我們可能會用一台很厲害的單筒天文望遠鏡看到它。但目前我們只能將它的軌道用理論方式呈現。[7]

2. 太陽的伴侶星

一顆名為涅墨西斯（Nemesis）的假設星，它被假設是要出現經過歐特雲（Oort cloud）以及在一個寬闊的橢圓形軌道上沿著太陽繞行。[8]以希臘文天譴、報應之意為名的涅墨西斯星，它怎麼可能不邪惡呢？當它定期靠近時，它用重力破壞了在歐特雲裡的數十億顆彗星，並將它們射向地球。

順帶一提，涅墨西斯星的小名是死亡之星。它的軌道可能可以從數學演算中得到，但沒有它的存在證據。要記住，數學能夠驅使科學，但它不是科學本身。

如果涅墨西斯星確實存在，那它有可能是一顆棕矮星，是一顆沒有足夠質量維持氫的核融合的小星。這意味著它將是渺小且黯淡的，所以很難直接發現它。

3. 通過銀盤的擺動

不是（或除了）另一個太陽或是行星會擾亂彗星，有可能是我們自己的太陽經過銀河的波浪運行造成所有的或是一些問題。當太陽繞著銀河中心時它會往上或往下移動。它的路徑和一匹木馬在一台旋轉木馬機器上下移動是沒有太大分別的。

這個擺動顯示了我們的太陽系對差別重力（重力裡的改變）會影響歐特雲裡的物質。這個

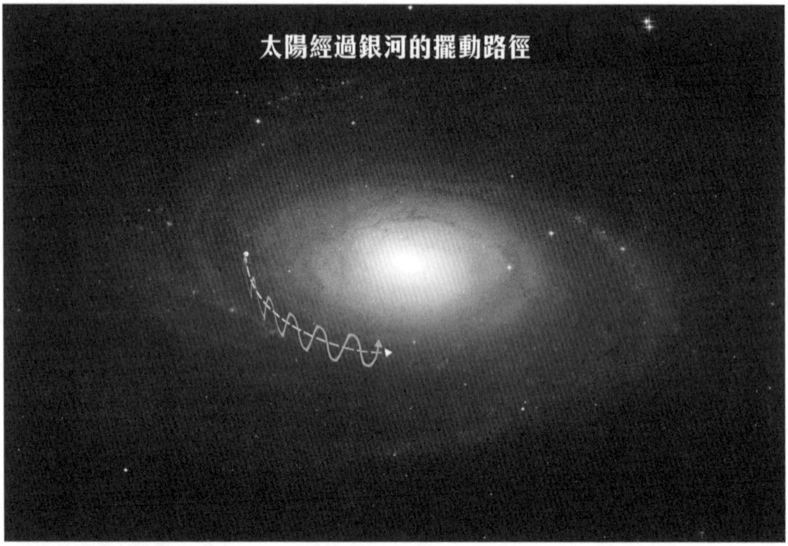

21.2 旋轉木馬式的銀河

移動也會改變我們會暴露在多少宇宙輻射。舉例來說，太陽大約每六千兩百萬年會穿過銀河北邊（上方區域）。[9]因為它在這段期間暴露在一個多餘的宇宙輻射，我們的環境就會從氣候轉變中受到衝擊。

我在這聲明，在太空沒有所謂的「上方」或「北方」。

4. 暗物質

這不是有關於小行星，但它確實對滅絕的自然模式提供一個可能的說法。當太陽在自己的旋轉木馬上下快速擺動穿過銀河時，它可能穿過一團暗物質，是你在第三部插曲認識的朋友。這些粒子會飛過地球的中心，並且可能會影響核心的溫度。結果會是火山爆發（嗨！印尼的喀拉喀托火山（Krakatoa））以及海平面上升。這是物質滅絕的推論出來的最大原因，因為除了重力，科學家仍不確定暗物質會和什麼互動。

有任何人在注意這些岩石以及冰球嗎？

為了偵測這些流浪的行星與彗星，天文學家仰賴架設在地球的望遠鏡與太空望遠鏡。加州理工學院（The California Institute of Technology）的噴射推進實驗室（The Jet Propulsion Laboratory）就記錄了大約一萬五千個靠近地球的物體（near-Earth objects，簡稱 NEOs）。[10]

不是所有的行星都是相等的。白堊紀–古近紀滅絕的恐龍殺手在今日的墨西哥留下了它的足跡，大約有十公里（6.2 英里）寬。[11]這個大小的百分之九十五或是更大的行星已經被認出來，並且美國太空總署會追蹤它們的軌道。這個大小的百分之九十的中型行星，大小從一到十公里（0.62 到 6.2 英里）寬，也都在監控之中。

少於一公里寬的小行星，大部分都是未知的。它們能以比一顆子彈還快的速度落下。它們大部分將在軌道中爆炸，因為撞到大氣的動能使然。那些存留下來的行星有可能掉在陸地或是海洋。如果它們撞到陸地，可能會對城市造成傷害，但是它們沒有具備滅絕程度的威脅性。

一個標記為「2012 DA14」的二十公尺大小的隕石，於二〇一三年在俄羅斯的車里亞賓斯克省（Chelyabinsk Oblast）上方十二英里處爆炸。[12]這場爆炸的威力大約是投在廣島的原子彈三十倍大。衝擊波蔓延出來並對數千棟建築物造成災害，但幸運的是沒有報導有人死亡。

如果較大的靠近地球物體鎖定地球，我們能夠阻止它們嗎？

偵測只是我們的防禦系統的一半。另一半是偏斜。為了要阻止一顆行星，你需要推它一下並改變它的路徑。因此早期偵測就非常關鍵。這些不速之客在距離越遠時就被偵測出，改變它的軌道的必要推力就越小。如果它距離地球夠遠，我們的太空工程師可能只需要每秒幾公釐就能改變它的速度。

他們如何能做到的？無趣的解答就是他們用一架發射器打擊它。比較優雅的解決方式是用一台重力牽引機。這是當你送一個物體（人造或是其他）到一個靠近行星的位置，並讓在它們之間的趨近於無限小的萬有引力去稍微的推這顆行星。

一顆造成問題的彗星可能會以些微不同的方式處理，並且在某種程度上這是有一點炫耀的成分：發射一顆飛彈並在接近冰球的地方讓原子彈爆炸。如果數學計算正確的話，有足夠的冰球表面將蒸發以改變彗星的軌道，讓它能繞過地球。如果這發生在科幻小說，工程師將會焦躁不安地解出這複雜的演算。要記住的是彗星是行星的行進速度的兩倍，而你的團隊只有一顆飛彈。

不論你所選擇的偏斜是什麼，它將會明顯地有更多機會比一九九八年電影《世界末日》（Amageddon）使用的非科學方法來的更有效益。那樣的非科學想法可笑到不值得在一本對科學有興趣的書中提及。然而，我將會對電影中的主角們到達行星的這個瘋狂方法做出評論，這涉及了一個一九九〇年代美國太空總署的太空梭繞著月球之後降落在製造問題的岩石上的一個彈弓策略。

我不確定他們為什麼沒有注意到一顆有著德州大小的行星直到它離我們只有十八天的距離。也許是命運（巧合，或可能是電影公司間的競爭），電影《彗星撞地球》（Deep Impact）也在同一年上映。這是一部關於一顆彗星快速地撞向地球，並且其中情節試著包括實際科學。關於這點，這部電影做得還不錯。雖不完美，但還不賴。要記住一艘俄里翁級戰艦（Orion-class battleship）是一枚原子飛彈（詳情請見第十七章），不是像電影裡所提到的使用一個化學引擎。

有些社團（他們稱自己是超時空奇俠幫（Whovian），也就是影集《超時空奇俠》的超級影迷）宣稱消滅恐龍的行星是由賽博人（Cybermen）的超人類送來摧毀地球的。《超時空奇俠》的夥伴艾崔克（Adric）為了要拯救我們的星球慘烈地犧牲自己。它對恐龍無效，對其他哺乳類動物蠻有效的。對於憎恨艾崔克的人，這是完全的成功。我可以對這集雞蛋裡挑骨頭直到明天的早餐時間，但這集的《超時空奇俠》裡的科學比《世界末日》來的合理多了。

太陽與地球：當光熄滅時，關係就終止

我們太陽的歲數是四十五億年。正接近它自己的黃色階段的中繼點，也就是它的能量絕大

多數來自於把氫熔合成氦。我們喜歡這個階段。這對地球上的生物是好的。然而，你應該要知道一件重要的事情。雖然我們的太陽透過我們的大氣（不要看沒濾過的！）看起來是黃色的，但它事實上是白色的。黃色波長一路行進至大氣層當藍色波長分散（藍色天空在對我微笑，諸如此類）。我稱它為黃星以避免混淆。

現在不要就放心地以為在太陽變成紅色階段我們必須離開這個星球之前，人類文明至少還有五十五億年。在接下來的二十多億年，太陽將會因為開始耗盡氫無法燃燒而擴大並變得更熱。氦將逐漸是一個越來越可口的能源選擇。

熱的增加將會造成改變地球的碳循環。這將導致更多水於空氣中蒸發並且形成無法控制的溫室效應。我們將成為待價而沽的金星。如果人類仍然在這二十億年的過渡期中待在地球，希望他們將遷往極地或是地底。至少我們會需要打造在第十一章提到的太陽能板來阻隔輻射。

在大約五十五億年後，當氦變成氫的熔合指數增加時（它的黃色階段結束），太陽將會變成紅色並且向外膨脹。適居帶（The Goldilocks habitable zone）將會往外越推越遠。太陽也將會變得較輕。微量的重力將會造成所有行星軌道的拓寬。在這裡物理學就變得非常詭異，我這裡所指的詭異是沒有在將流失的質量多寡或是軌道改變的程度上達到一致。我們的巨大紅太陽將會擴張到足以吞沒地球，或是地球將會擴大自己的軌道自救嗎？

這不重要。到那個時候，已不宜人居。地球對我們來說氣數已盡。大氣與海洋將從增加的熱中揮發。但那時我們已經離開了，對吧？我猜土星的月亮衛星土衛二（Enceladus）現在看起來蠻好的。火星上的溫度可能也不算太糟。我希望在這個年代到來之前，我們的地球工程師已經讀過第十二章並致力於改造太陽系裡的其他地方。

太陽有超過一串的煙火可以點燃。在經過一億五千萬年後會變成所謂的「大紅色」，它將會耗盡用來燃燒的氦。這將是它的最後謝幕的信號。它將會一直縮小直到自己外部區域的氦往下壓到核心，點燃外層，並將它吹進太空中的氣體與塵土的雲層中。這個程序將會一直重複直到只剩下核心為止。

核心將會持續崩解五十萬年。最終太陽進入到老年階段，也將是我們所知的白矮星。再也沒有任何熔合發生，但它還是會很熱。不論還剩下什麼是人類能夠進入他們的行星殖民地或是獨立的虛擬實境伺服器，都要夠接近以保持溫暖並吸收能量來刺激他們的上傳心智。這將會持續作用直到白矮星再經過一兆年後變暗呈現黑色。在那之後呢？我們最好已經搬到其他行星。

為什麼只有超級大銀河將存在於未來呢？

銀河是由五十四個銀河系所組成的一個銀河幫派的一部分。天文學家為這些幫派份子想出一個名為本星系群（Local Group）的中性名字。大部分的幫派成員都很小，但是銀河（Milky Way）和仙女座（Andromeda）以及三角星座（Triangulum）銀河系是其中的狠角色。

本星系群是重力束縛的，意味著重力將成員們團結在一起變得比宇宙膨脹更強大。這將會成真非常久，但不會是永遠。重力最終將會輸給膨脹的伸展性（暗物質）。當不是成員的銀河系從地球移開時，本星系群的行星事實上會變得更靠近。

有一個謠言聲稱幫派分子會處不來。「街頭上」這一詞是大約在四十億年以後，仙女座與銀河將互相碰撞。[13]是的，即將發生撞擊。它們第一個將經過彼此（我們變暗的太陽將會安全，因為行星們彼此沒有那麼接近）。然後，歸因於重力，它們將射向彼此。

這將會一再發生直到它們結合成為一個單一銀河系。並且如果這個核心的超級巨大黑洞在這些銀河系裡如預期中碰撞在一起，許多能量將被釋放為重力波。最後，這個銀河的馬丁尼調酒器將應用在所有的五十四名幫派成員之間的調酒術，直到只剩一個我應該要命名為大衛的單一超級銀河系。這個命名不是正式的。我沒有被授權去命名這個在科學世界裡的全新混合銀河系。但是在這本書的世界裡，我就是有著無限權力。

這個過程將發生在整個宇宙裡的所有本星系群。所遺留下的是因為膨脹所造成分離的超級銀河系。

我們出現在一個好的時間點（為了要預測宇宙的末日）

我們在非常幸運的時間點於宇宙中進化。它尚未長大到我們無法提供很厲害的宇宙論模型能夠說明它的起源與未來。未來的文明可能就不會如此幸運。

如果一個有著聰明智慧的種族在其中一個超級銀河系中進化，他們能夠知道關於宇宙的什麼？更重要的是，他們能夠知道大衛星系的什麼？並沒有。一旦另一個超級銀河系比光速還快淡出地平線，他們將無法看到任何其他銀河系。他們將無法得知大衛銀河系。

他們的可見科學將決定他們的銀河系是宇宙裡的唯一銀河系。沒有膨脹的宇宙的證據或是一場宇宙大爆炸將存在。我們的宇宙歷史中很大比例是以宇宙背景輻射（更多精華內容出現在第四章）所書寫，在某個時刻將延伸得非常細，直到無法察覺。這個文明將總結出宇宙是永恆的且不改變，並且他們是其中唯一的銀河系。

熱力學將會是我們的終點，但首先要知道它的定律

如同以英文「thermos-」為字首是有熱的意思，「thermodynamics」是關於熱的研究，並且有三個定律主導這個領域。第零定律是關於溫度改變而從零度離開。以下是這些定律的說明，接下來的是一個簡單摘要式的句子，幫助你記住並了解每一個的意思。[14]

0. 如果溫度在一個接觸到另一個系統的系統裡是較高的，系統的溫度會在另一個系統的溫度上升時下降，會一直到兩者溫度相同。

容易記住的方法：有一個遊戲你一定要玩。

1.能量與質量無法在一個封閉的系統裡被創造或是摧毀。這個原則叫做能量守恆定律。容易記住的方法：你沒辦法獲勝，你只能平手。

2.任何不是在一個熱平衡裡的任一封閉系統的熵將幾乎一直增加。熱平衡的意思是系統裡無溫差存在。熵是一個系統的無法用來運作的能量的數量。容易記住的方法：你沒辦法平手。

3.當溫度達到絕對零度時，在一個封閉系統裡的熵會達到不變價值。絕對零度是可能的最低溫度，是分子運動有著最少量的動能（運動）。容易記住的方法：你不能放棄。

熱力學的總結：如果你認為事物現在是混亂的，那就等一下。

熵如何解釋時間的方向？

從熱力學的第二定律我們衍生出熵，是在一個孤立系統中的失序測量。試想成你的房間。如果你都不打掃，房間就會逐漸變得髒亂。或許對某些人來說髒亂速度會比其他人更快。避免髒亂的唯一方法就是定期打掃房間。

在物理學裡，相同的概念是投入能量到一個系統。加入能量是降低或是顛倒熵的唯一方法。然而在一個像是我們宇宙的孤立系統中，熱力學的第一定律主張的是能量是**無法**增加的，所以熵（無秩序）將持續增加。如果沒有宇宙清潔人員出現打掃，每個地方的每件事物都將逐漸陷入混亂。

地球會避開完全混亂，因為我們的太陽投入它的一些能量到我們的系統並和熵對抗。不幸的是，太陽最終將會耗盡它的能量。

熵的普遍增加給我們一個稱為**時間之箭**（**arrow of time**）的一連串事件。箭沒有告訴我們過去導致未來。它僅告訴我們它從有秩序到混亂。這是一個重要的特點。當熵達到它的最大價值，時間之箭將會斷裂。

一切是如何結束的

第一定律為我們設立了掉落。能量守恆定律確保質量與能量的數量在宇宙的開始就維持不變，一直到宇宙任何一個歷史點或是未來。這要歸因於擴張，宇宙正在延長一個固定數量的物質。它最終將變得非常薄，彷彿從未存在。也要歸因於暗物質，它將膨脹的越來越快。物質與能量將會減少直到在某個時刻連單一原子都會被扯開。

熱力學的第三定律對宇宙的最終命運做出了可怕的預測。在遙遠的未來，當宇宙邁向混亂失序狀態，將會沒有熱能量存在（它將會延長的太薄）。這並不表示熱不會出現，但熱差將不會存在。一個單一宇宙溫度將控制一切。這稱為**熱寂**（**heat death of the universe**）。

當所有的太陽都沒了光

所有的恆星最終會耗盡燃料。在第十五章所敘述的主序星將變成白矮星。在那之後它們會冷卻成為黑矮星，並到宇宙所留下的大量黑洞。在一千的十次方那麼多年後，剩下的所有都是黑洞。這在還蠻遙遠的未來。第四章有說明一千的十次方。

黑洞將會試著靠剩下的少許能量成長，但是要有多的機會很小，所以它們將開始消失。即使消失的輻射也沒有什麼好提。黑洞將會延長到非常薄，薄到它的能量（波長）將微不足道。宇宙將非常接近第三定律所說明的絕對零度，一支斷箭造成熱寂。

宇宙將成為一個不變的、寒冷的，沒有質量與能量的地方。可能沒有生物、機器或有機物，因為這些都需要原子與能量。甚至將沒有足夠的能量去思考。

這個宇宙之後的生命

或許在熱寂之前，如果宇宙延長的夠多，時空本身可能穿進另一個維度，是後人類生物可能會逃離的。[15]或者可能更容易的是，一個第六型文明（第六章）的後人類決定巡迴多重宇宙（雖然多重宇宙技術上來說並不是科學）。現在一個第七型文明可能試著從他們已經在宇宙外所打造的宇宙中加入能量。這能擊退熵。

其他重點

我了解。這不是愉快的一章。你不應該覺得太沮喪，因為可以發現到一些好消息。科學並沒有排除一些生物（或是人工智慧）可能會存活到宇宙的盡頭，或可能活得更久的可能性。

你可能是讓它發生的那個人。我確定你能想出一些有趣的並且令人出乎意料的方法和這本書的科學想法做結合。這就是我對你的信心程度！如果你不是一位科學家，那麼或許你可以用你的想法創造出很棒的科幻小說或是厲害的電玩遊戲。

這類的推論促使科學家與科幻小說創作者進入到亞瑟．查理斯．克拉克的預測第二定律的範疇：發現可能的極限的唯一方法是冒險走到一條繞過它們的小路到不可能的地方。[16]

再見！在我們的宇宙裡還有更多科學與科幻小說可以分享。

致謝辭

在假設的平行宇宙的某處可能會有一個地球是沒有這本書存在的。這會是一個悲傷的地球，因為我們無法聚集在一起慶祝所有關於科學與科幻小說的一切。所以，首先我要感謝的人是你，我的讀者們，謝謝你們身處於正確的宇宙。謝謝。

量子力學已經指出即使是太空本身也不全然是真空。量子化場域的交互作用正在每個地方進行著，這就是宇宙為何是一個如此有趣的地方。是的，科學已經顯示了自然真的非常厭惡真空。在按比例擴張的宇宙裡，作家與科學家也都會避免在真空狀態下工作。好的科學是需要團隊合作一起努力，而一本好書也是需要一個好的團隊通力合作，才能完成。關於這點，我一直銘記在心，所以首先我要開始感謝的人是我的經紀人 Maryann Karinch，她從一開始就對我這本書非常有信心。

我也要對我的出版社 Prometheus Books 裡的每位成員表達我的感謝之意，他們是很棒的一群人，把這本書變得十分有特色。我特別要謝謝 Jeffrey Curry 讀了我的書稿（我能猜到他讀了多少遍），提供意見，並幫我搜尋資料來源。因為我，我猜他沒辦法不和他的朋友們說些難懂的技術語言。下一位我要感謝的人是 Hanna Etu（我們一起分享了對科幻小說的熱愛），幫我處理關於發行事務上的一些技術問題。接著是總編輯 Steven L Mitchell，是他把我簽下來，相信我藉著串聯科幻小說來推廣科學的想法。我知道我的玩笑讓他很受不了，但他還是對我不離不棄。謝謝你。我還想要感謝 Prometheus 出版團隊找到的讀者。他們對我提出許多科學的問題，以及哪些主題可以做擴展延伸。

我的寫作團隊在吶喊了，說怎麼還沒輪到我們！等一下，別急！相信我，團隊成員們絕對是毫不客氣的直接告訴我什麼地方是不行的。其中最讓我抓狂的（我的意思是最沒用的）就是 Jim Kempner 與 Skip Seevers。

我沒有忘記 Laine Cunningham 幫忙編輯，她一路走來幫我使這個企畫變成一本出版著作。當然還有 Leya Brown 幫我搜尋一些插圖。

另外要特別感謝 Susanne Shay，她是當我在書寫時遇到困難，第一個會求助的對象。她總是同意我的看法：這樣不行。然後她就會拿出她的本事幫我修改潤飾。

然後是這位名叫 Seth Bernstein 的小傢伙，他不但從頭到尾力挺這本書，還提醒我鋼鐵人東尼史塔克是賽博格（Cyborg，生化人），因為他裝的是人工心臟。史塔克穿著鋼鐵人裝甲和其他復仇者聯盟成員一起行動比較像是他個人選擇。我很確定我在這本書修正了這點。謝謝你，兒子。說到我的孩子們，我要謝謝 Gwendolyn，謝謝你一直是我的頭號粉絲。我知道自己一直有一位主顧客，就是我的太太 Michelle，謝謝你忍受這本書的製作過程中的所有一切。

最後我要謝謝我父親，在我小時候和我一起看影集《超時空奇俠》（Doctor Who）以及帶我去電影院看《星際大戰》（Star Wars）。因為如此，會有這本書全是他的錯。

注釋

簡介

1. William Wilson, *A Little Earnest Book upon a Great Old Subject* (London: Darton, 1851).
2. The philosopher and theologian William Whewell formally proposed the word "scientist" in 1840 in his work *The Philosophy of the Inductive Sciences*. "We need very much a name to describe a cultivator of science in general. I should incline to call him a Scientist." Whewell was really into nouns. William Whewell, *The Philosophy of the Inductive Sciences* (London: John W. Parker, 1840), p. 113.
3. Arthur C. Clarke, *Report on Planet Three and Other Speculations* (New York: Harper & Row, 1972).
4. Arthur C. Clarke, *Profiles of the Future: An Inquiry into the Limits of the Possible* (New York: Popular Library, 1973).

第一章：在很久的時空以前

1. *Venture* 49 (September 1957).
2. Albert Einstein, trans. Robert W. Lawson, *Relativity: The Special and General Theory* (New York: Henry Holt, 1920).
3. David Nield, "Physics Explained: Here's Why the Speed of Light Is the Speed of Light," *Science Alert*, April 13, 2017, https://www.sciencealert.com/why-is-the-speed-of-light-the-speed-of-light (accessed June 19, 2017).
4. Joe Haldeman, *Forever War* (New York: St. Martin's Press, 1974).
5. Orson Scott Card, *Ender's Game* (New York: Tom Doherty Associates, 1991).
6. John Archibald Wheeler and Kenneth Ford, *Geons, Black Holes, and Quantum Foam* (New York: W.W. Norton, 2000), p. 235.
7. Neil Ashby, "Relativity and the Global Positioning System," *Physics Today*, May 2002.
8. U.I. Uggerhøj, R.E. Mikkelsen, and J. Faye, "The Young Centre of the Earth," *European Journal of Physics* 37, no. 3 (April 8, 2016).

9. Tom Siegfried, "Einstein's Genius Changed Science's Perception of Gravity," *Science News*, October 4, 2015, https://www.sciencenews.org/article/ einsteins-genius-changed-sciences-perception-gravity (accessed 6/30/2017).
10. A. Einstein and N. Rosen, "The Particle Problem in the General Theory of Relativity," *Physical Review* 48, no. 1 (July 1, 1935): 73–77.
11. Paige Daniels, "The Outpost," in *Brave New Girls: Tales of Girls and Gadgets*, eds. Paige Daniels and Mary Fan (CreateSpace Independent Publishing Platform, 2015).
12. Madeleine L'Engle, *A Wrinkle in Time* (New York: Farrar, Straus & Giroux, 1962).
13. S. W. Hawking, *Black Holes from Cosmic Strings* (Cambridge: Cambridge University Press, 1987), p. 5. Published in *Physics Letters*, B231 (1989): 237.
14. *Star Trek: The Next Generation*, "The Loss," first broadcast December 29, 1990, directed by Chip Chalmers and written by Hilary Bader.
15. US Energy Information Administration, "Net Generation by Energy Source: Total (All Sectors), 2006–December 2016," *Electric Power Monthly*, February 24, 2017.

第二章：如果你感到不確定時，找量子力學就對了

1. W. Z. Heisenberg, "Über den Anschaulichen Inhalt der Quantentheoretischen Kinematik und Mechanik," *Zeitschrift für Physik* 43 (1927): 172–98.
2. Erwin Schrödinger, "An Undulatory Theory of the Mechanics of Atoms and Molecules," *Physical Review* 28, no. 6 (1926): 1049–70.
3. ErwinSchrödinger,"Die gegenwärtige Situation in der Quantenmechanik," *Naturwissenschaften* 23, no. 48 (November 1935): 807–12.
4. *Coherence*, directed by James Ward Byrkit, Oscilloscope Laboratories, 2013.
5. Hugh Everett III, "Relative State Formulation of Quantum Mechanics," *Reviews of Modern Physics* 29 (1957): 454–62.
6. Tom Siegfried, "Einstein Was Wrong about Spooky Quantum Entanglement," *Science News*, February 19, 2014, https://

www.sciencenews.org/blog/context/ einstein-was-wrong-about-spooky-quantum-entanglement (accessed 6/30/2017).

7. René Barjavel, *Le Voyageur Imprudent* (Éditions Denoël, 1944).

8. Zeeya Merali, "Solving Biology's Mysteries Using Quantum Mechanics," *Discover*, December 29, 2014, http://discovermagazine.com/2014/dec/17-this-quantum-life (accessed June 30, 2017).

9. Richard Hildner et al., "Quantum Coherent Energy Transfer over Varying Pathways in Single Light-Harvesting Complexes," *Science* 340, no. 6139 (2013): 1448–51.

第Ⅰ部插曲 來點兒原子理論吧！

1. CERN, "The Early Universe," https://home.cern/about/physics/earlyuniverse (accessed June 22, 2017).

2. P. A. M. Dirac, "The Quantum Theory of the Electron," *Proceedings of the Royal Society of London, Series A, Containing Papers of a Mathematical and Physical Character* 117, no. 778 (February 1, 1928): pp. 610–24.

3. Carl D. Anderson, "The Apparent Existence of Easily Deflectable Positives," *Science* 76, no. 1967 (September 9, 1932): pp. 238–39.

4. Richard Van Noorden, "Antimatter Cancer Treatment," *Chemistry World* 3, November 2006, https://www.chemistryworld.com/news/antimatter-cancer-treatment/3000368.article (accessed April 29, 2017).

5. Matt Strassler, "The Strengths of the Known Forces," Of Particular Significance, May 31, 2013, https://profmattstrassler.com/articles-and-posts/particle-physics-basics/the-known-forces-of-nature/the-strength-of-the-known-forces (accessed June 18, 2017).

6. Jim Lucas, "What is the Weak Force?" *Live Science*, December 24, 2014, https://www.livescience.com/49254-weak-force.html (accessed June 18, 2017).

第三章：用我們的方式隨興地彈奏出萬物

1. *Doctor Who*, "Blink," season 3, episode 10, first broadcast June 9, 2007, directed by Hettie Macdonald and written by Steven Moffat.

2. Barton Zwiebach, *A First Course in String Theory* (Cambridge: Cambridge University Press, 2009).
3. Liu Cixin, *The Three-body Problem* (New York: Tom Doherty Associates, 2014).
4. China Miéville, *The City & the City* (New York: Macmillan, 2009).
5. Jeffrey A. Carver, *Sunborn* (New York: Macmillan, 2010).
6. A. Barrau et al., "Probing Loop Quantum Gravity with Evaporating Black Holes," *Physical Review Letters* 107, no. 251301 (December 16, 2011).
7. *Stanford Encyclopedia of Philosophy*, s.v. "Zeno's Paradoxes," by Nick Huggett, https://plato.stanford.edu/entries/paradox-zeno/ (accessed June 18, 2017).

第四章：我們的宇宙（對那些其他『人』來說是對立的）

1. "How Fast Is the Universe Expanding?" NASA, https://wmap.gsfc.nasa.gov/universe/uni_expansion.html (accessed June 16, 2017).
2. *Star Wars: A New Hope*, directed by George Lucas, 20th Century Fox, 1977.
3. I. Ribas et al., "First Determination of the Distance and Fundamental Properties of an Eclipsing Binary in the Andromeda Galaxy," *Astrophysical Journal Letters* 635 (2005): L37–L40.
4. *Encyclopedia Britannica Online*, s.v. "Henrietta Swan Leavitt, American Astronomer," https://www.britannica.com/biography/Henrietta-Swan-Leavitt (accessed June 16, 2017).
5. *Third Programme*, first broadcast March 28, 1949, by BBC radio.
6. Liza Gross, "Edwin Hubble: The Great Synthesizer Revealing the Breadth and Birth of the Universe," Exploratorium, http://www.exploratorium.edu/origins/hubble/people/edwin.html (accessed June 22, 2017).
7. "Tests of Big Bang: The CMB," NASA, https://map.gsfc.nasa.gov/universe/bb_tests_cmb.html (accessed June 16, 2017).
8. C. Patrignani et al., "Big-Bang nucleosynthesis," *Chinese Physics C* 40 (2016), http://pdg.lbl.gov/2016/reviews/rpp2016-rev-bbang-nucleosynthesis.pdf (accessed June 16, 2017).

9. Lucy Hawking and Stephen Hawking, *George and the Big Bang* (New York: Doubleday Children's Books, 2011).
10. George Musser and J. R. Minkel (2002-02-11), "A Recycled Universe: Crashing Branes and Cosmic Acceleration May Power an Infinite Cycle in Which Our Universe Is but a Phase," *Scientific American* (February 2, 2002).
11. Alan H. Guth, "Inflationary Universe: A Possible Solution to the Horizon and Flatness Problems," *Physical Review D* 23, no. 347 (January 15, 1981).
12. Donald Goldsmith, "The Fingerprint of Creation," *Discover Magazine*, October 1, 1992, http://discovermagazine.com/1992/oct/thefingerprintof136 (accessed June 16, 2017).
13. Richard B. Larson and Voker Bromm, "The First Stars in the Universe," *Scientific American*, January 19, 2009, https://www.scientificamerican.com/article/the-first-stars-in-the-un/ (accessed June 16, 2017).
14. "Gravitational Waves Detected 100 Years after Einstein's Prediction," LIGO, February 11, 2016, https://www.ligo.caltech.edu/news/ligo20160211 (accessed June 16, 2017).
15. Christopher Crockett, "Cosmic Census of Galaxies Updated to 2 Trillion," *Science News*, October 12, 2016, https://www.sciencenews.org/article/cosmic-census-galaxies-updated-2-trillion (accessed June 16, 2017).
16. *Wikipedia*, s.v. "Solar Mass," https://en.wikipedia.org/wiki/Solar_mass (accessed June 16, 2017).
17. Robert Krulwich, "Which Is Greater, the Number of Sand Grains on Earth or Stars in the Sky?" National Public Radio (NPR), September 17, 2012, http://www.npr.org/sections/krulwich/2012/09/17/161096233/which-is-greater-the-number-of-sand-grains-on-earth-or-stars-in-the-sky (accessed April 27, 2017).
18. *Wikipedia*, s.v. "Milky Way," https://en.wikipedia.org/wiki/Milky_Way (accessed June 16, 2017).
19. A. M. Ghez et al., "The First Measurement of Spectral Lines in a Short Period Star Bound to the Galaxy's Central Black Hole: A Paradox of Youth," *Astrophysical Journal* 586, no.2 (March 12, 2003): L127–L131.
20. "Where is the Ice on Ceres? New NASA Dawn Findings," NASA, December 15, 2016, https://www.jpl.nasa.gov/news/news.php?feature=6703 (accessed June 16, 2017).
21. "Sun: In Depth," NASA, https://solarsystem.nasa.gov/planets/sun/ indepth (accessed June 16, 2017).

22. Fraser Cain, "How Long Does Sunlight Take to Reach Earth?" *Universe Today*, October 16, 2016, https://www.universetoday.com/15021/how-long-does-it-take-sunlight-to-reach-the-earth/ (accessed June 16, 2017).
23. "Kuiper Belt: In Depth" NASA, https://solarsystem.nasa.gov/planets/ kbos/indepth (accessed June 16, 2017).
24. F. Nimmo et al., "Reorientation of Sputnik Planitia Implies a Subsurface Ocean on Pluto," *Nature* 540 (December 1, 2016): 94–96.
25. Harold F. Levison and Luke Donnes, "Comet Populations and Cometary Dynamics," in ed. Lucy Ann Adams McFadden et al. *Encyclopedia of the Solar System* (Boston: Academic Press, 2007), pp. 575–88.
26. Christopher Crockett, "The sun Isn't the Only Light Source behind That Summer Tan," *Science News*, September 20, 2016, https://www.sciencenews.org/article/sun-isn%E2%80%99t-only-light-source-behind-summer-tan (accessed June 16, 2017).

第五章：平行世界

1. *Star Trek*, "Mirror, Mirror," first broadcast October 6, 1967, on NBC, directed by Marc Daniels.
2. Charles Stross, *The Family Trade* (New York: Tor Books, 2004).
3. Peter Woit, *Not Even Wrong: The Failure of String Theory and the Search for Unity in Physical Law* (New York: Basic Books, 2006).
4. David Gerrold, *The Man Who Folded Himself* (Orbit Books, 2014).
5. David Brin, *The Practice Effect* (New York: Bantam Books, 1984).

第六章：啟動我們的文明

1. Nickolai Kardashev, "Transmission of Information by Extraterrestrial Civilizations," *Soviet Astronomy* 8 (1964): 217.
2. Freeman Dyson, "Search for Artificial Stellar Sources of Infrared Radiation," *Science* 131, no. 3414 (1960): pp. 1667–68.
3. Olaf Stapledon, *Star Maker* (London: Methuen, 1937).

4. Marc Kaufman, "The Ever More Puzzling and Intriguing, 'Tabby's Star,'" *Many Worlds*, August 8, 2016, http://www.manyworlds.space/index.php/ 2016/08/08/the-ever-more-puzzling-and-intriguing-tabbys-star/ (accessed June 17, 2017).
5. *David Darling Encyclopedia*, s.v. "The Milky Way Galaxy," http://www.daviddarling.info/encyclopedia/G/Galaxy.html (accessed June 17, 2017).
6. "The Virgo Supercluster," *Futursim*, https://futurism.com/the-virgo-supercluster-2/ (accessed June 17, 2017).
7. Jose Luis Cordeiro, "The 'Energularity,'" Lifeboat Foundation, https:// lifeboat.com/ex/the.energularity (accessed June 17, 2017).
8. M. E. Peskin and D. V. Schroeder, *An Introduction to Quantum Field Theory* (Westview Press, 1995).
9. Arnold Neumaier, "The Physics of Virtual Particles," *Physics Forums Insights*, March 28, 2016, https://www.physicsforums.com/insights/physics-virtual-particles/ (accessed June 17, 2017).
10. D. W. Sciama, "The Physical Significance of the Vacuum State of a Quantum Field," in Simon Saunders and Harvey R. Brown, eds., *The Philosophy of Vacuum* (Oxford: Oxford University Press, 1991).
11. H. B. G. Casimir, "On the Attraction between Two Perfectly Conducting Plates," *Proceedings of the Royal Netherlands Academy of Arts and Sciences* 51 (1948): 793–95.
12. S. K. Lamoreaux, "Demonstration of the Casimir Force in the 0.6 to 6 μm Range," *Physical Review Letters* 78, no. 1 (January 6, 1997): 1–4.
13. John Barrow, *Impossibility: Limits of Science and the Science of Limits* (Oxford: Oxford University Press, 1998).
14. John Barrow, *Impossibility: Limits of Science and the Science of Limits* (Oxford: Oxford University Press, 1998), p. 133.
15. Megan C. Guilford et al., "A New Long Term Assessment of Energy Return on Investment (EROI) for US Oil and Gas Discovery and Production," *Sustainability* 211, no. 3(10) (October 14, 2011): 1866–87.
16. Fraunhofer ISE, "New World Record for Solar Cell Efficiency at 46% French-German Cooperation Confirms Competitive Advantage of European Photovoltaic Industry," December 1, 2014.
17. Ben Zientara, "How Much Electricity Does a Solar Panel Produce?" *Solar Power Rocks*, https://solarpowerrocks.com/solar-basics/how-much-electricity-does-a-solar-panel-produce/ (accessed 6/17/2017).

第七章：黑洞吸什麼

1. A. M. Ghez et al., "The First Measurement of Spectral Lines in a Short Period Star Bound to the Galaxy's Central Black Hole: A Paradox of Youth," *Astrophysical Journal* 586, no. 2 (March 12, 2003): L127–L131.
2. Jean Tate, "Chandrasekhar Limit," *Universe Today*, December 24, 2015, https://www.universetoday.com/40852/chandrasekhar-limit/ (accessed June 19, 2017).
3. Fraser Cain, "Schwarzschild Radius," *Universe Today*, April 26, 2016, https://www.universetoday.com/39861/schwarzschild-radius/ (accessed June 19, 2017).
4. "Jupiter Fact Sheet," NASA, https://nssdc.gsfc.nasa.gov/planetary/factsheet/jupiterfact.html (accessed June 19, 2017).
5. Sean M. Carroll, *Spacetime and Geometry* (Boston: Addison-Wesley, 2004).
6. S. W. Hawking, "Black Hole Explosions," *Nature* 248 (1974): 30–31.
7. Adam Brown, "Can We Mine A Black Hole?" *Scientific American*, February 2015.
8. Ron Cowen, "The Quantum Source of Space-Time," *Nature*, November 16, 2015, http://www.nature.com/news/the-quantum-source-of-space-time-1.18797 (accessed on June 23, 2017).
9. Tony Phillips, "In Search of Gravitomagnetism," NASA, https://www.nasa.gov/vision/universe/solarsystem/19apr_gravitomagnetism.html (accessed June 23, 2017).
10. Andrew Grant, "General Relativity Caught in Action around Black Hole," *Science News*, December 17, 2015.
11. "The Most Beautiful Theory," *Economist*, November 28, 2015, http://www.economist.com/news/science-and-technology/21679172-century-ago-albert-einstein-changed-way-humans-saw-universe-his-work (accessed June 19, 2017).
12. "Behemoth Black Hole Found in an Unlikely Place," NASA, April 6, 2016, https://www.nasa.gov/feature/goddard/2016/behemoth-black-hole-found-in-an-unlikely-place (accessed June 19, 2017).

第八章：地球上生命的起源與進化

1. Thomas Robert Malthus, *An Essay on the Principle of Population* (London: Joseph Johnson, 1798).
2. Kurt Vonnegut, *Galápagos* (New York: Dell Publishing, 1985).
3. Brendan Epstein et al., "Rapid Evolutionary Response to a Transmissible Cancer in Tasmanian Devils," *Nature Communications* 7, August 30, 2016.
4. "Age of the Earth," US Geological Survey, July 9, 2007, https://pubs.usgs.gov/gip/geotime/age.html (accessed June 21, 2017).
5. National Geographic News, "What Was 'Lucy'? Fast Facts on an Early Human Ancestor," *National Geographic*, September 20, 2006, http://news.nationalgeographic.com/news/2006/09/060920-lucy.html.
6. *10,000 BC*, directed by Roland Emmerich (Warner Brothers Pictures, 2008).
7. " 'Pompeii-Like' Excavations Tell Us More about Toba Super Eruption," *ScienceDaily*, March 3, 2010, https://www.sciencedaily.com/releases/ 2010/02/100227170841.htm (accessed June 21, 2017).
8. Charles Q. Choi, "DNA from Mysterious 'Denisovans' Helped Modern Humans Survive," *Live Science*, March 17, 2016, https://www.livescience.com/54084-denisovan-dna-helped-modern-humans-survive.html (accessed June 19, 2017).
9. Blake Crouch, *Pines* (Las Vegas: Thomas & Mercer, 2012).
10. Leslie Mullen, "Defining Life: Q&A with Scientist Gerald Joyce," *Space. com*, August 1, 2013, https://www.space.com/22210-life-definition-gerald-joyce-interview.html (accessed on June 23, 2017).
11. Alberto Patiño Douce, *Thermodynamics of the Earth and Planets* (Cambridge:Cambridge University Press, 2011), p. 111.
12. Bruce Alberts et al., *Molecular Biology of the Cell, 4th Edition* (New York: Garland Science, 2002).
13. Alison Abbott, "Scientists Bust Myth That Our Bodies Have More Bacteria than Human Cells," *Nature*, January 8, 2016, http://www.nature.com/news/ scientists-bust-myth-that-our-bodies-have-more-bacteria-than-human-cells-1.19136 (accessed April 29, 2017).
14. "The Cambrian Explosion," PBS.org, https://www.pbs.org/wgbh/evolution/library/03/4/l_034_02.html (accessed June 21,

2017).
15. Leander Stewart et al., "Differentiating between Monozygotic Twins through DNA Methylation-Specific High-Resolution Melt Curve Analysis," *Analytical Biochemistry* 476, no. 1 (May 2015): 36–39.
16. *Star Trek: The Next Generation*, first broadcast April 26, 1993, directed by Jonathan Frakes and written by Joe Menosky.

第九章：壞胚子生物學

1. Heidi Ledford, "CRISPER: Gene Editing Is Just the Beginning," *Nature*, March 7, 2016, http://www.nature.com/news/crispr-gene-editing-is-just-the-beginning-1.19510 (accessed June 20, 2017).
2. Nancy Kress, *Beggars in Spain* (New York: William Morrow and Company, 1991).
3. Kristen Fortney et al., "Genome-Wide Scan Informed by Age-Related Disease Identifies Loci for Exceptional Human Longevity," *PLOS Genetics* (December 17, 2015).
4. Linda Marsa, "What It Takes to Reach 100," *Discover*, September 1, 2016, http://discovermagazine.com/2016/oct/what-it-takes-to-reach-100 (accessed June 21, 2017).
5. Nicola Davis, "400-Year-Old Greenland Shark Is Oldest Vertebrate Animal," *Guardian*, August 12, 2016, https://www.theguardian.com/environment/2016/aug/11/400-year-old-greenland-shark-is-the-oldest-vertebrate-animal (accessed June 19, 2017).
6. Jerry W. Shay and Woodring E. Wright, "Hayflick, His Limit, and Cellular Ageing," *Nature* (October 2000): 72–76.
7. Chanhee Kang et al., "The DNA Damage Response Induces Inflammation and Senescence by Inhibiting Autophagy of GATA4," *Science* (September 2015).
8. Madeline A. Lancaster et al., "Cerebral Organoids Model Human Brain Development and Microcephaly," *Nature* 501 (September 19, 2013): 373–79.
9. *Moon*, directed by Duncan Jones (Sony Pictures Classics, 2009).
10. *Oblivion*, directed by Joseph Kosinski (Universal Pictures, 2013).

11. Joseph Castro, "Zombie Fungus Enslaves Only Its Favorite Ant Brains," *Live Science*, September 9, 2014, https://www.livescience.com/47751-zombie-fungus-picky-about-ant-brains.html (accessed June 19, 2017).
12. Juliana Agudelo et al., "Ages at a Crime Scene: Simultaneous Estimation of the Time Since Deposition and Age of Its Originator," *Analytical Chemistry* 88, no. 12 (2016): 6479–6484.
13. Youna Hu et al., "GWAS of 89,283 Individuals Identifies Genetic Variants Associated with Self-Reporting of Being a Morning Person," *Nature Communications* February 2, 2016.

第十章：歡迎來到U型科技

1. Amy Ellis Nutt, "In a Medical First, Brain Implant Allows Paralyzed Man to Feel Again," *Washington Post*, October 13, 2016, https://www.washingtonpost.com/news/to-your-health/wp/2016/10/13/in-a-medical-first-brain-implant-allows-paralyzed-man-to-feel-again/?utm_term=.f39a3cf2e04b (accessed April 29, 2017).
2. Lara Lewington, "Cybathlon: Battle of the Bionic Athletes," BBC News, October 10, 2016, http://www.bbc.com/news/technology-37605984 (accessed June 19, 2017).
3. Dheeraj S. Roy et al., "Memory Retrieval by Activating Engram Cells in Mouse Models of Early Alzheimer's Disease," *Nature* 531, March 24, 2016.
4. Arthur C. Clarke, *Profiles of the Future: An Inquiry into the Limits of the Possible* (New York: Popular Library, 1973).
5. P. Kothamasu et al., "Nanocapsules: The Weapons for Novel Drug Delivery Systems," *BioImpacts* 2, no. 2 (2012): 71–81.
6. Víctor García-López et al., "Unimolecular Submersible Nanomachines. Synthesis, Actuation, and Monitoring," *Nano Letters* 15, no. 12 (2015): 8229–8239.
7. *Doctor Who*, "The Empty Child," season 1, episode 9, first broadcast May 21, 2005, directed by James Hawkes and written by Steven Moffat; *Doctor Who*, "The Doctor Dances," season 1, episode 10, first broadcast May 28, 2005, directed by James Hawkes and written by Steven Moffat.
8. Charles Stross, *Glasshouse* (New York: Ace, 2006).

9. Dan Simmons, *Ilium* (New York: HarperTorch, 2005); Dan Simmons, *Olympos* (New York: Harper Voyager, 2006).
10. John Scalzi, *Lock In: A Novel of the Near Future* (New York: Tor Books, 2014).
11. *Star Trek*, "Where No Man Has Gone Before," first broadcast September 22, 1966 on NBC, directed by James Goldstone and written by Samuel A. Peeples; *Star Trek*, "Charlie X," first broadcast September 15, 1966, on NBC, directed by Lawrence Dobkin and written by D. C. Fontana; *Star Trek*, "The Squire of Gothos," first broadcast January 12, 1967, on NBC, directed by Don McDougall and written by Paul Schneider.
12. Adi Robertson, "The Classics: 'Burning Chrome,'" *Verge*, November 3, 2012, https://www.theverge.com/2012/11/3/3594618/the-classics-burning-chrome (accessed June 19, 2017).
13. *Guillermo Fuertes et al., "Intelligent Packaging Systems: Sensors and Nanosensors to Monitor Food Quality and Safety," Journal of Sensors* (2016), article ID 4046061.

第十一章：人類與自然

1. "Carbon & Tree Facts," Abor Environmental Alliance, http://www.arborenvironmentalalliance.com/carbon-tree-facts.asp (accessed on June 23, 2017).
2. National Oceanic and Atmospheric Administration, "Carbon Dioxide Levels Rose at Record Pace for 2nd Straight Year," March 10, 2017, http://www.noaa.gov/news/carbon-dioxide-levels-rose-at-record-pace-for-2nd-straight-year (accessed June 19, 2017).
3. "World of Change: Global Temperatures," NASA, https://earthobservatory.nasa.gov/Features/WorldOfChange/decadaltemp.php (accessed June 19, 2017).
4. National Centers for Environmental Information, "Global Climate Report—January 2017," https://www.ncdc.noaa.gov/sotc/global/201701 (accessed June 19, 2017).
5. Michael Slezak, "Revealed: First Mammal Species Wiped Out by Human Induced Climate Change," *Guardian*, June 13, 2016, https://www.theguardian.com/environment/2016/jun/14/first-case-emerges-of-mammal-species-wiped-out-by-

human-induced-climate-change (accessed June 19, 2017).

6. CNN Wire Staff, "Report 75% of Coral Reefs Threatened," CNN.com, March 23, 2011, http://www.cnn.com/2011/WORLD/asiapcf/02/25/world.coral.reefs/index.html (accessed June 19, 2017).

7. Amanda Mascarelli, "Climate-Change Adaptation: Designer Reefs," *Nature*, April 23, 2014, http://www.nature.com/news/climate-change-adaptation-designer-reefs-1.15073 (accessed June 19, 2017).

8. Hugh Hunt, "A Radical Proposal on Climate Change: Block out the Sun," CNN.com, June 30, 2016, http://www.cnn.com/2015/11/19/world/blocking-the-sun/index.html (accessed June 18, 2017).

9. Gaia Vince, "Sucking CO_2 From the Skies," *BBC Future*, October 4, 2012, http://www.bbc.com/future/story/20121004-fake-trees-to-clean-the-skies (accessed June 21, 2017).

10. Emily Matchar, "Will Buildings of the Future Be Cloaked In Algae?" *Smithsonian.com*, May 26, 2015, http://www.smithsonianmag.com/innovation/will-buildings-future-be-cloaked-algae-180955396/ (accessed June 21, 2017).

11. . Wl Al Sadat, "The O2-Assisted Al/CO_2 Electrochemical Cell: A System for CO_2 Capture/Conversion and Electric Power Generation," *Science Advances* 2, no. 7, July 20, 2016.

12. Juerg M. Matter et al., "Rapid Carbon Mineralization for Permanent Disposal of Anthropogenic Carbon Dioxide Emissions," *Science* 352, no. 6291 (June 10, 2016): 1312–14.

13. David Rotman, "A Cheap and Easy Plan to Stop Global Warming," *MIT Technology Review*, February 8, 2013, https://www.technologyreview.com/s/511016/ a-cheap-and-easy-plan-to-stop-global-warming/ (accessed June 21, 2017).

14. Jessica Salter, "Wrapping Greenland in Reflective Blankets," *Telegraph*, February 18, 2009, http://www.telegraph.co.uk/news/earth/environment/climatechange/4689667/Wrapping-Greenland-in-reflective-blankets.html (accessed June 21, 2017).

15. Bill Christensen, "Space-Based Sun-Shade Concept a Bright Idea," *Space. com*, November 11, 2006, https://www.space.com/3100-space-based-sun-shade-concept-bright-idea.html (accessed June 21, 2017).

16. Tobias Buckell, *Arctic Rising* (New York: St. Martins Press-3pl, 2012).

17. Paolo Bacigalupi, *The Water Knife* (New York: Knopf Doubleday, 2016).
18. Wesley Chu, *The Lives of Tao* (Nottingham, UK: Angry Robot, 2013).
19. Liu Cixin, *The Three-body Problem* (New York: Tom Doherty Associates, 2014).
20. Michel Faber, *The Book of Strange New Things: A Novel* (New York: Hogarth, 2014).
21. Holger Schmithüsen et al., "How Increasing CO_2 Leads to an Increased Negative Greenhouse Effect in Antarctica," *Geophysical Research Letters* 42, no. 23 (December 2015): 10,422–28.
22. "Ozone Destruction," Ozone Hole, http://www.theozonehole.com/ozone destruction.htm (accessed June 19, 2017).
23. National Oceanic and Atmospheric Administration, "Scientific Assessment of Ozone Depletion: 2010," https://www.esrl.noaa.gov/csd/assessments/ozone/2010/executivesummary/ (accessed June 19, 2017).

第十二章：搬家的時候到了（B計畫）

1. Jack Williamson, "Collision Orbit," *Astounding Science Fiction*, July 6 1942.
2. Nola Taylor Redd, "What Is Solar Wind?" *Space.com*, August 1, 2013, https://www.space.com/22215-solar-wind.html.
3. *Futurama*, "Mars University," first broadcast October 3, 1999, by Fox, directed by Bret Haaland and Gregg Vanzo and written by J. Stewart Burns.
4. Nola Taylor Redd, "How Far Away Is Venus?" *Space.com*, November16, 2012, https://www.space.com/18529-distance-to-venus.html (accessed June 19, 2017).
5. Matt Williams, "How Do We Terraform Venus?" *Universe Today*, June 21, 2016, https://www.universetoday.com/113412/how-do-we-terraform-venus/ (accessed June 21, 2017).
6. Tim Sharp, "How Far Away Is Mars?" *Space.com*, August 2, 2012, https://www.space.com/16875-how-far-away-is-mars.html (accessed June 18, 2017).
7. Fiona MacDonald, "It's Official: NASA Announces Mars' Atmosphere Was Stripped Away by Solar Winds," *Science Alert*, November 5, 2015, https://www.sciencealert.com/live-updates-nasa-is-announcing-what-happened-to-mars

-atmosphere-right-now (accessed June 19, 2017).

8. Jay Bennett, "NASA Considers Magnetic Shield to Help Mars Grow Its Atmosphere: NASA Planetary Science Division Director, Jim Green, Says Launching a Magnetic Shield Could Help Warm Mars and Possibly Allow It to Become Habitable," *Popular Mechanics*, March 1, 2017, http://www.popularmechanics.com/space/moon-mars/a25493/magnetic-shield-mars-atmosphere (accessed April 29, 2017).

9. Robert M. Zubrin and Christopher P. McKay, "Technological Requirements for Terraforming Mars," 1993, http://www.users.globalnet.co.uk/~mfogg/zubrin.htm (accessed June 21, 2017).

10. Shannon Stirone, "Your Guide to the Most Habitable Exoplanets," *Astronomy Magazine*, April 7, 2017, http://www.astronomy.com/news/2017/04/exoplanet-guide (accessed June 21, 2017).

11. Ian Sample, "Exoplanet Discovery: Seven Earth-Sized Planets Found Orbiting Nearby Star," *Guardian*, February 23, 2017, https://www.theguardian.com/ science/2017/feb/22/thrilling-discovery-of-seven-earth-sized-planets-discovered-orbiting-trappist-1-star (accessed June 19, 2017).

12. Nadia Drake, "Potentially Habitable Planet Found Orbiting Star Closest to Sun," *National Geographic*, August 24, 2016, http://news.nationalgeographic.com/2016/08/earth-mass-planet-proxima-centauri-habitable-space-science/ (accessed June 19, 2017).

13. Nicola Davis, "Apollo Deep Space Astronauts Five Times More Likely to Die from Heart Disease," *Guardian*, July 28, 2016, https://www.theguardian.com/science/2016/jul/28/apollo-deep-space-astronauts-five-times-more-likely-to-die-from-heart-disease (accessed June 19, 2017).

14. Takuma Hashimoto et al., "Extremotolerant Tardigrade Genome and Improved Radiotolerance of Human Cultured Cells by Tardigrade-Unique Protein," *Nature Communications* 7 (2016).

第十三章：帶著有機與人工風味的智慧

1. F-C Yeh, "Quantifying Differences and Similarities in Whole-Brain White Matter Architecture Using Local Connectome

Fingerprints," *PLoS Computational Biology* 12, no. 11, November 15, 2016, http://dx.doi.org/10.1371/journal.pcbi.1005203 (accessed April 29, 2017).

2. Isaac Asimov, *The Foundation Trilogy* (New York: Alfred A. Knopf, 2010).
3. Elizabeth Howell, "Henrietta Swan Leavitt: Discovered How to Measure Stellar Distance," *Space.com*, November 11, 2016, https://www.space.com/34708-henrietta-swan-leavitt-biography.html (accessed June 22, 2017).
4. Sara Chodosh, "The Incredible Evolution of Supercomputers' Powers, From 1946 To Today," *Popular Science*, April 22, 2017, http://www.popsci.com/supercomputers-then-and-now (accessed June 22, 2017).
5. Adrian Cho, "'Huge Leap Forward': Computer That Mimics Human Brain Beats Professional at Game of Go," *Science*, January 27, 2016, http://www.sciencemag.org/news/2016/01/huge-leap-forward-computer-mimics-human-brain-beats-professional-game-go (accessed June 22, 2017).
6. Bruce Weber, "Swift and Slashing, Computer Topples Kasparov," *New York Times*, May 12, 1997, http://www.nytimes.com/1997/05/12/nyregion/swift-and-slashing-computer-topples-kasparov.html (accessed June 19, 2017).
7. Sean O'Neill, "Forget Turing—I Want to Test Computer Creativity," *New Scientist*, December 10, 2014, https://www.newscientist.com/article/mg22429992-900-forget-turing-i-want-to-test-computer-creativity/ (accessed June 27, 2017).
8. Vernor Vinge, "The Coming Technological Singularity: How to Survive in the Post-Human Era," in *Vision-21: Interdisciplinary Science and Engineering in the Era of Cyberspace*, ed. G.A. Landis, NASA Publication CP-10129 (Washington, DC: National Aeronautics and Space Administration, 1993), pp. 11–22.
9. Andy Greenberg, "Now Anyone Can Deploy Google's Troll-Fighting AI," *Wired*, February 23, 2017, https://www.wired.com/2017/02/googles-troll-fighting-ai-now-belongs-world/ (accessed June 19, 2017).
10. Julian Jaynes, *The Origin of Consciousness in the Breakdown of the Bicameral Mind* (Boston: Houghton Mifflin, 1976).
11. Lee Bell, "What Is Moore's Law? *Wired* Explains the Theory That Defined the Tech Industry," *Wired*, August 28, 2016, http://www.wired.co.uk/article/wired-explains-moores-law (accessed June 19, 2017).
12. Tomoki W. Suzuki, Jun Kunimatsu, and Masaki Tanaka, "Correlation between Pupil Size and Subjective Passage of Time

in Non-Human Primates," *Journal of Neurosci-ence* 2, no. 36 (November 2016): 11331–37.
13. Kim Zetter, "An Unprecedented Look at Stuxnet, the World's First Digital Weapon," *Wired*, November 3, 2014, https://www.wired.com/2014/11/countdown-to-zero-day-stuxnet/ (accessed June 19, 2017).

第十四章：機器人的崛起

1. "Jan. 25, 1921: The Robot Cometh," *Wired*, January 25, 2007, https://www.wired.com/2007/01/jan-25-1921-the-robot-cometh/ (accessed June 19, 2017).
2. Isaac Asimov, "Liar," *Astounding Science Fiction*, 1941; Alan Brown, "The Man Who Coined the Term 'Robotics,'" *From the Editors Desk* (blog), April 18, 2012, https://memagazineblog.org/2012/04/18/the-man-who-coined-the-term -robotics/ (accessed 7/1/2017).
3. Daven Hiskey, "The First Robot Was a Steam-Powered Pigeon," *Mental Floss*, http://mentalfloss.com/article/13083/first-robot-created-400-bce-was-steam-powered-pigeon (accessed June 19, 2017).
4. Ibn al-Razzaz al–Jazari, *The Book of Knowledge of Ingenious Mechanical Devices: Kitáb fí ma'rifat al-hiyal al-handasiyya*, trans. Donald R. Hill (Springer Science & Busi-ness Media, 1973).
5. Nicholas Jackson, "Elektro the Moto-Man, One of the World's First Celebrity Robots," *Atlantic*, February 21, 2011, https://www.theatlantic.com/ technology/archive/2011/02/elektro-the-moto-man-one-of-the-worlds-first-celebrity-robots/71505/ (accessed June 19, 2017).
6. Hank Campbell, "Early 20th Century Robots: Sparko, the Robotic Scottish Terrier," *Science 2.0*, March 31, 2011, http://www.science20.com/science_20/ early_20th_century_robots_spar...-77664 (accessed June 22, 2017).
7. Guinness World Records, "First Human to be Killed by a Robot," http://www.guinnessworldrecords.com/world-records/first-human-to-be-killed-by-a-robot (accessed June 19, 2017).
8. Kris Osborn, "Pentagon Plans for Cuts to Drone Budgets," DOD Buzz, January 2, 2014, https://www.dodbuzz.com/2014/01/02/pentagon-plans-for-cuts-to-drone-budgets/ (accessed June 22, 2017).

9. Isaac Asimov, "Runaround," *Astounding Science Fiction*, March 1942.
10. Isaac Asimov, *Foundation and Earth* (New York: Doubleday, 1986).
11. "Robot Rules, OK? An Examination of Asimov's 'Laws of Robotics' Fiction," Computer (two parts: 26, no. 12 [December 1993] and 27, no. 1 [January 1994]).
12. Gordon Briggs and Matthias Scheutz, "Sorry, I Can't Do That: Developing Mechanisms to Appropriately Reject Directives in Human-Robot Interactions," (paper presented at the AAAI Fall Symposium Series, Human Robot Interaction Laboratory, Tufts University, Medford, Massachusetts, 2015).
13. Fred Hapgood, "Chaotic Robotics," *Wired* 2, no. 9, September 1994, https://www.wired.com/1994/09/tilden/ (accessed April, 29, 2017).
14. Cecilia Kang, "Cars Talking to One Another? They Could Under Proposed Safety Rules," *New York Times*, December 13, 2016, https://www.nytimes.com/2016/12/13/technology/cars-talking-to-one-another-they-could-under-proposed-safety-rules.html?_r=0 (accessed June 19, 2017).
15. Alex Davies, "Here's What It's Like to Ride in Uber's Self-Driving Car," *Wired*, September 16, 2016, https://www.wired.com/2016/09/heres-like-ride-ubers-self-driving-car/ (accessed June 19, 2017).
16. Paul A. Eisenstein, "Now You Can Ride in a Google Self-Driving Car," NBC News, April 25, 2017, http://www.nbcnews.com/tech/tech-news/now-you-can-ride-google-self-driving-car-n750646 (accessed June 19, 2017).
17. Knvul Sheikh, "New Robot Helps Babies with Cerebral Palsy Learn to Crawl," *Scientific American*, October 1, 2016.
18. "ECCEROBOT," Technische Universität München, http://www6.in.tum.de/Main/ResearchEccerobot (accessed June 22, 2017).
19. SoftBank, "SoftBank Increases Its Interest in Aldebaran to 95%" https://www.ald.softbankrobotics.com/en/press/press-releases/softbank-increases-its-interest (accessed June 19, 2017).
20. Danielle Egan, "Here for Your Heart Surgery? Come Meet Dr. Snake-Bot," *Discover*, January 29, 2011, http://discovermagazine.com/2010/nov/29-ready-for-heart-surgery-meet-dr-snake-bot (accessed June 19, 2017).

21. Bridget Borgobello, "Knightscope Reveals Robotic Security Guard," *New Atlas*, December 5, 2013, http://newatlas.com/knightscope-k5-k10-robot-security-guard/30024/ (accessed June 19, 2017).

第十五章：我們是孤單的嗎？來自地球之外的智慧

1. Harry Bates, "Farewell to the Master," *Astounding Science Fiction*, 1940.
2. "The Post-Detection SETI Protocol," North American Astrophysical Observatory, http://www.naapo.org/SETIprotocol.htm (accessed June 30, 2017).
3. "How Many Solar Systems Are in Our Galaxy"? NASA, https://spaceplace.nasa.gov/review/dr-marc-space/solar-systems-in-galaxy.html (accessed June 19, 2017).
4. "The Nobel Prize in Physics," Nobel Prizes and Laureates, https://www.nobelprize.org/nobel_prizes/physics/laureates/1938/ (accessed June 19, 2017).
5. "Stars and Habitable Planets," Sol, http://www.solstation.com/habitable.htm (accessed June 19, 2017).
6. Charles Q. Choi, "Double Sunsets May be Common, but Twin-Star Setups Still Mysterious," *Space.com*, January 18, 2010, https://www.space.com/7792-double-sunsets-common-twin-star-setups-mysterious.html (accessed June 22, 2017).
7. *Star Trek*, "The Devil in the Dark," first broadcast March 9, 1967, by NBC, directed by Joseph Pevney and written by Gene L. Coon.
8. Josef Allen Hynek, *The UFO Experience: A Scientific Inquiry* (Chicago: H. Regnery Company, 1972).
9. Nell Greenfieldboyce, "NASA Spots What May Be Plumes of Water on Jupiter's Moon Europa," NPR the Two-Way, September 26, 2016, http://www.npr.org/sections/thetwo-way/2016/09/26/495512651/nasa-spots-what-may-be-plumes-of-water-on-jupiters-moon-europa (accessed June 22, 2017).
10. "Post-Detection SETI."

第十六章：一通真的來自非常遙遠的長途電話：星際間的通訊

1. *Encyclopedia of Science Fiction*, s.v. “Ansible.”
2. “Taming Photons, Electrons Paves Way for Quantum Internet,” *China Technology News*, September 20, 2016, http://www.technologynewschina.com/2016/09/ taming-photons-electrons-paves-way-for.html (accessed June 19, 2017).
3. Ling Xin, “China Launches World’s First Quantum Science Satellite,” *IOP Physics World*, August 16, 2016, http://physicsworld.com/cws/article/news/2016/aug/16/china-launches-world-s-first-quantum-science-satellite (accessed April 29, 2017).

第十七章：顛簸繁星路

1. *Serenity*, directed by Joss Whedon, Universal Pictures, 2005.
2. Jacob Astor IV, *A Journey in Other Worlds: A Romance of the Future* (D Appleton, 1894).
3. Frank K. Kelly, “Star Ship Invincible,” *Astounding Stories* (1935).
4. H. G. Wells, *The First Men in the Moon* (Marblehead, Massachusetts: Trajectory, 2014).
5. “Escape Velocity: Fun and Games,” NASA, https://www.nasa.gov/audience/foreducators/k-4/features/F_Escape_Velocity.html (accessed June 23, 2017).
6. *New World Encyclopedia*, s.v. “Space Elevator,” http://www.newworldencyclopedia.org/entry/Space_elevator (accessed June 30, 2017).
7. Arthur C. Clarke, *The Fountains of Paradise* (New York: Hartcourt Brace Jova-novich, 1979).
8. Stuart Fox, “How Do Solar Sails Work?” *Live Science*, May 17, 2010, https://www.livescience.com/32593-how-do-solar-sails-work-.html (accessed June 23, 2017).
9. “Space ‘Spiderwebs’ Could Propel Future Probes,” *New Scientist*, April 25, 2008, https://www.newscientist.com/article/dn13776-space-spiderwebs-could-propel-future-probes/ (accessed July 2, 2017).
10. Dan Simmons, *Ilium* (New York: HarperTorch, 2005); Dan Simmons, *Olympos* (New York: Harper Voyager, 2006).

11. Gerald P. Jackson and Steven D. Howe, "Antimatter Driven Sail for Deep Space Missions," (Proceedings of the Particle Accelerator Conference, Portland, OR, May 12–16, 2003).
12. *New World Encyclopedia*, s.v. "Antimatter," http://www.newworldencyclopedia.org/entry/Antimatter (accessed June 23, 2017).
13. Natalie Wolchover, "Will Antimatter Destroy the World?" *Live Science*, June 16, 2011, https://www.livescience.com/33348-antimatter-destroy-world.html (accessed June 24, 2017).
14. Matt Williams, "What Is the Alcubierre 'Warp' Drive," *Universe Today*, Jan. 22, 2017, https://www.universetoday.com/89074/what-is-the-alcubierre-warp-drive (accessed June 24, 2017).
15. "Eugene Podkletnov's Gravity Impulse Generator," *American Antigravity*, September 21, 2012, http://www.americanantigravity.com/news/space/eugene-podkletnovs-gravity-impulse-generator.html (accessed June 23, 2017).
16. Breakthrough Initiatives, "Internet Investor and Science Philanthropist Yuri Milner & Physicist Stephen Hawking Announce Breakthrough Starshot Project to Develop 100 Million Mile per Hour Mission to the Stars within a Generation," https://breakthroughinitiatives.org/News/4 (accessed June 23, 2017).

第三部插曲 物質的本質

1. Brian Greene, "How the Higgs Boson Was Found," *Smithsonian Magazine*, July 2013, http://www.smithsonianmag.com/science-nature/how-the-higgs-boson-was-found-4723520/ (accessed June 23, 2017).
2. Clara Moskowitz, "What's 96 Percent of the Universe Made Of? Astronomers Don't Know," *Space.com*, May 12, 2011, https://www.space.com/11642-dark-matter-dark-energy-4-percent-universe-panek.html (accessed June 23, 2017).
3. William J. Cromie, "Physicists Slow Speed of Light," *Harvard Gazette*, February 18, 1999, http://news.harvard.edu/gazette/story/1999/02/physicists-slow-speed-of-light/ (accessed April 29, 2017).
4. Julian Léonard et al., "Supersolid Formation in a Quantum Gas Breaking a Continuous Translational Symmetry," *Nature* 543 (March 2, 2017): 87–90.

5. Jun-Ru Li et al., "A Stripe Phase with Supersolid Properties in Spin–Orbit-Coupled Bose–Einstein Condensates," *Nature* 543 (March 2, 2017): 91–94.

第十八章：為什麼我們會那麼的奉行唯物主義？

1. Richard Gray, "No More Smashed Phones! Super-Hard Metallic Glass Is 600 Times Stronger than Steel and Will BOUNCE If It's Dropped," *Daily Mail*, April 5, 2016, http://www.dailymail.co.uk/sciencetech/article-3524128/No-smashed-phones-Super-hard-metallic-glass-500-times-stronger-steel-BOUNCE-dropped.html (accessed June 23, 2017).
2. "Digital Contact Lenses Can Transform Diabetes Care," *Medical Futurist*, http://medicalfuturist.com/googles-amazing-digital-contact-lens-can-transform-diabetes-care/ (accessed June 23, 2017).
3. Melissa Healy, "Hot? You Can Cool Down by Suiting Up in This High-Tech Fabric," *Los Angeles Times*, September 1, 2016, http://www.latimes.com/science/sciencenow/la-sci-sn-cool-shirt-20160901-snap-story.html (accessed April 29, 2017).
4. Jennifer Chu, "Beaver-Inspired Wetsuits in the Works," *MIT News*, October 5, 2016, http://news.mit.edu/2016/beaver-inspired-wetsuits-surfers-1005 (accessed April 29, 2017).
5. Jyllian Kemsley, "Names for Elements 113, 115, 117, and 118 Finalized by IUPAC," *Chemical & Engineering News*, December 5, 2016, http://cen.acs.org/ articles/94/i48/Names-elements-113-115-117.html (accessed 6/24/ 2017).
6. Bob Yirka, "Linking Superatoms to Make Molecules to Use as Building Blocks for New Materials," *Phys.org*, July 27, 2016, https://phys.org/news/2016-07-linking-superatoms-molecules-blocks-materials.html (accessed June 23, 2017).
7. Sarah Zielinski, "Absolute Zero: Why Is A Negative Number Called Absolute Zero?" *Smithsonian Magazine*, January 1, 2008, http://www.smithsonianmag.com/science-nature/absolute-zero-13930448 (accessed June 24, 2017).
8. Emily Conover, "The Pressure Is on to Make Metallic Hydrogen," *Science News* 190, no. 4 (August 20, 2016): 18, https://www.sciencenews.org/article/ pressure-make-metallic-hydrogen (accessed April 29, 2017).
9. Colin Barras, "Warmest Ever Superconductor Works at Antarctic Temperatures," *New Scientist*, August 17, 2015, https://

www.newscientist.com/article/ dn28058-warmest-ever-superconductor-works-at-antarctic-temperatures/ (accessed June 23, 2017).

10. "The Nobel Prize in Physics 2010," Nobelprize.org, https://www.nobelprize.org/nobel_prizes/physics/laureates/2010/ (accessed June 23, 2017).

11. Prachi Patel, "Silkworms Spin Super-Silk after Eating Carbon Nanotubes and Graphene," *Scientific American*, October 9, 2016, https://www.scientific american.com/article/silkworms-spin-super-silk-after-eating-carbon-nanotubes-and-graphene/ (accessed April 29, 2017).

12. Lynda Delacey, "Q-Carbon: A New Phase of Carbon So Hard It Forms Diamonds When Melted," *New Atlas*, December 6, 2015, http://newatlas.com/ q-carbon-new-phase-of-carbon/40668/ (accessed June 23, 2017).

13. Alexandra Goho, "Infrared Vision: New Material Might Enhance Plastic Solar Cells," *Science News*, January 22, 2005.

14. Stefan Lovgren, "Spray-On Solar-Power Cells Are True Breakthrough," *National Geographic News*, January 14, 2005, http://news.nationalgeographic.com/ news/2005/01/0114_050114_solarplastic.html (accessed June 23, 2017).

15. Goho, "Infrared Vision."

16. Seth Borenstein, "Now You See It, Now You Don't: Time Cloak Created," *US News*, January 4, 2012, https://www.usnews.com/science/articles/2012/01/04/ now-you-see-it-now-you-dont-time-cloak-created (accessed April 29, 2017).

第十九章：科技（酷炫的玩具）

1. Anh-Vu Do et al., "3D Printing of Scaffolds for Tissue Regeneration Applications," *Advanced Healthcare Materials* 4, no. 12 (2015): 1742–62.

2. William Herkewitz, "Incredible 3D Printer Can Make Bone, Cartilage, and Muscle. Hello, Future," *Popular Mechanics*, February 15, 2016, http://www.popular mechanics.com/science/health/a19443/3d-printer-bone-cartilidge-and-muscle/ (accessed April 29, 2017).

3. Steven Leckart, "How 3-D Printing Body Parts Will Revolutionize Medicine," *Popular Science*, August 6, 2013, http://

www.popsci.com/science/article/2013-07/how-3-d-printing-body-parts-will-revolutionize-medicine (accessed June 23, 2017).

4. Marissa Fessenden, "3-D Printed Windpipe Gives Infant Breath of Life: A Flexible, Absorbable Tube Helps a Baby Boy Breathe, and Heralds a Future of Body Parts Printed on Command," *Scientific American*, May 24, 2013, https://www.scientific american.com/article/3-d-printed-windpipe/ (accessed April 29, 2017).
5. Alexandria Le Tellier, "Does the Bluetooth Dress Signal the Future of Fashion?" *All the Rage*, June 18, 2009, http://latimesblogs.latimes.com/allthe rage/2009/06/does-the-bluetooth-dress-signal-the-future-of-fashion.html (accessed June 23, 2017).
6. Richard Gray for *MailOnline*, "The Electronic Skin Fitted with 'Disco Lights': Sticky Film Could Lead to Wearable Screens That Track Your Health and Even Show FILMS," *DailyMail*, April 15, 2016, http://www.dailymail.co.uk/sciencetech/article-3542072/The-electronic-skin-fitted-disco-lights-Sticky-film-lead-wearable-screens-track-health-FILMS.html (accessed April 29, 2017).
7. Meghan Rosen, "Tracking Health Is No Sweat with New Device: Wearable Electronic Analyzes Chemicals in Perspiration," *Science News*, January 27, 2016, https://www.sciencenews.org/article/tracking-health-no-sweat-new-device?mode =magazine&context=543 (accessed April 29, 2017).
8. Jacob Aron, "Laser Camera Can Track Hidden Moving Objects around Corners," *New Scientist*, December 7, 2015, https://www.newscientist.com/article/dn28628-laser-camera-can-track-hidden-moving-objects-around-corners/ (accessed April 29, 2017).
9. Emily Conover, "Wi-Fi Can Help House Distinguish between Members: Smart Homes Will Cater to Individuals' Needs," *Science News*, September 27, 2016, https://www.sciencenews.org/article/wi-fi-can-help-house-distinguish-between-members?mode=topic&context=96 (accessed April 29, 2017).
10. Dr. Elizabeth Strychalski, "Neural Engineering System Design (NESD)," DARPRA, http://www.darpa.mil/program/neural-engineering-system-design (accessed April 29, 2017).

第二十章：讓物體存在的東西是什麼？

1. Stephen Hawking and Leonard Mlodinow, *The Grand Design* (New York: Bantam Books, 2010).
2. *Doctor Who*, "Under the Lake," season 9, episode 3, first broadcast October 3, 2015, directed by Daniel O'Hara and written by Toby Whithouse.
3. "The First Flight Simulator (1929)," HistoryofInformation.com, http://www.historyofinformation.com/expanded.php?id=2520 (accessed June 23, 2017).
4. "History of Virtual Reality," Virtual Reality Society, https://www.vrs.org.uk/virtual-reality/history.html (accessed June 23, 2017).
5. Ibid.
6. R. Gonçalves et al., "Efficacy of Virtual Reality Exposure Therapy in the Treatment of PTSD: A Systematic Review," *PLoS ONE* 7, no. 12 (2012).
7. Repstein, "Perspective; Chapter 1: The Party," Expanded Theater, Sep-tember 29, 2015, https://courses.ideate.cmu.edu/54-498/f2015/perspective-chapter-1-the-party-by-morris-may-and-rose-troche-2015/ (accessed June 23, 2017); Angela Watercutter, "VR Films Are Going to Be All over Sundance in 2015," *Wired*, December 4, 2014, https://www.wired.com/2014/12/oculus-rift-sundance-film-festival/ (accessed June 23, 2017).
8. Kathryn Y. Segovia and Jeremy N. Bailenson, "Virtually True: Children's Acquisition of False Memories in Virtual Reality," *Media Psychology* 12 (2009): 371–393.
9. Jerry Adler, "Erasing Painful Memories," *Scientific American*, May 2012.
10. "Holographic Universe," *Science Daily*, https://www.sciencedaily.com/terms/holographic_principle.htm (accessed June 23, 2017).
11. *Star Trek: The Next Generation*, "Relics," first broadcast October 12, 1992, directed by Alexander Singer and written by Ronald D. Moore.

第二十一章：每件事物的終點

1. Peter Holley, "Stephen Hawking Just Gave Humanity a Due Date for Finding another Planet," *Washington Post*, November 17, 2016, https://www.washingtonpost.com/news/speaking-of-science/wp/2016/11/17/stephen-hawking-just-gave-humanity-a-due-date-for-finding-another-planet/?utm_term =.9258c8943376 (accessed June 23, 2017).
2. Martin Rees, *Our Final Hour: A Scientist's Warning—How Terror, Error, and Environmental Disaster Threaten Humankind's Future in This Century—On Earth and Beyond* (New York: Basic Books, 2003).
3. "Roundtable: A Modern Mass Extinction?" Evolution, http://www.pbs.org/wgbh/evolution/extinction/massext/statement_03.html (accessed June 23, 2017).
4. *Wikipedia*, s.v. "Extinction Event," https://en.wikipedia.org/wiki/ Extinction_event (accessed June 24, 2017).
5. Gerardo Ceballos et al., "Accelerated Modern Human-Induced Species Losses: Entering the Sixth Mass Extinction," *Science Advances* 1 (June 19, 2015).
6. Adrienne Lafrance, "The Chilling Regularity of Mass Extinctions: Scientists Say New Evidence Supports a 26-Million-Year Cycle Linking Comet Showers and Global Die-Offs," *Atlantic*, November 3, 2015, https://www.theatlantic.com/science/archive/2015/11/the-next-mass-extinction/413884/ (accessed April 29, 2017).
7. Konstantin Batygin and Michael E. Brown, "Evidence for a Distant Giant Planet in the Solar System," *Astronomical Journal* 20 (2016).
8. Leslie Mullen, "Getting Wise about Nemesis," *Astrobiology*, March 11, 2010, http://www.astrobio.net/news-exclusive/getting-wise-about-nemesis/ (accessed April 29, 2017).
9. Sarah Scoles, "Target Earth: The Next Extinction from Space," *Discover*, July 28, 2016, http://discovermagazine.com/2016/sept/9-death-from-above (accessed April 29, 2017).
10. D. C. Agle et al., "Catalog of Known Near-Earth Asteroids Tops 15,000," (announcement by Jet Propulsion Laboratory, California Institute of Technology, Pasadena, CA, October 27, 2016), https://www.jpl.nasa.gov/news/news.php?feature=6664 (accessed April 29, 2017).

11. "What Killed the Dinosaurs?" Evolution, http://www.pbs.org/wgbh/evolution/extinction/dinosaurs/asteroid.html (accessed June 23, 2017).
12. Andrey Kuzmin, "Meteorite Explodes over Russia, More Than 1,000 Injured," Reuters, February 15, 2013, http://www.reuters.com/article/us-russia-meteorite-idUSBRE91E05Z20130215 (accessed June 23, 2017).
13. Deborah Byrd, "Night Sky as Milky Way and Andromeda Galaxies Merge," EarthSky, March 24, 2014, http://earthsky.org/space/video-of-earths-night-sky-between-now-and-7-billion-years (accessed June 23, 2017).
14. "The Three Laws of Thermodynamics," *Boundless.com* https://www.boundless.com/chemistry/textbooks/boundless-chemistry-textbook/ thermodynamics-17/the-laws-of-thermodynamics-123/the-three-laws-of-thermodynamics-496-3601/ (accessed June 26, 2017); Jim Lucus, "What Is Thermodynamics," Live *Science*, May 7, 2015, https://www.livescience.com/50776-thermodynamics.html (accessed June 26, 2017).
15. Hannah Devlin, "This is the Way the World Ends: Not with a Bang, but with a Big Rip," *Guardian*, July 3, 2015, https://www.theguardian.com/science/2015/ jul/02/not-with-a-bang-but-with-a-big-rip-how-the-world-will-end (accessed July 1, 2017).
16. Arthur C. Clarke, *Profiles of the Future: An Inquiry into the Limits of the Possible* (New York: Popular Library, 1973).

術語表

無生源說 abiogenesis：生物的進化是從無生命物質開始的。

絕對零度 absolute zero：理論上的最低溫度是粒子活動最小程度的時候。超導體最喜愛這種溫度。

適應作用 adaptation：一個短期改變的過程，有機體會因此變得比較適合在環境中生存。

反照率 albedo：表面所反射出的光與熱的比例。

人類原則（更偏哲學而非科學）anthropic principle：我們的宇宙是適宜生物居住，因為我們是住在這裡觀察到的。

人工重力 artificial gravity：我猜想重力不是由星際物體所創造出來的。對我而言，不論是人工或非人工，重力就是重力。何來所謂人工之有？

人工智慧 artificial intelligence：是指一個能夠執行一般是要人類智慧才能完成的工作的電腦系統。

擴增實境 augmented reality：電腦產生的影像疊印在使用者所看見的真實世界中。

嗜菌體 bacteriophage：一種在細菌中感染並繁殖的病毒。

ß衰變 beta decay：在一個原子裡的核子中出現過多質子或中子所開始的衰變。其中之一的多餘粒子將會轉變成另一個（電子和微中子在這個過程中扮演玩家的角色）。

宇宙大爆炸（大霹靂理論）big bang: 關於我們的宇宙是如何開始的主要宇宙學理論。

二氧化碳 carbon dioxide (CO_2)：一個吸收並排出太陽輻射的分子。它是對生物必要的溫室氣體，但任何東西過多都是不好的。

碳封存 carbon sequestering：這是一個將二氧化碳從大氣層移除並儲存起來的過程。

卡西米爾效應 Casimir effect：在兩片距離非常小的板子中間存在著因為真空壓力所造成的吸引力。根據實驗，這個結果提供了虛擬粒子存在的證據。

造父變星 Cepheid stars: 一顆在固定距離會搏動的星體。混入一些數學，可以幫助確定星球間的距離。

錢德拉塞卡極限 Chandrasekhar limit: 相當於太陽質量的 1.4 倍。如果一顆星球的質量少於此，它將會在生命盡頭變成白矮星。如果質量大於此，就會演變成超新星。如果一顆星球的質量遠超於此極限，它就注定會變成一個黑洞。

化學火箭 chemical rocket：使用化學燃料以及氧化器做燃燒。

無性繁殖 cloning：無性生殖。

認知 cognition：透過思考所獲得的知識。

意識 consciousness：對你的周圍環境的知覺。

宇宙微波背景輻射 cosmic microwave background (CMB)：是宇宙的第一道光。它是宇宙大爆炸後的殘餘電磁輻射。

可以把它想成是一張小嬰孩的照片。

宇宙學 cosmology：關於整個宇宙的科學，包含它的起源與結尾。

網際空間 cyberspace：一個使用者能夠溝通的電腦網絡環境。

賽博格（生化人）cyborg：由生物與機械身體部位所組成的生化人。

同調性散失 decoherence：從量子狀態轉變成一致狀態，機率波的崩解變成一個單一狀態（最終結果）。

脫氧核糖核酸 DNA (deoxyribonucleic acid): 自我複製的遺傳藍圖。

德雷克方程式 Drake equation: 是一個方程式，用來計算以找出一個具有溝通文明的外星智慧生物的出現機率。

元素 element：一種無法再被分解成更簡單物質的物質（它們是由夸克與電子所組成）。

附加性質 emergent properties：一個整體具有其內部單一部分所沒有之特性的系統。

能量與物質相等 energy and mass equivalency (E=mc 2)：物質是非常集中的能量。

熵 entropy：熱能的數量無法讓機械運作。也是測量在一個系統裡的失調程度。

事件視界 event horizon：圍繞著一個黑洞的邊界。一旦超過它，就無法回頭，即便是光，亦是如此。

進化 evolution：人口隨著時間所產生的遺傳變化（隨機突變）長期過程。

系外行星 exoplanet：在我們的太陽系之外的星球。

費米悖論 Fermi Paradox：在外星生物存在的高可能性與缺乏其存在的證據之間的矛盾。

廣義相對論 general relativity：將重力混合狹義相對論，你將會發現重力與加速度是相等的。

遺傳工程 genetic engineering：透過基因控制以複製一個生物。

地球工程 geoengineering：人類控制一個星球的環境。

適居帶 Goldilocks zone：一個從星體的適當距離能夠讓一個星球有液態水存在的可能性。

重力波 gravitational waves：由一些宇宙事件，像是黑洞碰撞所造成在時空的漣漪。

引力子 gravitons：理論上的量子化重力（一個粒子）是能夠調節重力場。

重力加速度相等 gravity-acceleration equivalence：廣義相對論的結論，主張重力來自加速度。

重力為幾何學 gravity as geometry：愛因斯坦認為重力不是一種力量，而是時空彎曲的一種屬性。往下加速到一個彎曲處，然後「轟」！重力來了（請參閱上一個名詞解釋）。

重力牽引器 gravity tractor：一個理論中出現的物體，能夠利用其重力場讓另一物體偏斜。

溫室效應 greenhouse effect：用於解釋全球暖化與太陽熱能困在大氣層中的相關連性的一種比喻說法。

霍金輻射 Hawking radiation：預測從一個黑洞滲漏出來的輻射，這要歸因於量子效應。

海弗列克極限 Hayflick limit：一個正常細胞分裂次數的極限，直到它說：「不能再分了！」

熱寂理論 heat death：宇宙的最終命運。沒有任何可用熱能進行任何程序。

海森堡的測不準原理 Heisenberg uncertainty principle：在自然中有含糊不明的特性是限制我們所能得知關於量子粒子的行為。

全息理論 holographic principle：關於我們在時空中所見的一切其實是從一個邊界中所產生出較低維度投射的理論。

人科動物 hominid：原始人類加上猿、大猩猩、黑猩猩以及猩猩。

原始人類 hominin：人類與任何早期亞種的人類。

哈伯常數 Hubble's constant：宇宙的擴張速度。大約是每一兆秒差距的每秒 70.8 公里。

智力 intelligence：知識的累積。

離子引擎 ion engine：產生推進力的離子化氣體。

卡達爾肖夫級數表 Kardashev scale：是基於能量使用所產生的文明排行系統。

雷射 laser：集中且加強的放射光。

本系星群 Local Group：大約有五十四個本系星群引力束縛著銀河。星河（The Milky Way）是成員之一。

量子重力環理論 loop quantum gravity (LQG) theory：時空的量子版本。時空不是連續的，而可能是由極微小（蒲朗克長度）的時空粒子所組成。

巨噬細胞 macrophage：一個大的白血球吸收了外來粒子，包括細菌。

膜理論 membrane theory：一種宇宙論，主張我們的宇宙有一層具有能量的膜狀物（薄膜），是懸浮在一個較高維度中有許多薄膜組成的巨大團狀物。重力從團狀物中滲洩出來，使得重力相較起另外三種宇宙力量來的較脆弱。

超材料 metameterials：具有在天然材料裡找不到的特質的材料。

奈米微機械 nanites：一種在奈米尺度運作的奈米機械。

天擇 natural selection：適應力較佳的生物有較高的可能性存活，遇到比較好的對象進行繁衍後代的過程。

近地物體 near-Earth objects (NEOs)：在地球附近的隕石與彗星（在 1.3 天文單位，約莫是地球到太陽的距離以內）。

神經細胞（元）neurons：用來傳送神經脈衝的神經細胞。

微中子 neutrino：由 β 衰變所生成的不帶電粒子。

核能推力 nuclear propulsion(Orion 設計)：就如字面上的意思—核能爆炸所得到的推力。是一個核能推進火箭的進階版本，需要有控制的核分裂或是核融合傳動裝置。目前還處於開發階段。

秒差距 parsec：一角秒（arcsecond）的簡單表現方式，星際距離的測量單位。

蒲朗克長度 Planck length：非常小的長度，小到無法用一般物理學想法去看待。由量子物理學主導。如果弦震動產生粒子，它們將會以這種長度或小於這種長度存在。

後人類主義 posthumanism：一種超越人類的存在狀態。

量子纏繞 quantum entanglement：發生於當成對粒子都在相同量子狀態，並且彼此無法各自表述。粒子間的距離不是重點。

量子電子傳輸 quantum teleportation：在不同地點間的量子資訊轉換。

噴射推進引擎 ramjet：噴射推進引擎不是吸進空氣，而是把空氣猛壓進去。空氣壓縮燃燒燃料以製造推力。燃燒會以亞音速的速度產生。

地球殊異假說 Rare Earth Hypothesis：主張類地球的星球有複雜生物的機率非常小。

紅位移 redshift：一道連續波長到電磁波譜的紅色部分像是一個星際物體從一名觀察者視線中移開。這加強了都卜勒位移的論點。

核醣核酸 RNA(ribonucleic acid)：是負責執行在 DNA 遺傳藍圖中找到指示的分子。

機器人 robot：非人工智慧

薛丁格的貓 Schrödinger's cat：一隻用在思想實驗的不開心貓咪。

薛丁格的波功能 Schrödinger's wave function：一種建構出一個結果所包含所有可能性的數學。

史瓦西半徑 Schwarzschild radius：特定物質的半徑，如果物質能夠被擠進這個半徑範圍內，沒有力量能夠阻止它持續崩解成一個奇點。

超音速衝壓引擎 scramjet：一種超音速噴射推進引擎。不同於標準噴射推進引擎，它不需要在燃燒前減速為亞音速（以及，你知道的，推力）。

奇（異）點 singularity：在物理學中沒有明確的定義，但數學與廣義相對論敘述它是一個無窮小且密集的點。

太陽能輻射 solar radiation：由太陽光線的波長確認其輻射線。

太陽帆 solar sail：利用從太陽光打到鏡子的壓力做為推進力。

太陽風 solar winds：源自太陽的帶電粒子。

太空電梯 space elevator：一條繫住一顆星球的纜線，其終點是太空。這能夠利用於運送設備到軌道中。

時空 spacetime：融合三維的空間和時間所成的一個單一連續。

狹義相對論 special relativity：物體移動對無加速參照標準的定律。光速對所有參照標準來說都是相同的。這兩個事實結合後在第一章產生許多稀奇古怪的東西。

物種形成 speciation：特殊物種的形成是經過進化的過程。

幹細胞 stem cell：一個尚未完全分化的細胞具有分化成特殊細胞的能力。

弦理論 string theory：一種一個維度的弦於多元維度中振動，彼此交互作用以創造出科幻小說與任何其他事物的理論。

超原子 superatom：一群原子在結合後具有一個元素的某些特質。

超導體 **superconductor**：它以一種超級方式導電（沒有損失任何能量）。

超銀河 **super-galaxy**：重力束縛的銀河併為一個單一銀河。

超新星 **supernova**：星體爆炸，也對決定星體之間的距離是有益的。

疊加 **superposition**：在機率波功能中同時維持所有可能的狀態（結果）。

超光速（迅子）粒子 **tachyon particle**：一種理論上的粒子，必須一直要以比光速還要快的速度行進。這個粒子和相對論是不一致的，只有在其速度減緩時才不會和相對論產生矛盾。

科技 **technology**：科學因實用目的以及一些趣味目的所產生的應用方式。

外星環境地球化 **terraforming**：簡稱地球化，是設想中人為改變天體表面環境，使其氣候、溫度、生態類似地球環境的行星工程。

熱電學 **thermodynamics**：關於熱與能量的物理學，且兩者在同一系統中作用。

3D 列印 **3-D printing**：用數位模型製造出 3D 物體。預期中的物體是經由連續的層層堆疊所創造出來。

時間擴張 **time dilation**：時間在不同的參考標準（不同的加速結構）中以和彼此相關的不同速度移動。這是狹義相對論的奇異特性之一。

超人類主義 **transhumanism**：使用可獲得的生物性或機械性提升裝備進行改造的人類。

凌日法 **transit method**：使用光測量法偵測系外行星的技術。

渦輪噴射引擎 **turbojet**：以吸進空氣做燃燒產生推力。

真空能／零點能量 **vacuum energy/zero-point energy**：宇宙的背景能量。

虛擬粒子 **virtual particles**：短期存在粒子，從一時違反能量不滅定律中生成。這要歸因於海森堡的測不準原理。

虛擬實境 **virtual reality**：一種互動式的三度空間環境看似（令人感覺）真實。

易揮發 **volatiles**：有著低沸點的元素，像是氮氣以及二氧化碳。

濕體 **wetware**：連結人腦到人工系統的科技。

擺動技術 **wobble method**：使用重力拉力測量方式偵測系外行星存在的技術。

殭屍 **zombie**：再復活的死人，或是被改變成像機械人一般的活人（出現於小說）。

書籍／電影／歌曲 清單

這些書或電影出現的章節數於句末用括號標記。

書籍清單

Edwin A. Abbott. *Flatland: A Romance of Many Dimensions*. London: Seeley, 1884. An examination of geometric dimensions and Vic-torian culture.（第三章）

Douglas Adams. *The Hitchhiker's Guide to the Galaxy*. London: Pan Books, 1979. Humans evolved as part of a computer program to determine the question to life, the universe, and everything.（第八、十三章）

Isaac Asimov. *The Foundation Trilogy*. New York: Alfred A. Knopf, 2010. Making a plan and sticking to it.（第十三章）

Isaac Asimov. "Liar." *Astounding Science Fiction* 27, no. 3 (May 1941). This story contains the first use of the word "robotics."（第十四章）

Isaac Asimov. "Runaround." *Astounding Science Fiction* 29, no. 1 (March 1942). Tons of robot goodness including the Three Laws of Robotics.（第十四章）

Jacob Astor IV. *A Journey in Other Worlds: A Romance of the Future*. New York: D. Appleton, 1894. The first appearance of the term "space-ship."（第十七章）

Margaret Atwood. *The Handmaid's Tale*. Toronto: McClelland & Stewart, 1985. This is an example of the relationship between our bodies, our environment, and politics. Human effects on the environment have caused human infertility. Non-barren women are a limited resource to be managed.（第十一章）

Paolo Bacigalupi. *The Water Knife*. New York: Knopf Doubleday, 2016. The American Southwest is water-depleted, and waring nations fight over what's left of the Colorado River.（第十一章）

René Barjavel. *Le Voyageur imprudent*. Paris: Éditions Denoël, 1944. The introduction of the grandfather paradox.（第二章）

Harry Bates. "Farewell to the Master." *Astounding Science Fiction* 26, no. 2 (October 1940). This story is the blueprint for the movie *The Day the Earth Stood Still*. It is a story of first contact.（第十五章）

Stephen Baxter. *Evolution*. London: Orion, 2002. The title says it all.（第八章）

Greg Bear. *Eon*. New York: Tor Books, 1985. This book has everything: genetic engineering, parallel universes, and most other things from various chapters.

Gregory Benford. *Timescape*. New York: Simon & Schuster, 1980. Tachyons are used for time-traveling communication to warn of ecological disaster.（第六、十一章）

David Brin. *The Practice Effect*. New York: Bantam Books, 1984. The main character travels to an alternate universe with different laws of physics.（第五章）

Max Brooks. *World War Z: An Oral History of the Zombie War*. New York: Three Rivers, 2007. In this book it is the Solanum virus that makes human flesh irresistible to the zombie community.

Tobias Buckell. *Arctic Rising*. New York: St. Martin's Press-3pl, 2012. A novel about the international relations after the loss of ice in the Arctic Ocean.（第十一章）

Karel Capek. *R.U.R. Rossum's Universal Robots* (play). Aventinum, 1920. From this story we get the word "robot." Robot is the Czech word for "worker."（第十四章）

Orson Scott Card. *The Ender Quintet*. New York: Tor Science Fiction; Box edition, 2008. This includes relativistic time travel and inter-stellar communication.（第一、十六章）

M. R. Carey. *The Girl with All the Gifts*. London: Orbit Books, 2014. A novel about how messing with the environment will have bio-logical consequences: zombies.（第九章）

Jeffrey A. Carver. *Sunborn* (the fourth book of *The Chaos Chronicles*). London: Macmillan, 2010. This book contains ancient AIs（第十三章）living within compact dimensions（第三章）inside a black hole（第七章）.

Ted Chiang. "Story of Your Life." *Starlight 2*. Edited by Patrick Nielsen Hayden. New York: Tor Books, 2002. This includes lingual deter-minism and alien contact. This novella is the basis for the movie *Arrival*.（第十五章）

Wesley Chu. *The Lives of Tao*. Nottingham, UK: Angry Robot, 2013. Aliens use humans to increase greenhouse gasses to make the earth more suitable for their takeover.（第十一章）

Liu Cixin. *The Three-Body Problem*. New York: Tor Books, 2014. It has examples of higher and lower dimensions beyond the ones we can perceive. It is also about planetary environmental problems.（第三、十一章）

Arthur C. Clarke. *2001: A Space Odyssey*. New York: New American Library, 1968. There is contact with an extraterrestrial intelli-gence, a possibly psychotic artificial intelligence, and displays of artificial gravity.（第十三、十七、十九章）

Arthur C. Clarke. *The Fountains of Paradise*. San Diego: Harcourt Brace Jovanovich, 1979. Early fictional use of the space elevator.（第十七章）

Arthur C. Clarke. *Imperial Earth*. London: Gollancz, 1975. Use of smartphones and internet. Of course, they had different names because this was published in 1975.（第十九章）

Ernest Cline. *Ready Player One*. New York: Random House, 2011. Virtual reality gaming for a big prize and survival.（第二十章）

Blake Crouch. *Pines* (Book One of the Wayward Pines Trilogy). Seattle: Thomas & Mercer, 2012. This is about evolution gone haywire.（第八章）

Paige Daniels. "The Outpost." *Brave New Girls: Tales of Girls and Gadgets*. Edited by Paige Daniels and Mary Fran. CreateSpace, 2015. A YA story jam-packed with wormholes.（第一章）

Samuel R. Delany. *Triton*. New York: Bantam Books, 1976. An interesting spin on antigravity.（第十七章）

Philip K. Dick. *Do Androids Dream of Electric Sheep?* New York: Dou-bleday, 1968. (The basis for the movie *Blade Runner*.) The story questions what it means to be human.（第十三章）

Philip K. Dick. "We Can Remember It for You Wholesale." *Magazine of Fantasy & Science Fiction* 30, no. 4 (April 1966). This story was loosely adapted into the movie *Total Recall*. It is all a question of identity.（第二十章）

Michel Faber. *The Book of Strange New Things: A Novel*. London: Hogarth, 2014. Humans fleeing a dying Earth cause human-style environmental havoc on an inhabited alien world.（第十一章）

David Gerrold. *The Man Who Folded Himself*. London: Orbit Books, 2014. The main character travels back and forward in time, always creating alternate iterations of himself. He eventually falls in love with himself, and mayhem ensues.（第二、

五章）

William Gibson. *Neuromancer*. New York: Ace Books, 1984. Cyberspace is where all the cool posthumans hang out until the end of the universe.（第十章）

Joe Haldeman. *Forever War*. New York: St. Martin's Press, 1974. This novel is jam-packed with relativistic time travel (time dilation). Each battle in a war takes the hero centuries from the earth he remembers.（第一章）

Lucy Hawking and Stephen Hawking. *George and the Big Bang*. New York: Doubleday Children's Books, 2011. This middle-grade book examines the origins of the universe.（第四章）

Robert A. Heinlein. "The Man Who Sold the Moon." *The Man Who Sold the Moon*. Chicago: Shashta, 1950. Examples of nuclear and chemical rockets.（第十七章）

Bruce T. Holmes. *Anvil of the Heart*. Evanston, IL: Haven Corp., June 1983. A novel about optimizing the genes of children, or else!（第九章）

Frank K. Kelly. "Star Ship Invincible." *Astounding Stories of Science Fiction* 9, no. 9 (January 1935). The word "starship" is first used.（第十七章）

Nancy Kress. *After the Fall, Before the Fall, During the Fall*. San Francisco: Tachyon Publications, 2012. A novel about ecological disaster（第十一章）, dying before reaching adulthood, and time travel（第一章）. What more is needed?

Nancy Kress. *Beggars in Spain*. New York: William Morrow, 1991. A story about a new genetic trait giving an edge to a small portion of humanity.（第九章）

Ann Leckie. *Ancillary Justice*. London: Orbit Books, 2013. Reversed transhumanism. A starship AI who uses humans as ancillary units becomes trapped in one of them.（第十三章）

Ursula K. Le Guin. *Rocannon's World*. New York: Ace Books, 1966. The fictional ansible is introduced for instantaneous long-dis-tance communications.（第十六章）

Madeleine L'Engle. *A Wrinkle in Time*. New York: Farrar, Straus & Giroux, 1962. This young adult novel uses a tesseract to fold time for instantaneous travel across space.（第一章）

Jonathan Maberry. *Patient Zero*. New York: St. Martin's Griffin, 2009. A human-made disease zombifies humans. Not a smart choice.（第九章）

Anne McCaffrey. *The Ship Who Sang*. New York: Walker, 1969. Babies with birth defects have their brains wired into starships (transhumanism) to become the pilots.（第十章）

Seanan McGuire. "Each to Each." *Lightspeed Magazine: Women Destroy Science Fiction!* no. 49 (June 2014). Women who join the mili-tary are (politically) nudged into the navy, where they are trans-formed into mermaids (transhumanism) to be both pretty for the cameras (good for public relations) and efficient in ocean warfare. There is a promise to be converted back—only none have.（第九章）

China Miéville. *The City & the City*. London: Macmillan, 2009. Over-lapping dimensions.（第三章）.

Alan Moore. "Watchmen." DC Comics, no. 1–12 (September 1986– October 1987). Because sometimes you can see the end coming. Or not.（第二十一章）

Audrey Niffenegger. *The Time Traveler's Wife*. San Francisco: MacAdam/Cage, 2003. Time travel as a genetic disorder is men-tioned. This plot idea is not hard science.（第一章）

Larry Niven. *Ringworld*. New York: Ballantine Books, 1970. A civili-zation so advanced that they build an inhabitable artificial ring around a sun. This sounds a lot like a Dyson sphere.（第六章）

Larry Niven and Dean Ellis. *All the Myriad Ways*. New York: Ballantine Books, 1971. The title story of this short story collection features the many-worlds interpretation of quantum mechanics.（第二、五章）

Larry Niven and Jerry Pournelle. *Footfall*. New York: Del Rey Books, 1985. This includes a ship propelled by nuclear bombs. There is also alien life.（第十五、十七章）

Claire North. *The First Fifteen Lives of Harry August*. Boston: Little, Brown, 2014. Time travel blended with the many-worlds interpretation of quantum physics.（第二、五章）

Ada Palmer. *Too Like the Lightning*. New York: Tor Books, 2016. Some-times it is all about who controls the air highways.（第十七章）

Hannu Rajaniemi. *The Quantum Thief* (Part One of the Jean le Flam-beur trilogy). New York: Tor Books, 2011. It includes quantum computing（第二章）and artificial intelligence（第十三章）. There are posthumans hanging around who are radically dif-ferent from baseline humans and from each other（第十章）.

Kim Stanley Robinson. *Red Mars*, *Green Mars*, and *Blue Mars* (the Mars trilogy). New York: Spectra/Bantam Dell/Random House, 1993, 1994, and 1996. This is how you write about terraforming.（第十二章）

Carl Sagan. *Contact*. New York: Simon and Schuster, 1985. First contact between humans and an extraterrestrial, an intelligent communicating race gives rise to moral/political issues.（第十五、十六章）

Hiroshi Sakurazaka. *All You Need Is Kill*. San Francisco: Haikasoru/ VIZ Media, 2011. A soldier is trapped in a time loop, making changes to the timeline with each redo. Loosely the basis for the movie *Edge of Tomorrow*.（第五章）

Robert J. Sawyer. *Hominids* (the first book of the Neanderthal Parallax series). New York: Tor Books, 2003. Scientists discover a parallel Earth（第五章）where Neanderthals are the last of the homo genus. It is the Homo sapiens who have gone extinct.（第八章的轉折）

Robert J. Sawyer. *Rollback*. New York: Tor Books, 2007. Genetic age reversal（第九章）and the reason to stay so young: long delayed communication with an alien race.（第十六章）

John Scalzi. *Lock In*. New York: Tor Books, 2014. This book includes viruses, virtual reality, and posthumanism.（第八、九、十章）

Zvi Schreiber. *Fizz: Nothing Is as It Seems*. Bala Cynwyd, PA: Zedess Pub-lishing, 2011. In this time-travel novel, a girl meets famous scientists. It has many examples of the science from various chapters.

Garrett P. Serviss. *Edison's Conquest of Mars*. Los Angeles: Carcosa House, 1947 (New York Journal serialization 1898). This story includes asteroid mining.（第十二章）

Mary Shelley. *Frankenstein; or, The Modern Prometheus*. London: Lack-ington, Hughes, Harding, Mavor, & Jones, 1818. This is about hacking life, nineteenth-century style.（第九章）

Masamune Shirow. *Ghost in the Shell*. Milwaukie: Dark Horse Comics, 2004. Japanese manga about identity and the interface between the human brain and technology.（第十章）

Dan Simmons. *Ilium* and *Olympos*. New York: HarperTorch, 2005; Harper Voyager, 2006. In these books posthumans recreate historic events. The story takes place on the terraformed planet Mars.（第八、十二章）

Olaf Stapledon. *Last and First Men*. London: Methuen, 1930. Records a fictional history of humanity.（第二十一章）
Olaf Stapledon. *Star Maker*. London: Methuen, 1937. The first instance of what would later be called the Dyson sphere（第六章）. There is a description of the multiverse（第五章）.
Neal Stephenson. *Cryptonomicon*. New York: Avon, 1999. Computers and cryptography. You want more? Fictionalized Alan Turing and Albert Einstein drop in.（第十三章）
Charles Stross. *The Family Trade*. (The first book of the Merchant Princes series.) New York: Tor Books, 2004. The series is about a drug-dealing family with an inheritable trait that grants the ability to travel between parallel Earths.（第五章）
Charles Stross. *Glasshouse*. New York: Ace Books, 2006. A twenty-seventh-century man agrees to an experiment. He wakes up in what appears to be the middle twentieth century in the body of a woman. There is also an interesting storyline about gender dis-crimination in the 1950s.（第九章）
Jules Verne. *From the Earth to the Moon*. Paris: Pierre-Jules Hetzel, 1865. Fictional use of light as a means of propulsion.（第十七章）
Vernor Vinge. *True Names*. New York: Dell, 1981. This is an early example of a fully described cyberspace. It includes examples of the technological singularity.（第十三章）
Kurt Vonnegut. *Galápagos*. New York: Dell, 1985. A question on the merits of the human intelligence in evolution. In the distant future, humans have evolved into sea creatures that laugh at farts.（第八章）
Andy Weir. *The Martian*. Self-published, 2011; New York: Crown, 2014. This is an example of surviving in a hostile environment relying on limited terraforming.（第十二章）
H. G. Wells. *The First Men in the Moon*. Oxford: Oxford University Press, 2017. First published in *Strand Magazine* from December 1900 to August 1901. Space travel using a fictional material called cavorite that negates gravity.（第十七、十八章）
H. G. Wells. *The Time Machine*. London: William Heinemann, 1895. The Morlocks and the Eloi as our potential posthuman future.（第九章）
H. G. Wells. *War of the Worlds*. London: William Heinemann, 1898. Unplanned by humans, it is the common cold (a

biological weapon) that saves the earth for humans.（第九章）
Kate Wilhelm. *Where Late the Sweet Birds Sang*. New York: Harper, 1976. Environmental changes and disease lead to biological manipula-tions and cloning.（第八、九、十一章）
Jack Williamson. “Collision Orbit.” *Astounding Science Fiction* 29, no. 5 (July 6, 1942). This short story contains the first use of the term “terraforming.”（第十二章）

電影清單

10,000 BC. Directed by Roland Emmerich. Warner Bros., 2008.（第八章）
2001: A Space Odyssey. Directed by Stanley Kubrick. Metro-Goldwyn-Mayer, 1968.（第十五章）
A.I. Artificial Intelligence. Directed by Steven Spielberg. Warner Bros., 2001.（第十三章）
Alien. Directed by Ridley Scott. 20th Century Fox, 1979.（第十五章）
All You Need Is Kill（可參考書籍清單，第五章）.
An Inconvenient Truth. Directed by Davis Guggenheim. Paramount Classics, 2006.（第十一章）
The Andromeda Strain. Directed by Robert Wise. Universal, 1971.（第九章）
Another Earth. Directed by Mike Cahill. Fox Searchlight, 2011.（第二章）
Apollo 13. Directed by Ron Howard. Universal, 1995.（第十七章）
Arrival. Directed by Denis Villeneuve. Paramount Pictures, 2016.（第十五章）
Blade Runner. Directed by Ridley Scott. Warner Bros., 1982.（第九章）
The Butterfly Effect. Directed by Eric Bress and J. Mackye Gruber. New Line Cinema, 2004.（第五章）
Cargo. Directed by Ivan Engler. Atlantis, 2009.（第十一、二十章）
Close Encounters of the Third Kind. Directed by Steven Spielberg. Columbia, 1977.（第十五章）
Coherence. Directed by James Ward Byrkit. Oscilloscope Laboratories, 2013.（第二章）
Contact. Directed by Robert Zemeckis. Warner Bros., 1997.（第十五章）

The Day After Tomorrow. Directed by Roland Emmerich. 20th Century Fox, 2004.（第十一章）
The Day the Earth Stood Still. Directed by Robert Wise. 20th Century Fox, 1951.（第十五章）
Deep Impact. Directed by Mimi Leder. Paramount Pictures, 1998. (第十一章)
Edge of Tomorrow. Directed by Doug Liman. Warner Bros., 2014.
Elysium. Directed by Neill Blomkamp. TriStar, 2013.（第十一章）
Eternal Sunshine of the Spotless Mind. Directed by Michael Gondry. Focus, 2004.（第二十章）
Europa Report. Directed by Sebastian Cordero. Magnet Releasing/ Magnolia Pictures, 2013.（第十五章）
Ex Machina. Directed by Alex Garland. Universal, 2015.（第十三章）
Fantastic Voyage. Directed by Richard Fleischer. 20th Century Fox, 1966.（第十章）
Forbidden Planet. Directed by Fred M. Wilcox. Metro-Goldwyn-Mayer, 1956.（第十四章）
Gattaca. Directed by Andrew Niccol. Columbia, 1997.（第九章）
Gravity. Directed by Alfonso Cuaron. Warner Bros., 2013.（第十七章）
Hidden Figures. Directed by Theodore Melfi. 20th Century Fox, 2016.（第十三章）
Inception. Directed by Christopher Nolan. Warner Bros., 2010.（第二十章）
Interstellar. Directed by Christopher Nolan. Okotoks, Alberta, Canada: Paramount Pictures, 2014.（第一章）
Iron Man. Directed by Jon Favreau. Paramount Pictures, 2008.（第十章）
The Lawnmower Man. Directed by Brett Leonard. New Line Cinema, 1992.（第二十章）
The Man from Earth. Directed by Richard Schenkman. Anchor Bay Entertainment/Shoreline Entertainment, 2007.（第八章）
The Matrix. Directed by the Wachowski Brothers. Warner Bros., 1999.（第二十章）
Metropolis. Directed by Fritz Lang. UFA, 1927.（第十三章）
Moon. Directed by Duncan Jones. Sony, 2009.（第九章）
Mr. Nobody. Directed by Jaco Van Dormael. Wild Bunch, 2009.（第三章）.
Oblivion. Directed by Joseph Kosinski. Universal, 2013.（第九章）
One Million Years BC (1966 version). Directed by Don Chaffey. 20th Century Fox, 1966.（第八章）

The Perfect Storm. Directed by Wolfgang Petersen. Warner Bros., 2000.（第十一章）

Planet of the Apes. Directed by Franklin J. Schaffner. 20th Century Fox, 1968.（第八章）

Robocop. Directed by Paul Verhoeven. Orion, 1987.（第十章）

Robot & Frank. Directed by Jake Schreier. Samuel Goldwyn Films, 2012.（第十四章）

Silent Running. Directed by Douglas Trumbull. Universal, 1972.（第十一章）

Solaris. Directed by Andrei Tarkovsky. Soviet Union, 1972.

Star Trek IV: The Voyage Home. Directed by Leonard Nimoy. Paramount Pictures, 1986.（第十八章）

Star Wars. Directed by George Lucas. 20th Century Fox, 1977.（第十章）

The Terminator. Directed by James Cameron. Orion, 1984.（第十四章）

Total Recall. Directed by Paul Verhoeven. TriStar, 1990.（第二十章）

Twelve Monkeys. Directed by Terry Gilliam. Universal, 1995.（第九章）

Twister. Directed by Jan de Bont. Warner Bros., 1996.（第十一章）

Woman in the Moon. Directed by Fritz Lang. UFA, 1929.（第十七章）

歌曲清單

The B-52’s, “There’s a Moon in the Sky (Called the Moon),” written by the B-52’s, released July 6, 1979, on *The B-52’s*, Warner Bros.

Barenaked Ladies, “History of Everything,” written by Ed Robertson, Jim Creeggan, Kevin Hearn, and Tyler Stewart, released October 9, 2007, theme for television series *The Big Bang Theory*.

Blackalicious (featuring Cut Chemist), “Chemical Calisthenics,” written by Lucas Christian MacFadden, Timothy Jerome Parker, on *Blazing Arrow*, released April 20, 2002, Upper Cut Music.

David Bowie, “Space Oddity,” written by David Bowie, released July 11, 1969, on *David Bowie*, Phillips.

David Bowie, “Starman,” written by David Bowie, released April 28, 1972, on *The Rise and Fall of Ziggy Stardust and the Spiders from Mars*, RCA.

Broadside Electric, "Ampere's Law," written by Walter Smith, released May 14, 2002, on *Live: Do Not Immerse*, Walter Fox Smith.

The Buggles, "Living in the Plastic Age," written by Trevor Horn, Geoff Downes, released on January 14, 1980, on *The Age of Plastic*, Island.

Kate Bush, "Pi," written by Kate Bush, released November 7, 2005, on *Aerial*, Columbia (US).

Jarvis Cocker, "Quantum Theory," written by Jarvis Cocker, released April 3, 2007, on *Jarvis*, (US) Rough Trade Records.

Coldplay, "The Scientist," written by Guy Berryman, Jonny Buckland, Will Champion, and Chris Martin, released November 4, 2002, on *A Rush of Blood to the Head*, Capital (US).

Alice Cooper, "Clones (We're All)," written by David Carron, released May 1980, *Flush the Fashion*, Warner Bros.

Elvis Costello, "My Science Fiction Twin," written by Declan MacM-anus, released March 8, 1994, on *Brutal Youth*, Warner Bros.

Cracker, "Show Me How This Thing Works," written by David Lowery and Johnny Hickman, released on May 5, 2009, on *Sunrise in the Land of Milk and Honey*, 429 Records.

Thomas Dolby, "She Blinded Me with Science," written by Thomas Dolby and Jo Kerr, released 1982, on *The Golden Age of Wireless*, Capital.

Thomas Dolby, "Windpower," written by Thomas Dolby, released on March 1982, on *The Golden Age of Wireless*, Venice in Peril/EMI.

John Grant, "Outer Space," written by John Grant, released April 19, 2010, on *Queen of Denmark*, Bella Union.

Imagine Dragons, "Radioactive," written by Alexander Grant, Ben McKee, Josh Mosser, Daniel Platzman, Dan Reynolds, and Wayne Sermon, released October 29, 2012, on *Night Visions*, Interscope (US).

Elton John, "Rocket Man," written by Elton John, Bernie Taupin, released April 14, 1972, on *Honky Chateau*, Uni Records (US).

Tom Lehrer, "The Elements," written by Tom Lehrer, released 1959, on *More of Tom Lehrer*, Lehrer Records.

Kate and Anna McGarrigle, "NaCl," written by Kate McGarrigle, released 1978, on *Pronto Monto*, Warner Bros.

Oingo Boingo, "Weird Science," written by Danny Elfman, released October 28, 1985, on *Dead Man's Party*, MCA.

Katy Perry, "E.T.," written by Katy Perry, Lukasz Gottwald, Max Martin, Joshua Coleman, and Kanye West, released February 16, 2011, on *Teenage Dream*, Capitol.

The Polecats, "Make a Circuit with Me," written by Tim Worman and Phil Bloomberg, released 1983 on *Polecats Are Go!* Mercury.

Monty Python, "Galaxy Song," written by Eric Idle and John Du Prez, released on June 27, 1983, on *Monty Python's the Meaning of Life*, CBS/MCA.

Queen, "39," written by Brian May, released November 21, 1975, on *A Night at the Opera*, EMI/Elektra.

Radiohead, "Subterranean Homesick Alien," written by Thom Yorke, Jonny Greenwood, Ed O'Brien, Colin Greenwood, and Phil Selway, released on June 16, 1997, on *OK Computer*, Capitol.

R.E.M., "It's the End of the World as We Know It (And I Feel Fine)," written by Bill Berry, Peter Buck, Mike Mills, and Michael Stipe, released November 16, 1987, on *Document*, I.R.S.

The Rolling Stones, "2000 Light Years from Home," written by Mick Jagger and Keith Richards, released December 23, 1967, on *Their Satanic Majesties Request*, London/ABKCO.

Shriekback, "Recessive Jean," written by Barry Andrews, Carl Marsh, and Martyn Barker, released March 4, 2015, on *Without Real String or Fish*, Shriekback self-released.

Sia, "Academia," written by Sia Furler and Dan Carey, released January 8, 2008, on *Some People Have Real Problems*. Hear Music/ Monkey Puzzle.

Soundgarden, "Black Hole Sun," written by Chris Cornell, released May 4, 1994, on *Superunknown*, A&M.

Styx, "Mr. Roboto," written by Dennis DeYoung, released February 11, 1983, on *Snowblind*, A&M.

They Might Be Giants, "My Brother the Ape," written by They Might Be Giants, released September 1, 2009, on *Here Comes Science*, Disneysound/Idlewild.

They Might Be Giants, "Science Is Real," written by They Might Be Giants, released September 1, 2009, on *Here Comes Science*, Disneysound/Idlewild.

科學人文 67

科幻小說不是亂掰的：白日夢世界中的真實科學

作　者—大衛．西格．伯恩斯坦（David Siegel Bernstein）
譯　者—張小蘋
主　編—湯宗勳
特約編輯—果明珠
美術設計—陳恩安
責任企劃—王聖惠

發 行 人—趙政岷
出 版 者—時報文化出版企業股份有限公司
10803台北市和平西路三段二四〇號七樓
發行專線—（〇二）二三〇六—六八四二
讀者服務專線—〇八〇〇—二三一—七〇五
（〇二）二三〇四—七一〇三
讀者服務傳真—（〇二）二三〇四—六八五八
郵撥—一九三四四七二四時報文化出版公司
信箱—台北郵政七九～九九信箱
時報悅讀網—http://www.readingtimes.com.tw
電子郵箱—new@readingtimes.com.tw
法律顧問—理律法律事務所　陳長文律師、李念祖律師
印　刷—勁達印刷有限公司
初版一刷—二〇一九年三月二十二日
定　價—新台幣五〇〇元

時報文化出版公司成立於一九七五年，
並於一九九九年股票上櫃公開發行，於二〇〇八年脫離中時集團非屬旺中，
以「尊重智慧與創意的文化事業」為信念。

科幻小說不是亂掰的：白日夢世界中的真實科學／
大衛．西格．伯恩斯坦（David Siegel Bernstein）著；張小蘋譯.
-- 一版. -- 臺北市：時報文化，2019.3，416 面；2.08公分.
-- (科學人文；67)
譯自：BLOCKBUSTER SCIENCE : THE REAL SCIENCE IN SCIENCE FICTION
ISBN 978-957-13-7723-0(平裝)
1.科幻小說 2.文學評論

812.7　　108002070

ISBN：978-957-13-7723-0
Printed in Taiwan